秋の里護衛陣

白《しら》萩《はぎ》今宵《こよい》

竜胆の部下、最側近に名を連ねる男。寡黙気味だが朴訥として優しい母親思いの青年。竜胆にも信頼されている。護衛犬の花桐にはどうも侮られているらしく、よく悪戯される。

春夏秋冬代行者

秋の舞

下

春の暁闇《ぎょうあん》に浮かぶ桜が如《ごと》く。
夏の緑樹を揺らす青嵐《せいらん》が如《ごと》く。
冬の灯籠《とうろう》に降る花弁雪《はなびらゆき》が如《ごと》く。
清く気高く儚《はかな》い。

汝《なんじ》の名は『秋』。幽明異境《ゆうめいいきょう》の渡し守。

その指先一つで癒やして殺す生命の簒奪《さんだつ》者。
理を踏みつけ、乱し、支配する。
活殺自在《かっさつじざい》の君主。
故に、誰よりも情け深く優しい神である。

第一章
竜の頷の珠を取る

春風に抱かれた異国にて、大和《やまと》の秋の代行者《だいこうしゃ》祝月《いわいづき》撫子《なでしこ》は囚《とら》われていた。

「どうか裁定にお付き合いいただく前にご自身の神威《かむい》をお示しください」

友になり得る少年神の頭には銃が突きつけられている。

「昨年の春には死人を生き返らせ」

車内に充満する血臭はむせ返りそうなほど。

「秋には死を待つ者を救命した」

橋国《きょうこく》佳州《かしゅう》秋の代行者《だいこうしゃ》護衛官《ごえいかん》を名乗る男は挑戦的な眼差しで撫子《なでしこ》を見ている。

「であるならば、御身は選んで救うことが出来るはずです」

頭から血の雨を降らせている侍女頭と、少年神を挟んだ左手側で吐血し苦しむ大和《やまと》の代行者《だいこうしゃ》護衛官《ごえいかん》。

「どちらを救いますか？　それともオレ達を殺す？　お選びください」

救うか殺せと、男は言う。

『ジュード、や、やめて！』

銃を突きつけられている橋国佳州《きょうこくかしゅう》秋の代行者《だいこうしゃ》リアムは叫んだ。

身動き一つすれば、自分が撃たれるという危機の中、出来ることは暴挙を止めるよう求めることくらいだった。

『お願い、ジュード、やめて‼』

どうしてこんなことになったのか。

恐らくリアムが一番混乱しているはずだ。

代行者《だいこうしゃ》と護衛官《ごえいかん》は一蓮托生《いちれんたくしょう》の仲。

そんな存在が他国の四季関係者に牙を剝《む》いた。

誰が彼の立場に代わっても、やはりこの惨状を信じられないだろう。

いや、そもそもこれは本当にあのジュードなのか。

『リアム、黙れ』

ジュードは感情がすとんと抜けた声音で命令した。

今までだって冷たい素振りはあった。

でもそれを帳消しにするくらい、彼は優しい言葉や態度をリアムに向けてくれていたのに。

『口を閉じていないと、この神様の怒りに巻き込まれて死ぬぞ。シートベルトを外せ。こっちに来るんだ』

それがすっかり無くなってしまっている。

「……あ、あ、あああ！」

撫子《なでしこ》は起きた出来事を受け入れられず、悲鳴とも言えない声を上げていた。

――さねかずら、さん。

頭も背中もぐっしょりと何かが垂れて塗れている。

真葛《さねかずら》の頭から流れている血だ。

彼女は銃を向けられた時に撫子《なでしこ》をより一層抱きしめてくれた。

もうどうしようも出来ないのにせめて撫子《なでしこ》だけは守ろうと自然とそうしてくれたのだ。

だから撫子《なでしこ》はいま、守ってくれようとした人から零《こぼ》れる生命を浴びている。

「ああ、あ、ああ、あ、」

大好きな侍女頭は既に心臓が止まっていた。この出血量、脳天を撃ち抜かれたことを鑑《かんが》みて、今すぐに病院に担《かつ》ぎ込まれても蘇生《そせい》はしないだろう。

「あ、あ、あ、ああああ、ああ、あ、あ」

恐らくは即死だった。
痛みを感じたと思った瞬間に意識が途絶えたはずだ。
それがせめてもの救いだろうか。
――りん、どう。
竜胆《りんどう》の苦悶《くもん》の声は途切れがない。苦しんでいる。
他国の護衛官《ごえいかん》に撃たれるなど、誰が想定していただろうか。
回避行動も取れなかった彼はまともに銃弾をくらい、身動き一つ出来ずにいる。
呼吸が出来ないのか、血をひたすら吐くばかり。
だが無駄な努力だ。
「あ、や、りん、ど、りんどう、や、あ、ああ！」
いずれ彼も死ぬだろう。
――どうして。
どうしてこんなことに。
――なぜ。
何故《なぜ》、自分が。そんな問いかけはこの状況では全くの無意味だった。
「さあ撫子《なでしこ》様、どうされますか」
感傷に浸っている内に救える命が潰《つい》えるからだ。

撫子《なでしこ》はこの数秒間の間に選択肢が三つ提示されていた。

まず一つ。竜胆《りんどう》を救命すること。

首、肩、胸を撃たれた彼はかろうじて生きている。だが自身の血で喉が塞がっている状態だ。

このままでは息が出来ず、数分で死ぬ。何時だって守り愛してくれた彼、初恋の人。

死なせてはならない。

二つ目は真葛《さねかずら》を生き返らせること。

自分を大層可愛《かわい》がってくれているこの侍女頭は、撫子《なでしこ》にとって母代わりになりかけていた。

そして何より彼女は大和《やまと》の民。罪もない民を異国で奪われるなど言語道断。

死なせてはならない。

そして最後に、自分の大事な者達に危害を加えたこの目の前の男と運転手を殺すこと。

瞬《また》く間《ま》に殺せるだろう。撫子《なでしこ》は現に殺す準備が出来ていた。

人殺しになってしまったことを泣いたあの夜のことなど頭から消し飛んでいる。

殺さなくてはならない。

案じるのは竜胆《りんどう》や真葛《さねかずら》だけではない。

銃声が聞こえたことから白萩《しらはぎ》や花桐《はなきり》、他の秋の護衛達もどうなっているかわからない。

すべて計画されていたことだとしたら、なんと狡猾《こうかつ》で残酷な殺人なのか。

もはや代行者護衛官《だいこうしゃごえいかん》という役職の信頼性も無くなってしまった。

――りあむさま。

いまこの者達を殺さなくては、リアムの生命も危ないかもしれない。

リアムはジュードに言われるがままに後部座席から助手席へ移動させられていた。ジュードに抱えられながら頭に拳銃を突きつけられている。

彼の目的は不明だが、情けや良心がないのは一目瞭然だ。

しかし、殺すことにかまけていたら、他が出来なくなる。


殺すか。

生かすか。

殺すか。

生かすか。


――どうすれば。

さあ、さあ、さあ、と運命もジュードも撫子《なでしこ》に問いかける。

――どうすればいいの、りんどう！

小さな秋の倫理観と精神は崩壊しかけていた。目の前で傷ついている大切な人達を救わなくてはという使命感が彼女をかろうじて人側に留《とど》める。

「あ、あ、あ、あ、あああああ！」

悲鳴にもならない悲鳴を上げながら、撫子《なでしこ》は身体《からだ》を動かした。

撫子《なでしこ》を抱いたまま死んでいる真葛《さねかずら》の腕の中から暴れるように出て、シートベルトを外した。

リアムが居なくなった真ん中の席へ、それから車内のフロアカーペットに足をつけて手を伸ばし竜胆《りんどう》と真葛《さねかずら》の手に触れる。必要なのは距離だった。

左手は死人の真葛《さねかずら》。右手は意識が失われようとしている竜胆《りんどう》。

本来なら何処《どこ》かから生命力を吸い取り彼らに治癒を施さねばならないが、そんなことをしている余裕はない。

「どちらも救いますか」

ジュードが随分と哀れな者を見る目で囁《ささや》いた。

撫子《なでしこ》は聞いていなかった。取捨選択などない。

――りんどう、さねかずらさん。

真葛《さねかずら》を生き返らせ、竜胆《りんどう》の傷を治し。

――りあむさま。

それからジュード達を殺すのだ。

それ以外、みんなが助かる方法はきっとない。だから撫子《なでしこ》は震える声で歌った。

今まで歌ってきたものよりも、もっと生死に近いものを。

冥界から人を呼び戻すにふさわしいものを口ずさんだ。

「金風吹かせ　黄泉《よみ》の国　戻る者にはご用心」

「霧の帳《とばり》は死者の宿　止まらず走れ　手の鳴るほうへ」

「耳をすませば聞こえてくる　御霊《みたま》案じる子の声が」

「精霊蜻蛉《しょうりょうとんぼ》の背に乗って　死人花を掬《すく》い取《と》り」

「しゃれこうべには花束を」

「名前告げるな　風に乗れ　後ろ見るな　走り抜け」

「金風吹く吹く　背を押して」

「家路つく者　またおいで」

四季の代行者《だいこうしゃ》がその身に刻まれる神の証《あかし》。

神痣《かみあざ》が撫子《なでしこ》の権能使用と共に身体中《からだ》を駆け巡った。

秋の印である菊の花が撫子《なでしこ》の身体《からだ》に咲く。血管の如《ごと》く浮き上がり、彼の者が人ならざる者であることをことごとく証明する。

『なでしこ……っ！』

リアムは撫子《なでしこ》が何をしようとしているか即座に理解した。

――同時に治すつもりだ！

吸う生命力がないはずと思ったが彼女は言っていた。

いつでも人を救えるように腹に溜《た》めておくことにしたと。その生命力を全部使ってでもいまこの時、二人を救う。撫子《なでしこ》がしようとしているのはそういうことだった。

――足りるのか。

まだ治癒がうまく出来ないリアムでも、その難易度の高さは察せられた。

撫子《なでしこ》の力量なら竜胆《りんどう》だけであれば容易《たやす》く治すことが出来るだろう。だが、即死している真葛《さねかずら》を蘇生《そせい》させるとなると、彼女の体内にある生命力だけで足りるのかわからない。

『おい！　本当に大丈夫なのかっ！　やばいぞ！』

運転手が叫んだ。何のことかリアムはすぐに理解出来ない。

『外！　外を見ろ！』

リアムは誘導されるがままに首を動かして外を見る。驚くべき景色が展開されていた。

佳州《かしゅう》の広い道路を飾る街路樹が見る見る間に翠緑《すいりょく》を失い、秋の世界へと変貌していった。


【霊脈がなくとも、生命力を宿した存在から奪えばいいんだよ】


そう、撫子《なでしこ》に教えられているかのようだった。

橋国佳州《きょうこくかしゅう》の春の代行者《だいこうしゃ》が敷いた麗《うら》らかな春情が。この季節でしか味わうことが出来ない色彩の魔法が。一場《いちじょう》の春夢《しゅんむ》が如《ごと》く消え去り生命の簒奪《さんだつ》者である秋に奪われていく。

——桜が、春が。

佳州《かしゅう》は大和《やまと》と姉妹都市があるということもあり、桜が寄贈されている場所が各地で存在した。見頃はその年によって異なるが、今年は四月初旬でもまだ遅咲きの桜が残っていた。

——どんどん色褪《いろあ》せていく。

春光を浴びて輝いていた桜の木は涙を流す人のように花弁を散らし、葉桜《はざくら》になったかと思えばその緑も失われ裸木になった。

通年暖かい気候を保つ佳州《かしゅう》は大和《やまと》ほど秋を感じる場所ではない。

だが、春という季節を奪われていくせいか、その移り変わりが如実《にょじつ》にわかる。おまけに撫子《なでしこ》達が通った道だけがそうなっていくのだから自分達が季節を破壊しているようなものだ。

『……喰《く》ってる』

吸い取っている、ではなく喰《く》っている、とリアムは感じた。

夏を通り越して秋へ秋へ秋へ秋へ。

桜花爛漫《おうからんまん》の春景色は終わった。
これより先は秋風蕭条《しゅうふうしょうじょう》の世界。
生命の簒奪《さんだつ》者である少女神は喰《く》い散らかした。
自然に宿る力を、根こそぎ喰《く》って癒やしの力に変える。
奪え、喰《く》らえ、乱せ。
その姿がどれだけ浅ましかろうが構わない。
そしりを受けようがやめることはない。
大切な人を取り戻す為ならば。

『人死にが出るぞ！　ジュード！　その神様止めろ！』

『大丈夫だ。撫子《なでしこ》様は人は殺さない』

運転手の言葉に、ジュードは何故《なぜ》か撫子《なでしこ》を信じる言葉を吐いた。その信頼を裏付けるかのように木々の色は褪《あ》せていくが、通行人が集団で気絶するような様子はなかった。

人間からは生命力を吸っていないのだ。撫子《なでしこ》は命の選別をしっかりとしていた。

そこに生命を奪ったジュード達を含んでいないのは、無意識なのか、慈悲なのか。

そしてこの事象を引き起こした原因であるジュードはリアムを守るように抱きながら頭に拳銃を突きつけている。

——意味がわからない。

リアムは混乱した。この男は何をしたいのか。沸々と怒りも湧く。

こんな事をしでかすからには彼なりの理由があるはず。

それを殴ってでも聞いてやりたかったが、もっと優先すべきものがあった。

撫子《なでしこ》が人の子を守ろうとしているのに、自分だけ傍観者でいるわけにはいかない。

此処《ここ》は橋国《きようこく》。そして撫子《なでしこ》達は大和《やまと》の神と民。

危機に瀕《ひん》している彼、彼女達を見捨てることなど佳州《かしゆう》の秋の代行者《だいこうしや》として出来ない。

いや、そもそも役職など関係ない。

——なでしこを助けなきゃ！

新しい友人の為にリアムはジュードに撃たれるのを覚悟で動いた。

『なでしこ！』

少しでも彼女を助けようとジュードの手から暴れて逃げる。後部座席へ身を乗り出し、撫子《なでしこ》に手を差し伸べた。

『なでしこ！　つかえ！』

権能使用中の秋の代行者《だいこうしゃ》に触れること自体は問題がない。ただ、いま理性が失われている撫子《なでしこ》に健康な生命が差し出されればそれは【材料】になる可能性が高い。

「……りあむさまっ！」

『いいんだ！　ぼくのをつかえ！』

『リアム！　よせっ!!』

泣きながら治療と蘇生《そせい》をしている彼女はリアムの言葉がわからなかったが、同じ秋の代行者《だいこうしゃ》同士、差し伸べられた手で意図を理解した。一瞬の迷いの後に判断する。

「……ごめんなさいっ！」

撫子《なでしこ》は泣き叫びながら彼の勇気を受け取った。リアムは生命力を吸われすぐに気を失った。

『リアム!!』

ジュードは持っていた銃を手放してリアムを助手席へ引っ張った。

手を掴《つか》んでいた撫子《なでしこ》が反動で前のめりになる。

　ちょうど車も交差点を勢いよく曲がったので撫子《なでしこ》の身体《からだ》は車内で激しく打ち付けられた。真葛《さねかずら》の死体も無惨《むざん》にも転がった。

『おい！　運転気をつけろ!!』

　ジュードは焦《あせ》った顔をしてから運転手に怒鳴り散らした。

『だったらお前が運転しろっ！』

　運転手も怒鳴り返す。

『どんどん後ろで事故ってるんだよ！　さっさと違う道に行かないと！』

　彼の言う通り、背後では追突事故が起きていた。

　気がつけばクラクションの音がひっきりなしに鳴っている。外の風景の変化に気づいて目を奪われていたドライバー達がハンドル操作を誤り、玉突き事故を起こし始めたのだ。

　速度を出すような道ではないが、低速でも車同士がぶつかれば大問題だ。

　これでは保安隊が来るのも時間の問題だろう。報道機関もこの異変を見逃すはずがない。

　今日のニュースはこれが目玉になる。佳州《かしゅう》の美しい桜の街道が秋に染まったと。

『……これが神の力か』

　運転手は恐れるようにつぶやいた。彼女が施している神の御業《みわざ》に恐れの念を抱く。それから、ジュードに尋ねた。

『リアム様は？』

『……』
『おい！　リアム様は無事なのか？』
『大丈夫だ、多分』
ジュードは生返事だった。腕に抱いたままのリアムの脈を計るのに忙しい。
『……リアム？』
返事はなかったが、脈は途切れていない。呼吸も問題なくしている様子だ。
予断を許さないが、恐らくこのまま衰弱死することはないはず。
手加減をされている、とジュードは感じた。
リアムは神の力を浴びたにしては軽症だった。
撫子《なでしこ》が本気で生命力を吸えば干からびた死体が出来たはずだ。
――少なくとも、調べで見た死体の写真は酷《ひど》いものだった。
生命腐敗《せいめいふはい》が作る死体は美しくはない。そして意図しない限りは優しく殺しはしない。
この混乱状態の中で、撫子《なでしこ》はそれでも術者としての調整力を見せていた。
食べられる分だけ食べてすぐやめたのだ。
『……』
新しく出来た異国の友達だから。
ジュードは一気に額に浮かんだ脂汗を腕で拭うと、リアムをそっと抱きしめた。

「……さねかずら、さん、りんどう……」

急カーブとジュードからの無体な仕打ちで撫子《なでしこ》は車内で派手に転がりあちこちぶつけたが、なんとか起き上がって手を伸ばした。

真葛《さねかずら》の身体《からだ》を渾身《こんしん》の力で動かし、シートベルトで固定し直す。

「だいじょうぶ、だいじょうぶよ……」

血まみれの子どもが、必死に死体と重傷者に触れようとじたばた身体《からだ》を動かす様子は惨《むご》いの一言に尽きる。

「……いま、いま治すわ……治すから……」

そう言ってまた二人の大人に触れて泣いた。

治療の最中も撫子《なでしこ》の身体《からだ》から汗と涙と、真葛《さねかずら》から浴びた血が雨のように降った。

「ごめんね……痛いわね……すぐよ……すぐ、治るわ……」

彼女の治癒は宣言通り早かった。傷口が微動し始め、真葛《さねかずら》の頭からやがて銃弾がころんと抜け落ちた。異物を排除した後に中の組織が修復されていく。蘇生《そせい》には至っていないが、身体《からだ》の変化は見て取れる。三箇所違う部分を撃たれた竜胆《りんどう》も銃弾が排出された。

流した血が戻ることはないのでいずれにしても医療機関での治療が必要ではあるが、即座に治癒を開始したおかげで竜胆《りんどう》の苦しみはどんどん取り除かれていった。

途中何度も血を吐き出したが、その度に撫子《なでしこ》は『だいじょうぶよ』と声をかけた。

「りんどう……？」

竜胆《りんどう》の苦悶《くもん》の表情は少しずつだが和らぎ始めている。

身体《からだ》が回復に向けて動き出した。その証拠だ。

「……っ……な、で……」

意識が朦朧《もうろう》としているはずだが、彼は撫子《なでしこ》の名を呼んでいる。

生命腐敗《せいめいふはい》の権能を施された者は治療後に意識を失うことがほとんどだ。竜胆《りんどう》に胆力があるのか、それとも彼が秋の代行者護衛官《だいこうしゃごえいかん》だからか、竜胆《りんどう》は撫子《なでしこ》に必死に手を伸ばそうと動かした。

「なで、しっ……」

「だいじょうぶよ、りんどう。ぜったい助かるわ」

「……な、で、しこ……にげ……」

「りんどう、もうしゃべらないで。ゆっくり眠るの。回復して」

「……に、げ……」

逃げてくれ、と言いたいのだろう。だがそれは叶《かな》わぬ願いだ。車は走行中。リアムという人質を取られている。竜胆《りんどう》と真葛《さねかずら》の安全も確保出来ていないのに撫子《なでしこ》だけ逃げることなど出来ない。八歳の撫子《なでしこ》に出来る判断は一つ。

「……なで、し、こ……にげ……ろ……」

いまこの時、死んでしまうであろう大切な人を繋《つな》ぎ止《と》めるだけだ。

「……に、げ……ろ」

竜胆《りんどう》はそう言うと、事切れたように気絶した。

「りんどう……！」

撫子《なでしこ》は慌てて呼吸を確認した。浅いが問題なく息をしている。

「……」

安堵《あんど》の吐息が漏れる。生命力を馴染《なじ》ませる為に治療を続けたいところだが、手遅れになるかもしれない者がもう一人居た。

「ごめんね、すこしはなれるだけよ」

撫子《なでしこ》はそう言って竜胆《りんどう》から手を離し、真葛《さねかずら》に全力を注ぐ態勢へ移行した。

真葛《さねかずら》はというと、身体《からだ》中に電流が流れたが如《ごと》く大きな痙攣《けいれん》を繰り返していた。

痙攣《けいれん》をしているのは蘇生《そせい》と死亡を繰り返しているからだろう。

肉体が癒やされても、一度抜けた魂が定着しないと生命腐敗《せいめいふはい》の権能を持ってしても死者を生者に変えることは出来ない。だから呼び声が必要だった。

「さねかずらさん！」

呼び声は近しい者がすればするほど良い。

「さねかずらさん、戻って！」

死者の耳に届きやすいからだ。黄泉《よみ》の道を渡る者は生者の声が聞きにくくなる。

心地よく響く声でないと、帰ってきてはくれない。

「さねかずらさん、戻って！」

だから撫子《なでしこ》は必死に呼びかける。

「ごめんなさい、もっと良い子になるから！」

「困らせない！　わたくしからはなれてもいい！」

「お願い、お願いしんじゃいやっ！」

「……いかないで、おいていかないで！」

色んな言葉をかけた。しかし真葛《さねかずら》は痙攣《けいれん》するばかりで息を吹き返さない。

「お願い、はなれてもいいはうそよ……」

「ずっとそばにいて、こわがらないで」

「つぎはぜったいに守るから、お願い、お願いします……」

「さねかずらさん、大好きだから、お願い……」

撫子《なでしこ》の呼び声では意味がないのかもしれない。彼女の懇願はそれからも続いたが、真葛《さねかずら》はやはり目を覚まさなかった。出血が酷すぎたのだろうか。

「……お願い……」

それとも、撫子《なでしこ》程度の繋《つな》がりでは魂の呼び戻しに縁《えにし》が足りないのか。

夏の事件では瑠璃《るり》が死亡直後であったこと、傍《そば》に彼女が誰よりも愛している姉のあやめがいて、必死に呼んでくれたことが早期の蘇生《そせい》に結びついていた。

真葛《さねかずら》が既に撫子《なでしこ》の手の届かないところまで逝《い》ってしまったのなら、終わりだ。

「……いや」

もう決して彼女が撫子《なでしこ》を優しい声音で呼んでくれることはない。

「…………いや」

温かなぬくもりを感じさせる手で髪を撫《な》でてくれることもない。

「お願い、お願いよ……さねかずらさん」

撫子《なでしこ》はさめざめと泣いた。

「……お願い、お願いします、さねかずらさん……」

──死者への、よび声を。

「……お願い、お願いです……」

──強くしなくては。

その為には呼ぶ者との縁《えにし》を一時的にでも強めなくてはならない。

撫子《なでしこ》は嗚咽《おえつ》混じりに言った。

「さねかずらさん、おぼえてますか。わたくしにはじめてご挨拶してくれたときのこと」

思い出を語ることで、なんとかして真葛《さねかずら》を振り向かせたかった。

「お近づきの印にって、刺繍《ししゅう》のはんかちをくれたの。わたくしの名前がなでしこ、だから、撫子《なでしこ》の花を縫いましたって言ってくれて、うれしかった」

——あなたはさいしょから、優しかった。

「撫子《なでしこ》の花は可愛《かわい》いって言ってくれて、うれしかった」

——わたくしにとっては怖くないおとなだった。

「なんだかわたくしが恥ずかしくないものに思えて、うれしかった」

——お母さんになってあげるって、叩《たた》いてくるあの賊のひととはちがった。

自身を誘拐した賊の頭領、観鈴《みすず》が撫子《なでしこ》にした行為は少なからず彼女にトラウマを植え付けた。

だが、真葛《さねかずら》はそれを取り除くように熱心に面倒を見てくれた。

「さねかずらさんがしてくれること、ぜんぶが優しかった」

——わたくしがひとごろしだって知ってても。

「……さねかずらさん、今年のお正月はいっしょにいてくれるのよね?」

——あなたはわたくしから離れないでいてくれたのね。

「きょねんはごめんなさい。家に帰れるなら帰ったほうがいいと思ったの」

——怖がるそぶりを見せなかった。

「わたくしと同じだったのね。帰りたい家がないのならいっしょにいましょう」

——あなたは、いつだってわたくしを守ろうとしてくれた。

「さねかずらさん……いっしょにいて……」

撫子《なでしこ》の瞳から、涙は流れ続けている。一際《ひときわ》大きな雫《しずく》がぽたりと落ちた。

「さねかずらさん……」

貴方《あなた》に生きて欲しい。

「……さねかずらさん」

その為なら何だって差し出したい。

「お願い……ひとりにしないで……」

何を差し出せば戻ってきてくれるのか。

「わたくし、さねかずらさんに優しくしていただいた恩をおかえししたい……」

——お願いします、秋の神様。

「恩返しさせてください。さねかずらさん、お願いよ……」

ついには、呼び声ではなくただの泣き声へと変化してしまった。

「……ううっ……うう……」

返答のない軀《むくろ》は撫子《なでしこ》と真葛《さねかずら》の関係性の希薄さを物語っている。

ここまでやっても無理なら、残念だが彼女は現人神《あらひとがみ》ですら手が届かない場所へ歩みを進めてしまったのだ。諦めるしかない、撫子《なでしこ》がくじけかけたその時。

「……！」

「……さねかずらさん？」

真葛《さねかずら》は再度大きく痙攣《けいれん》をした。

事態は急変した。魂が戻ろうとしている。

撫子《なでしこ》は唇が震えた。泣きすぎてうまく紡《つむ》げない言葉をそれでも捻《ひね》り出《だ》す。

「さねかずらさん！」

また激しく痙攣《けいれん》、真葛《さねかずら》が突如咳《せ》き込んだ。

「さねかずらさん、お願い！　戻って！」

苦しそうな呼吸の仕方。今にもまた死んでしまいそうな形相。

「戻るのよ！　こっちよ！」

撫子《なでしこ》は必死に呼びかける。

「こっちよ！　迷わないで！　わたくしの声のほうに来て！」

そして弱々しい力で真葛《さねかずら》の体を揺すった。

「さねかずらさんっ！　帰ってきて！」

最後の痙攣《けいれん》は一際大きく身体《からだ》を震わせた。

「……」

見守る撫子《なでしこ》。緊張で心臓の音が酷《ひど》く煩《うるさ》い。

しばしの間を置いて、真葛《さねかずら》はゆっくりと目を開けた。

「……な……」

血まみれの女は、同じく血まみれの子どもが驚いた顔をしているのを見た。

真葛《さねかずら》が状況を把握したかどうかは不明だが。

「さねかずらさん、だいじょうぶよ。もう怖いことはないわ……」

撫子《なでしこ》はこの時ばかりは幼子ではなく神として振る舞った。

「わたくしがすべて守ります。生きることだけ考えて眠って」

いまこの時はそうせねばならなかった。

「……さ、ま」

彼女はそれから安堵《あんど》したように目を閉じた。

撫子《なでしこ》は急いで真葛《さねかずら》の口から呼吸が正しくされているのを確認する。

脈も計った。微弱だが規則的だ。

撫子《なでしこ》は安堵《あんど》のあまりまた涙が流れた。

「……よかった」

修復と蘇生《そせい》の並行治癒。良くやってみせた。褒める者は居ないが、撫子《なでしこ》が二人共その身一つで救ったのだ。混乱の中、本当に良くやった。

「ふたりとも……だいじょうぶよ……」

しかしまだ急変はあり得る状態だ、安定させなくてはならない。

それから撫子《なでしこ》は手を伸ばし、再び竜胆《りんどう》にも触れて、二人に神通力《じんつうりき》を施し続けた。

――さねかずらさん。

家族を毛嫌いしていたが、その家族はこの事実を聞いたらどう思うだろうか。

情が残っているのなら娘の身体《からだ》を案じるはず。

――りんどう。

撫子《なでしこ》とは違って愛されている人。だと言うのに、撫子《なでしこ》を守ったせいでこんな目に遭った。

彼の父である菊花《きっか》がこれを知ればどれほど悲しむだろう。

「……っうう……」

なまじ実父の存在を知ってしまったこと、彼の口から聞いた言葉達が、撫子《なでしこ》の罪悪感を酷《ひど》く刺激した。

――わたくし、また迷惑を。

「……ふ、うう……」

撫子《なでしこ》は泣きじゃくりながらも首を動かして前の座席の二人を見る。

──りあむさま。

まだ手が離せないが、次は彼らをどうにかしないといけない。

リアムはジュードの手の内だ。

「……う、う……」

しかし、運命は残酷に報復の時を奪う。

「……うう、う……」

撫子《なでしこ》は急にくらりとめまいがした。神通力《じんつうりき》の過剰使用による反動だ。腹に溜《た》めていたという生命力も、もう空っぽになりかけているのだろう。神痣《かみあざ》は力を失うことを示すように身体《からだ》中から消えていった。身体《からだ》に刻まれた菊の花が一つ、また一つと散っていく。

「……はぁ……っ……うっ……」

多量の汗が額に浮かぶ。目の焦点が合わなくなってきた。権能の使用時に付き物の発熱が既に始まっている。こうなると撫子《なでしこ》はただの幼子に戻る。

世話をされなければ生きていけないような、どうしようもない生き物に。

「りあむ、さま」

身体《からだ》がぐらぐらと揺れる。手を伸ばすことも難しい。ろれつもうまく回らない。目の前で閃《せん》光《こう》が弾《はじ》ける幻覚が見えた。パチパチと、まるで花火のよう。

ジュードの腕の中に居る友達、リアムを助けなくてはならないのに活動限界が来ている。

生かすか。殺すか。生かすか。殺すか。

疲れているならそこに居る大人二人から奪えばいい。腹の足しになるかもしれない。

——たべて。

食べてしまえばいいのだ、狼藉者《ろうぜきもの》など。身体《からだ》は飢餓状態だ。食べてしまえ。

——たべたい。

食べたら復讐《ふくしゅう》も出来る。そうだ。誰が怒るだろうか。お腹《なか》が減った。食べてしまえ。

そんな彼女にジュードは後部座席に顔を向けて言い聞かせるように囁《ささや》いた。

「撫子《なでしこ》様、お約束します。そのまま大人しくしていてくだされば、もう誰も傷つけません」

「……」

「阿左美《あざみ》様も、真葛《さねかずら》様も、輸血が必要です。病院にお届けします」

これは必要な命か？

「……ころさ……ないで……」

「撫子《なでしこ》様が言うことを聞いてくださるとお約束してくだされば、それが出来るんです」

食べたほうがいい。

「りあむさまを、ころさないで」

「もちろん、リアムも殺しません」
食べたらこの不快な気持ちも少しは解消される。だが、撫子《なでしこ》の頭の中であることが浮かんだ。
「………」
リアムがジュードを呼ぶ時の声の高さだった。
《ジュード！》
普段の話し声と違うのだ。好きな人と話す時だけの声音というものが、人にはある。
《ジュード！　ジュード！》
撫子《なでしこ》にはよくわかる。
《りんどう》
好きな人がいるから、よくわかった。

撫子《なでしこ》の頭がぐらりと揺れた。もう物を考えられる余裕がない。

リアムのことを最後に案じて、言う。

「……ころさ、ないで」

やがて撫子《なでしこ》は頭から浴びた血を撒《ま》き散《ち》らして倒れた。

暫《しば》しの静寂。数秒すると寝息が聞こえてきた。完全に無力化されて睡眠に入ったことが確認されると、ジュードはほっと息をついた。幼くも凄《すさ》まじい力を持った秋の少女神が放つ殺気はジュードにちゃんと届いており、実のところ喉から言葉を捻り出すのが難しいほどだった。

『ジュード……後ろ、殺人現場だぞ。これじゃあ』

運転手も神威《かむい》に当てられたのか、着ていた現人神教会《あらひとがみきょうかい》のローブで多量の汗を拭う。

年齢は十代後半から二十代前半くらいだろう。こんなことをしていなければ、爽やかな好青年に見える容姿をしていた。

『死ななかったから良かったものを……』

『作戦の内だと言っただろう。レオ、いいから前見ろ』

ジュードはレオという名の運転手に淡々と言う。

『撫子《なでしこ》様を無力化するにはこれが最善だった。神を相手取るんだぞ。衰弱させなきゃ捕らえられない。一度は拐《かどわ》かされた身だが、そこから更に権能の力が強まっている。苦境を生きた現《あら》人神《ひとがみ》ほど、強くなる。こちらも死ぬ気で挑まねば無理だった』

レオはこれみよがしに舌打ちした。

『本当にこのやり方しかなかったのか⁉　俺は護衛官《ごえいかん》を撃っちまったぞ！』

ジュードはリアムの耳を塞いでから言う。

『無鉄砲な作戦だったのは認めるが、お前もやると決めたはずだ。今更ごちゃごちゃ言うな。何度も会議して決めただろう。これほど効果的なものがあったか？　大和《やまと》の護衛官《ごえいかん》を出し抜いて現人神《あらひとがみ》を拐《かどわ》かすんだぞ』

『だからって！　ああ、もう！』

『極度のストレス状態に置いた。暴走する可能性があった。しかし、現人神《あらひとがみ》は愛《いと》しい者を見捨てはしない。ちゃんと成功しただろ』

レオは呆《あき》れたようにため息をついた。

『この血まみれの惨状見たらそうも思えないんだよ！　ごちゃごちゃ言うくらい許せ！　こんなド修羅場なのに運転してる俺の精神状態を考えろ！』

ジュードは思わず笑った。レオを落ち着かせるように言う。

『運転はさすがだ』

『そうだろ！　糞《くそ》が！』

『だが何故《なぜ》疑う？　お前もわかってるはずだ。現人神《あらひとがみ》は他に守るべき者がいるなら攻撃より救うほうを選ぶ。これは絶対だ』

『……』

レオは黙った。否定出来ない根拠が彼にもあるのかもしれない。ジュードは構わず続ける。

『何故《なぜ》なら現人神《あらひとがみ》は善性を備えている』

ジュードは自分の腕の中で具合が悪そうに眠っているリアムの頭を撫《な》でる。

『善に寄っている者は、たとえ自分が危ういという状況でも身を挺《てい》して誰かを救う、庇《かば》う、救助活動をやめない。自分が出来ると判断したら。いや……これに関しては出来る出来ないというよりかは為さねばならないという信念かもしれない。現人神《あらひとがみ》はそういった信念が強い人間が選ばれている』

『………』

『その証拠に、神代の時から世界は続いている。滅んでいない』

『滅んだら俺達は居ないだろ』

『そうだ。だが権能を授けられた者の中に悪《あ》しき者がいたらそうなっていたと思わないか？　昔はもっと代行者《だいこうしゃ》の数もいた。結託してどこかを滅ぼし、それこそ権能を思うままに使用して邪智暴虐《じゃちぼうぎゃく》の王様気取りも出来た。財力にしろ、権力にしろ、人は何かを持ちすぎると暴走する者が一定数現れる。理性が壊れるんだ。それが人間の摂理だ』

『……ジュード、お前な』

『だが、今日も朝が来て夜が来て季節が届く。どうしてだ？』

レオは言いにくそうにつぶやいた。

『……現人神《あらひとがみ》様の、善性故に』

『そうだ。もちろん人間だから悪の部分がまったくないわけではない。しかし踏みとどまれる者が神の力を託されている。オレもお前も、身を持って知っているだろう。知っているからこんなことをしているんだ』

その言葉には含みがあった。

レオは気まずそうな顔になり、それからわざと茶化すように言った。

『口の減らない奴《やつ》……。けど、どうりで俺等はそうじゃないわけだ』

ジュードはレオの言葉にまた笑った。

『そうだ。四季の末裔《まつえい》ではあるがけして選ばれない。オレ達に善性はない……』

笑ったまま、疲れたのか少しだけ目を瞑《つぶ》った。

『だが、感化はされる』

レオは大きくため息をついてから、荒かった運転を安全運転に戻した。

そしてまたジュードに言う。

『リアム様、本当に大丈夫なんだろうな……』

『ああ、大丈夫だよ。頃合いを見てこの車を置いて逃げよう。仲間に代車を運ばせる。近くに病院はあるか？』

レオは車内のカーナビシステムを見る。

『了解。そうだな……此処《ここ》にしよう。駐車場も広いし、行きやすい。連絡してくれ』

ジュードはナビ端末の画面に映し出された病院の名前や場所を確認し、それから自身の携帯端末を操作した。

『別働隊に情報を送信した。十分以内には合流出来るだろう。アジトにも連絡を……』

『おい！　あれ見ろ！』

『何だ……？』

『後ろ！』

レオがまた大きな声を上げた。ジュードがサイドミラーを確認する。

――後ろとは。

最初は何が注意すべきものなのかわからなかった。既に追突事故が多発した通りからは離れている。他に危険を促すようなものなどないと思われた。

『……！』

しかし、目を凝らすと近づいてくる危機を見つけることが出来た。

――オートバイ？　保安隊？

橋国《きようこく》の国防や治安を維持する橋国《きようこく》保安庁。通称保安隊、その中の一つの部署である交通課にはオートバイ保安隊員と呼ばれる者達が居る。

主に交通違反を取り締まるのが主要業務だが、事件があれば現場に急行する。追跡者はオートバイ保安隊員が使用するヘルメットをつけていた。私服であるところが妙だったが、非番の人間が駆けつけた可能性は否《いな》めない。

——やり過ごせるか？

もしこの車両が不審に思われ追跡されているのなら、中の惨状を見られた瞬間に終わりだ。いやそもそも交通ルール無視で飛ばしていたので、それで追いかけられているのかもしれない。帰宅ラッシュの渋滞時間ではないが、交通量は多い。中心街の道路を高速で駆けていけば否《いや》が応《おう》でも目につく。保安隊が出動すること自体についてはそれほど疑問が出る状況ではなかった。

『飛ばすぞ！　舌噛《か》むなよ！』

レオは追跡を振り切るほうに判断をした。ジュードは迷いを見せた。後ろを見る。撫子《なでしこ》は力尽きて後部座席の足元にしゃがみ込んでいる。彼女だけ、シートベルトを着用していない。逡巡《しゅんじゅん》の後に決断する。

『待て。一瞬、リアム預かれ。撫子《なでしこ》様をこちらに移す』

『おい！　おい！　運転してんだぞ！』

『いま直進だろ。片手上げろ、ほら膝に置いてるだけでいい』

『追いつかれる！』

非難をよそに、ジュードは無理やりリアムをレオの膝に乗せた。

それから後部座席に身を乗り出し、撫子《なでしこ》を引っ張り上げる。

『ちょ、待て！　ああ、もう！　リアム様、ご辛抱を……！』

ジュードはそれからまた二人を預かり、シートベルトを締めた。

小柄な子ども達とはいえ、撫子《なでしこ》とリアムを抱えるのは少々座席が窮屈過ぎたが仕方ない。

すべて滞りなく済むとレオに命令した。

『よし行け！』

『お前な……！』

『いいから運転に集中してくれ！』

『絶対後で殴る……』

『飛ばすんだろ！　いいから飛ばせ！　こっちのほうがいい。後でわかる』

『口閉じとけよ！　舌嚙《か》むぞ！』

レオは舌打ちしてからスピードをぐっと上げた。

この街に詳しいのか、迷うことなく道を走っていく。バイクを引き離しながらも大通りから外れていき、急カーブで細い路地へ移動した。

絶対に車同士がすれ違うことが出来ない一方通行の裏路地、恐らく私道だろう。

『後ろは！』

『ついてきてない！』

『よしっ！』

車は途中まで曲がる素振りを見せていなかった。これで振り切れた可能性がある。

細い路地は廃棄物がそこら中に置いてあり、治安の悪さが窺《うかが》い知れた。

驚く野良猫《のらねこ》、轢《ひ》かれそうになり怒鳴る通行人、それらすべてを無視して前へ。

ジュードはもう一度後ろを見る。やはり追跡者は見えない。あの曲がり角を慌てて追いかけてきても、もう遅い。こちらの車体を視認することすら出来ないだろう。

『病院に遠回りになったか？』

『いやまだ取り返せる……って、え……？』

そこまで言いかけて、レオが叫んだ。

『うおおおおおおっ！』

ジュードも声を上げそうになる。

目の前にあのオートバイが現れたからだ。どういう経路で道をショートカットしてきたのか不明だが、とにかくこちらを出し抜いて前に出てきた。

『どっから来やがった！』

レオがスピードを上げる。オートバイに車体をぶつけようとしたが、あちらはさらりと避けて並走してきた。

ヘルメットの人物は銃を取り出して銃口を向けてくる。

身振り手振りで止まれと言っている。

『ジュード！』

レオが叫ぶ。何とかしろというオーダーが込められた声にジュードは応えた。

『いいか、こういう時に使えるんだ』

腕に抱えていた撫子《なでしこ》とリアムに銃を突きつける様子を見せた。するとは相手はぴくりと反応を見せた。子ども達の存在は人質として十分アピール出来たようだ。撫子《なでしこ》は血まみれ状態ではあるし、リアムも気絶している。

良心がある者なら、子どもの生死確認の為に下手な真似《まね》はしない。

『どうやって逃げ切る！』

相手が怯《ひる》んでいる隙にジュードはレオに尋ねる。

『三番街に出る！　あそこの十字路ならまける！』

『わかった。仲間に連絡する。十字路から出たらオレが言う場所で曲がって停車しろ！』

また進路変更だ。車は威嚇射撃を繰り返すオートバイから逃げながら人通りが多い場所へと舞い戻る。三番街と呼ばれる場所はこの辺りでは交通量が多く、バスなどの交通機関が通る道だった。オートバイが付かず離れずでついてくるが、中に子どもの人質が居ることがわかっているからか、あくまで直接的な攻撃はしてこない。

逆にこちらは攻撃し放題だ。車を近づけてオートバイを転ばせようとするが、あちらの腕前も中々なのか避けたり踏ん張ったりと、うまく転倒してくれない。

『三番街が見えたぞ。いけるか？』

『いける！　突っ切るぞ！』

予定されていた三番街の十字路へ、車は更に速度を上げて信号を無視して突き進む。

バスの進行を妨げる直進にクラクションが鳴り響いた。オートバイは一歩出遅れたせいでバスと正面衝突の危機に陥り、停車せざるを得なくなる。

『そこだ！　そこの左の道を曲がれ！』

ジュードの指示通りレオが道を曲がる。

『更に右へ！　その後は信号の前にまた右だ！　行け！』

ジグザグとドリフトをしながら移動出来るのはレオの運転技術があってこそ。

やがて暗い日陰の小道に入ると、ジュードが停《と》めるように指示する。

エンジンをかけた状態で駐車している車が一台あった。

『レオ！　キーはそのままにしろ！』

『わかってる！』

『あのオートバイが来る前に逃げるぞ！』

ジュードとレオは素早く車を降りて、新しい車の後部座席に乗り込んだ。

逃亡犯達は慌ただしくその場を後にする。


ようやくオートバイが到着した時には、彼らは既にその場を去っていた。

オートバイの運転手は先程自分が追いかけていた車に駆け寄る。

中の惨状を見てから、呼吸が止まった。

死んでいるようにしか見えない竜胆《りんどう》と真葛《さねかずら》の姿が目に入ったからだ。

「……」

男は唸《うな》り声を上げた後にヘルメットを脱いで地面に叩《たた》きつけた。


その人物は単独行動をしていた雷鳥《らいちょう》だった。


雷鳥《らいちょう》はすぐさま携帯端末で救急車を手配した。

幸いなことに、車のキーが放置されたままだったのでドアは開き、中の様子を確認すること自体は可能だった。

後部座席はまるで殺人現場の様相をしていた。酷い状態で寝転がる二名の脈を確認する。

微弱ながらも、それぞれ脈があり呼吸をしていること、そして傷口と思われる場所の部分に何の異変もないことを確認出来ると、雷鳥《らいちょう》は顔を両手で覆ってから大きく息を吐いた。

彼は、それからまた別の連絡先に通信を入れた。

「……寒月《かんげつ》先輩、雷鳥《らいちょう》です。ええ、わかっています。すみませんでした。あの、お説教は後で。今は僕の話をどうか聞いてください……。秋陣営が拉致されました。追跡していたんです。しかし、逃げ切られてしまい……。捨てられた車の中で阿左美《あざみ》先輩と秋の侍女頭を見つけました。はい、救急は呼んでいます。すごい血まみれですが、秋の権能で傷は治癒されている模様です。そして治療を施したであろう撫子《なでしこ》様とリアム様の姿が見当たりません。……犯人は、暫定ですが佳州《かしゅう》の秋の代行者護衛官《だいこうしゃごえいかん》です。追跡した僕に撫子《なでしこ》様を人質に取る姿を見せてきました。撫子《なでしこ》様も頭から血を被《かぶ》ったのかと思うほど血まみれで……」

雷鳥《らいちょう》の報告は続く。


渡航四日目に起きた事件は橋国《きょうこく》と大和《やまと》、両国を巻き込んだ大問題へと発展。

竜胆《りんどう》と真葛《さねかずら》は直ちに救急病院に送られて輸血等《など》の処置を受けた。

現人神教会《あらひとがみきょうかい》佳州《かしゅう》支部へ強襲をした賊は保安隊へ引き渡されたが、勝利した者達を待ち受けていたのは失意の知らせだった。

橋国《きょうこく》保安庁佳州《かしゅう》支部では対策本部が設置され、関係者達は一堂に会する形となる。

第二章 暗雲低迷

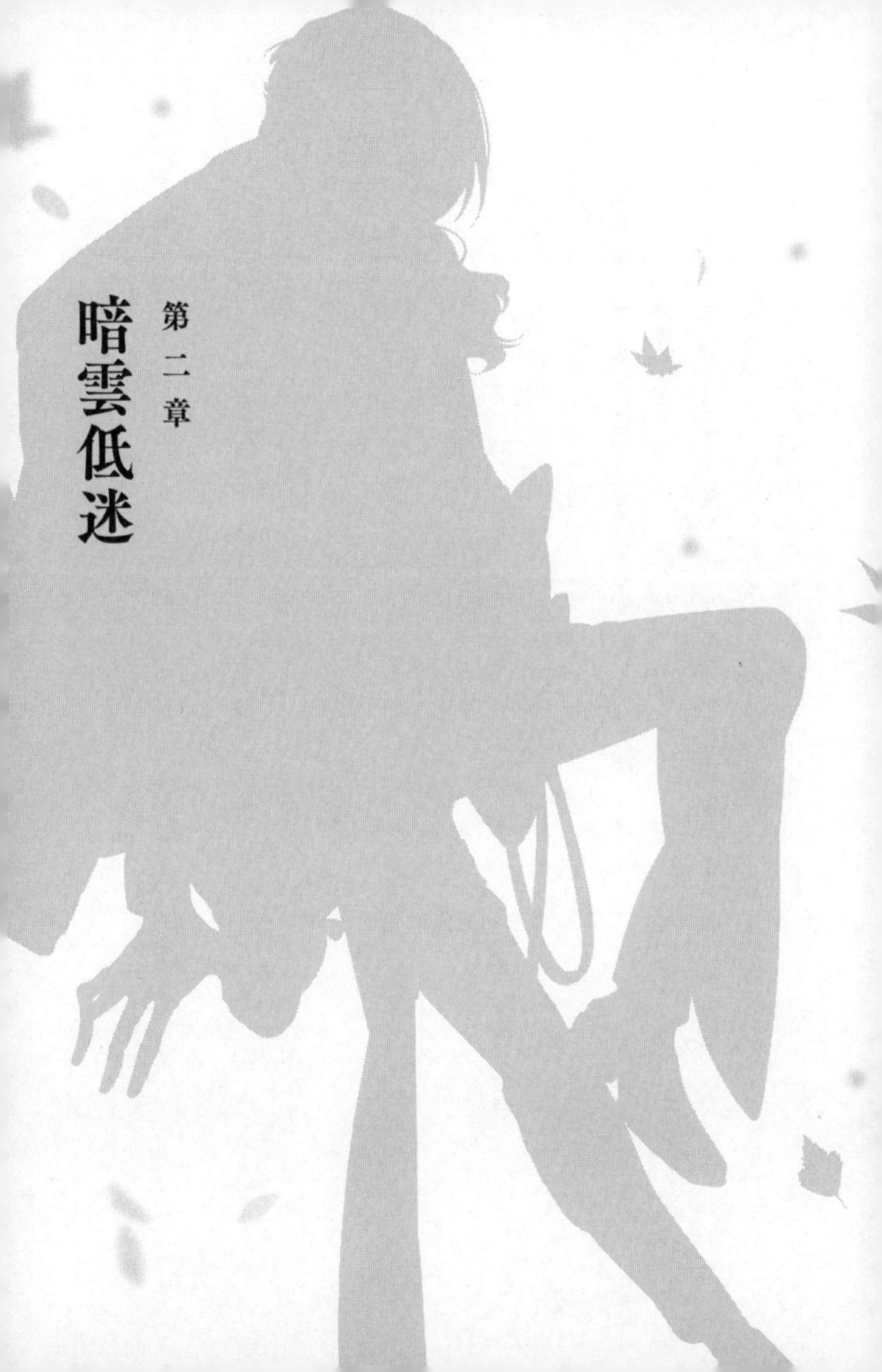

真葛美夜日《さねかずらみやび》は秋の里で生まれ、里から一歩も出たことがない娘だった。

里内の学び舎《まなや》では成績優秀、品行方正。本人が望めば四季庁《しきちょう》入庁を果たし、どこに配属されようともそれなりの成果を収めていたのでは。第三者がそう思うような人物だった。

里に残って家の手伝いをすると決まった時、周囲は大層残念がった。

『もったいない』

『都会に出たほうがいい』

『どうしてもっと野望を持たないの』

そんなことが言えるのは、何の不安もなく外に出られるしがらみのない者達だけ。

無責任に言う者達のほとんどは真葛《さねかずら》がどういう暮らしをしているか知らない。

真葛《さねかずら》は商人の娘だった。

両親は里内で食料品の商店や青果の配送を営む夫婦。

昔は里の畑で農家をやっていたそうだが、畳んでからは商いを。土地に根ざした商店ということもあり需要は高く、とても繁盛《はんじょう》している。故に、三百六十五日ほぼ働いていた。

そんな夫婦の長女として誕生した真葛《さねかずら》は、若くして働き手として活躍することが望まれていた。包丁を持ったのは何歳だったのか彼女も覚えていない。

両親が疲れた顔で帰ってきた時に、風呂《ふろ》を沸かしてやり、ご飯を用意して喜ばれるのが好きだった。今日もお疲れ様と母の足を揉《も》んでやるのだって嫌な顔一つしたことがない。必要とされたい、というのが真葛《さねかずら》の原動力だったのかもしれない。

広いだけが取り柄の古い屋敷《やしき》に大家族で住んでいた真葛《さねかずら》は、両親に代わり祖父母の介護をしつつ、兄弟達の世話までしていた。勤労少女。ヤングケアラーとも言う。

経済的には問題なかったはずだが、親は体面を気にしてか、人を雇うという考えはなく真葛《さねかずら》が朝から晩まで飯を作るか誰かの服を着替えさせるか掃除をするか、そのどれかの毎日。

青春時代、というものはほとんど味わったことがないまま生きていた。

しかし、真葛《さねかずら》はそれを別段恨んではいなかった。もちろん、他の友人達のように外の世界で都会を知ったり、何処《どこ》かに遊びに行ったりするのは羨ましかった。

しかし家の中でテキパキと動けるのが真葛《さねかずら》しかいないのだ。

これは自分の使命なのだと、真葛《さねかずら》は誇りを持ってやっていた。

両親が自分よりもあくせく働いていることを知っていたせいもある。

彼らが褒めてくれたらそれで良かった。

『美夜日《みやび》、良い子だね』

その言葉を貰《もら》えれば、どんなに大変な毎日も頑張れた。

これが美談で終われば良かったのだが、そうではないからいまの真葛《さねかずら》がある。

真葛《さねかずら》は善人でありすぎた。【良い子】というのはそれが常態であると、何かの拍子で普段通りに出来なかった時に他者から激しい批判をくらうことがある。

それは例えば、寝坊してしまって朝飯を用意出来なかった時。

夜遅くまで勉強していた結果だったとしても『飯も作れねえのか』と父親にどやされる。

友達と遊びに行きたいと言うと、『お前がいないと大変なのにどうしても行かないと駄目なの？　いつもは家でみんなの面倒見てくれるでしょう』と母親に責められる。

兄弟達に家事の分担を求めても、『お姉ちゃんの仕事でしょ』と押し付けられる。

知らず知らずの内に、八方美人をしすぎた結果、周囲から『使っても当然。文句の言わない存在』という烙印《らくいん》を押され、搾取《さくしゅ》される構造が出来ていた。

真葛《さねかずら》を更に傷つけたのは両親の他の兄弟への扱いだった。

普段は素行が悪いのに、偶《たま》に気が向いて店の配達をするくらいの長男は褒めそやされる。

活発なだけで勉強も出来ない次男達は怒られもしないのに、真葛《さねかずら》が自慢の成績を維持出来ないと努力が足りないと言われる。

十代半ばでこれはおかしい、と真葛《さねかずら》も気づき、段々と病んでいった。

――愛されているわけじゃない。都合がいいんだ。

愛されているという点なら、他の兄弟のほうがどれだけ両親に笑顔をもらっていたことだろう。真葛《さねかずら》が見る両親ときたら愚痴を言うか叱責するか、そればかり。

真葛《さねかずら》はついに鬱憤をぶつけても良い対象にまで落ちていた。

小さい頃は、ご飯を作っただけでも感謝されたのに。

いまは誰も『ありがとう』とは言ってくれない。

真葛《さねかずら》が家族に潰されそうになっていく中、救いの手が現れたのは二十歳を越えた頃だった。

本殿に食材の卸で出入りする内に、真葛《さねかずら》の働きぶりが評価され、本殿で働いてみないかと厨房《ちゅうぼう》の者に誘われたのだ。食材の料理の仕方を助言していく内に女性料理長と仲良くなった。

真葛《さねかずら》の実情を知って、哀れんでくれたせいもある。そこから真葛《さねかずら》の人生に転機が訪れた。

コネがあるなら別だが本殿入り打診を関係者自らするのはよほど労働力を見込まれないと実現しない。本殿入りも里の者全員が出来るわけではないからだ。

真葛《さねかずら》は両親の反対を押し切って本殿入りを果たした。とは言っても、それから十年間は家と本殿を往復、出来る限り家のことを手伝いながらの勤務だったのだが。

厨房《ちゅうぼう》勤めだったのが今度は家政に引き抜かれ、本殿内での立ち位置をどんどん確立していった。十年の間に介護していた祖父母も亡《な》くなり、兄弟達は巣立つ。すると親は婿を取って家におさまれと言ってくる。家族で大層苦労していた真葛《さねかずら》は自分が結婚することで幸せになるというイメージを毛ほども持つことが出来ない。今度は夫と両親の世話をしろと言うのか。

——ごめんだわ。

かくして仕事に邁進《まいしん》し、来る見合いも蹴って蹴って蹴りまくった結果、真葛《さねかずら》は出会う。

『あたらしい侍女さん……？』

彼女の可愛《かわい》らしい主に。

前任の侍女頭から代替わりするまでは同じ家政でも、もっと裏方の要職についていた真葛《さねかずら》はそれまで撫子《なでしこ》とは交流していなかった。

大人しくて、恥ずかしがり屋。礼儀正しくなんでも丁寧に『ありがとう』と言ってくれる。親戚に居たら猫可愛《ねこかわい》がりしたであろう幼い女の子。いや、もし自分の娘だったら……。

ほんわかとした雰囲気とは裏腹に、その身に神の力を宿し、凄惨な事件を経ても尚《なお》、民の為に季節を授ける現人神《あらひとがみ》。と同時に、明らかに両親から放置をされている寂しい子ども。

生粋の世話焼きである真葛《さねかずら》の心を大変くすぐる人物だった。

人の世話は嫌だったのに、撫子《なでしこ》に関しては喜ぶ顔がみたくてあれやこれやとしてしまう。

侍女頭の仕事も面白かった。

真葛《さねかずら》が今までやってきたこと、人生で培《つちか》った経験は侍女頭の仕事で運用出来る技術ばかりだった。最初こそ立ち位置に戸惑ったが、一月もすれば業務にも慣れた。

兄弟と祖父母、両親の世話、商店の手伝いをしてきた真葛《さねかずら》の手にかかれば撫子《なでしこ》の世話も、部下達への指示も他部署との連携も大したことはない。

真葛《さねかずら》が出世することに異議を唱える者も表立ってはいなかった。
本殿に長年勤めていたこともあり、信用が物を言った。もしかしたら秋の神様への人身御供《ひとみごくう》という意味合いがあったかもしれないが、真葛《さねかずら》は気にしていない。

『さねかずらさん、いつもありがとう』

撫子《なでしこ》のことを知れば、秋の神への恐れも消えた。
この子には自分のように寂しい子ども時代を与えたくないと素直に思えた。

『さねかずらさん、さねかずらさんもきて。ここ、桜の雨よ』

用を申し付けられる為に存在しているような自分が、肯定された気がした。
頑張ってきて良かったと、そう思える出会いだった。

『こっちよ！　迷わないで！　わたくしの声のほうに来て！』

今はもう、すべてが霞《かすみ》がかったように儚《はかな》く消えようとしている。

真葛《さねかずら》は長い眠りから覚めた。

誰かが必死に『こっちよ』と呼んでくれた気がするが、それが誰だったのかも、自分が何処《どこ》に行こうとしていたのかもわからない。

目覚めてすぐに身体《からだ》の不調を感じた。全身がひどく寒く、倦怠《けんたい》感も凄《すさ》まじい。酩酊《めいてい》した後に無理して徹夜したような、自分の意思ではどうしようも出来ない眠気が依然としてある。

目を開けるのがこれほどまでに困難だろうか、というほどまぶたが重たい。

どうしてこんなに辛《つら》いのか、誰かに助けを求めたかった。

「……だれ、か」

か細い声で、そう言う。

「真葛《さねかずら》さん？」

男の声が聞こえる。

それが自分の後輩であることがわかると、真葛《さねかずら》はまた救いを求めた。

「しらはぎくん……？」

「……ま、待ってください。いま看護師さんを呼びますから！　すみません！　通訳の方、彼女、起きました！　お医者様連れてきてください！」

看護師、と聞いて真葛《さねかずら》は何事かと思いなんとか瞳を開いた。

白萩《しらはぎ》が慌てた様子で病室を出ていく。見える景色は、確かに病院のようだ。自分の腕に管が刺さっていて、点滴されていることがわかる。

病院だということは理解したが、真葛《さねかずら》は自分が何故此処《なぜここ》に居るかはわからなかった。

何かとても怖いことが起きた気がするのだが、やはり思い出せない。

白萩《しらはぎ》は病室の扉付近からまた戻ってくると、大層気遣わしげに真葛《さねかずら》を見下ろした。

「……良かった。真葛《さねかずら》さん、本当に良かった」

白萩《しらはぎ》の服装はところどころ血で汚れていた。シャツの上から腕に包帯が巻かれている。

「…………怪我《けが》したの？　どうしたの、だいじょうぶ……？」

世話焼きの癖だ。自分のことより先に白萩《しらはぎ》のことを尋ねてしまう。

「俺は大丈夫です……真葛《さねかずら》さんのほうが大変なことになっていたんですよ」

「というか、どうして私はこんなところにいるのかしら……。撫子《なでしこ》様は？　阿左美《あざみ》様は？」

戻ってきた白萩《しらはぎ》に、そう尋ねた真葛《さねかずら》を見て、彼は唇を震わせた。

「どうしたの……」

「……真葛《さねかずら》さん、覚えてないんですか？　撫子《なでしこ》様が……」

白萩《しらはぎ》が苦しそうに言う。

そこで真葛《さねかずら》はようやく自分が撃たれたことを思い出した。

時間は少し遡る。

車の出発を見送る為に、最後に花桐《はなきり》を渡そうとした白萩《しらはぎ》は車の扉が目の前で閉じられるのを見て唖然《あぜん》とした。

「え……？」

走り出す車。何事かと視線が誘導されていく内に、白萩《しらはぎ》含む秋の護衛陣三名は車から降りていた現人神教会《あらひとがみきょうかい》の職員達三名から銃を向けられていた。

「手を挙げろ！　そのまま地面に伏せるんだ！」

先程までは座席を譲ってくれた優しい人々が、強盗まがいのことをしてくる。

この急展開をすぐに呑《の》み込めるはずもない。

「いいから、伏せろ！」

彼らはその場から離脱したいようだった。空中に威嚇射撃をしてみせる。

街中ということもあり、通行人達から悲鳴が上がった。

白萩《しらはぎ》は困惑する。手を挙げろと言われても手は犬で塞がっているのだ。

「お前達何を……」

「ウウウウ！　ワンッ　ワンッ！」

犬こと花桐《はなきり》は、主がどうなったかまでは理解していなかっただろうが、いまこの時白萩《しらはぎ》が危機に陥ったことはすぐに察知していた。

そして彼は夏の代行者《だいこうしゃ》葉桜《はざくら》瑠璃《るり》と葉桜《はざくら》あやめが鍛えた勇敢な犬だった。

「ウウウ！　ワンッ！」

花桐《はなきり》は唸《うな》ってから吠《ほ》えると、白萩《しらはぎ》の腕から飛び出て教会職員の顔に飛びついた。

「うわっ！」

そして爪で引《ひ》っ掻《か》き、鼻に嚙《か》みつき、銃を持った一人を転倒させた。流れるような素早い攻撃。そこから更にもう一人へ。今度は足に嚙《か》みつく。

「ウウウウッ！」

敵を放してなるものかと言うかのように喰《く》らいついた。子犬と言えど、本気で嚙《か》みつかれればズボンを貫通して皮膚に牙が刺さる。

「やめろ！　やめろ！」

嚙《か》みつかれた教会職員は必死に足を振り、それで離れないとわかると銃を持っていないほうの手で首根っこを乱暴に摑《つか》んだ。花桐《はなきり》は所詮子犬。身体《からだ》は玩具のように軽い。

ぐっと持ち上げられるとそのまま地面に叩《たた》きつけられた。

「きゃうんっ！」

花桐《はなきり》の悲鳴が響く。

慈悲のない暴力。柔らかな身体《からだ》が地面を跳ねて、それからすぐに血が流れた。

自慢の毛並みが朱に染まる。

「……っ！」

白萩《しらはぎ》は衝撃を受けた。急速に不安衝動が襲いかかってくる。

彼にとって花桐《はなきり》は厄介な犬だった。

散歩も糞《ふん》の始末もしてやっているのに、餌担当ではないせいか花桐《はなきり》の中で格付けが低い。

自分の足にじゃれてくるのは良いが、スーツを毛まみれにされるのはうんざりだった。

甲高い鳴き声も、静かな場所が好きな彼には騒音だった。だが、まるで当然のように膝に乗ってくるところや、腹を見せて撫《な》でろと言わんばかりにこちらに視線を遣《や》ること。

手ずから水や犬用のお菓子をあげた時に何の警戒もなく喜ぶところ、それらすべてが愛おしくなかったかと言われれば。

――花桐《はなきり》。

愛おしく思っていた。

撫子《なでしこ》の愛犬ということを差し引いても、いつか寿命で死なれたら泣いてしまう。

そう思うほどには情があった。

「花桐《はなきり》！」

白萩《しらはぎ》の頭の中で何かが切れる音がしたのを感じた。

ぶちん、と切れた音は、多分堪忍袋《かんにんぶくろ》の緒のようなもので。

気がついたら白萩《しらはぎ》は拳を握ってから大きく振りかぶっていた。

花桐《はなきり》を地面に叩《たた》きつけた男の姿が、かつて父だった人の姿と重なって見えたのもまずかった。


「……はあ、はあ……」


その数分の記憶が白萩《しらはぎ》には残っていない。

「白萩《しらはぎ》！　やめろ！　十分だ！」

「こんな小物に構っているより、撫子《なでしこ》様を探しにいかないと！」

共に居た護衛二人が青ざめながら止めていた。

「……はあ、はあ……はあ……」

拳がやけに痛かった。皮膚が抉《えぐ》れて肉が見えている。

後でその場に居た同僚達に聞いたところ、撃たれるのも構わず教会職員を殴り倒して、気絶してからも馬乗りになって殴り続けていたらしい。

腕に銃弾がかすっていたが、白萩《しらはぎ》はアドレナリンが出すぎて痛みも感じなかった。

「……撫子《なでしこ》様……」

白萩《しらはぎ》は地面に転がる花桐《はなきり》を見ながら、途方に暮れたようにつぶやいた。

それから怪我《けが》をした花桐《はなきり》をジャケットで包み、ひとまず護衛陣と現人神教会《あらひとがみきょうかい》に戻った。

既に戦いは収束し、賊の残党を押さえつけるなど、事後処理作業の途中だった。

起きた事柄を大和《やまと》陣営に報告。あまり時間が経《た》たずに雷鳥《らいちょう》からの連絡があり、撫子《なでしこ》とリアムが橋国佳州《きょうこくかしゅう》の代行者護衛官《だいこうしゃごえいかん》ジュードに誘拐されたこと、竜胆《りんどう》と真葛《さねかずら》は血だらけで発見され、病院に担《かつ》ぎ込まれたことを知る。

残された白萩《しらはぎ》はわけがわからぬまま、とにかく行動した。

駆けつけた竜胆《りんどう》の父親や他の通訳が助けになってくれて、花桐《はなきり》含め負傷した者達の病院関係のことはなんとかなった。

「現在は大和《やまと》の秋の代行者《だいこうしゃ》と、佳州《かしゅう》の秋の代行者《だいこうしゃ》が消えたことで佳州《かしゅう》の保安庁支部に対策本部が設置されたばかりです。俺もこの後すぐに行かなきゃなりません」

起きた事柄の説明を白萩《しらはぎ》から受けた真葛《さねかずら》は、涙ぐみながら言う。

「私も行く……！」

寝台から抜け出そうとするが真葛《さねかずら》の身体《からだ》はちっとも力が入らない。

「駄目です。真葛《さねかずら》さんは見た目こそ何ともありませんが極度の貧血です。撫子《なでしこ》様が治療してくださったおかげで生き延びました。ここで無理をしてまた倒れてはいけません」

「貧血くらい何よ！　私も行く！」

「駄目です！」

珍しく白萩《しらはぎ》が大きな声を出したので、真葛《さねかずら》はびくりと震えた。白萩《しらはぎ》はきまりが悪い顔をしてから声音を抑えて囁《ささや》く。

「……真葛《さねかずら》さん、俺も撫子《なでしこ》様の治療を受けたことがあるからわかります。本当なら何時間もぶっ続けで寝ます。身体《からだ》がそれを求めるからです。いま起きていても、すぐ気絶しますよ」

白萩《しらはぎ》は無理やり真葛《さねかずら》を布団《ふとん》の中に押し込んだ。真葛《さねかずら》は暴れようとするが、それはただ手を宙に浮かすくらいの抵抗で終わった。そもそも起き上がれないのだ。

真葛《さねかずら》は自分の身体《からだ》が想像以上に弱っていることを自覚させられる。

「でも……私は撫子《なでしこ》様を誘拐した犯人を見ているのよ？」

「代行者護衛官《だいこうしゃごえいかん》のジュードでしょう」

「……もう犯行声明が出たの？」

「まだです。あとの一人はいま調べている途中ですが、いずれわかるはずです。夏の代行者護《だいこうしゃご》衛官《えいかん》の雷鳥《らいちょう》様がみなさんが乗っていた車を途中まで追跡してくれていたんですよ。真葛《さねかずら》さん達の身柄を保護してくださったのもあの方です。すぐに救急に連絡してくださったおかげで輸血処置が早く出来た。遅ければ遅いほど、何かしらの後遺症が出る可能性があったそうです。次にお会いしたら御礼《おれい》を言ってください」

「そうなの。あの方が……」

意外な伏兵に真葛《さねかずら》は素直に驚いた。空港到着の全体挨拶の際にお辞儀はしたが、それくらいしか接触がなかった。おまけに発言と行動が常人と比べて独特な人間なので、まさか自分達を救ってくれるとは思いもしなかった。

「俺を襲った者達に関しても佳州《かしゅう》保安隊が取り調べをしています。佳州《かしゅう》の護衛官《ごえいかん》の背後にある現人神教会《あらひとがみきょうかい》は此度《こたび》の誘拐の関与を否定していますが、全くの無関係ということはないはず。これから、色んなことを調べていきます」

「じゃあまだ撫子《なでしこ》様が何処《どこ》に居るかもわからないのね」

「……」

「……なんてこと」

真葛《さねかずら》は震えた。そしてじわじわと瞳に涙が浮かぶ。

それは悲しみというより怒りのあまり流れた涙だった。

「撫子《なでしこ》様が何をしたの？　そんな恨まれるようなことをした？」

「わかりません……」

「求婚を断ったから？　でも、そんなの当たり前でしょう……？　まだ八歳なのよ……」

白萩《しらはぎ》に聞いたところで何かわかるわけでもないのだが、混乱している真葛《さねかずら》は聞いてしまう。

彼は困った様子で返した。

「……憶測でしかありませんが、きっとそんな単純な理由ではないんだと思います。撫子《なでしこ》様だけに恨みを抱いているならリアム様を巻き添えにはしないはず。大和《やまと》を巻き込んでやるべき大犯罪。そういう名目が彼の中ではあるんじゃないでしょうか」

「……知らない国の知らない人達のことでどうして撫子《なでしこ》様が巻き込まれるの！」

声を大きくして言ったつもりだったが、真葛《さねかずら》の声はかすれて空回りした。

──あんまりだわ。

橋国《きょうこく》渡航前から、撫子《なでしこ》は大人達の都合に振り回されてばかりだった。

真葛《さねかずら》はそのことが臣下として申し訳なくて、ずっと気にしていた。

ただでさえ婚約騒動で体調を崩させてしまったのに、二度目の誘拐。おまけに何故《なぜ》拐《かどわ》かされたのか理由もわからない。理不尽の連続がどうしようもないほどの怒りを生む。

「俺もそう思います……」

白萩《しらはぎ》は口惜《くちお》しそうに答えた。

「何であれ、誘拐犯には必ず報いを受けさせないと。……真葛《さねかずら》さんは此処《ここ》に居て下さい。自分で歩けるくらいにならないと会議には参加させられません。対策本部の一角に俺達は泊まり込む形になります。患者を休ませる場所なんてないんです」

真葛《さねかずら》は白萩《しらはぎ》にすがるように言う。

「……床で座ってるから、お願い、連れてって」

「駄目です。みんなの邪魔になります」

ぴしゃり、と白萩《しらはぎ》は冷たく言い放った。

「なんでそんな酷《ひど》いこと言うの……」

「俺も言いたくないです。真葛《さねかずら》さんこそ、俺に言わせないでください」

「……」

「真葛《さねかずら》さんが嫌いで言っているわけじゃない。わかりますよね？　本当に心配したんです」

「…………」

彼は腹芸が出来る男ではない。そしてこう見えてまだ二十歳。主が急に目の前から消えて、花桐《はなきり》が怪我《けが》をし、先輩である竜胆《りんどう》と真葛《さねかずら》に起きた事態を知ってどれだけ動揺したことだろう。

「……真葛《さねかずら》さん、撫子《なでしこ》様に救っていただいた命なんですよ。絶対に安静にしてください」

真葛《さねかずら》からしたら子どものような年齢の青年なのに、それでも頑張っていまも仕事をしている。

「……」

年配の真葛《さねかずら》が我儘《わがまま》を言うのは確かに場を乱す行為だ。

周囲が許してくれたとしても、やはり迷惑はかけるだろう。

乞うような眼差《まなざ》しで白萩《しらはぎ》がずっと見つめてくるので、真葛《さねかずら》も観念した。

「わかったわ。白萩《しらはぎ》くん、私の携帯あるのかしら。ここに居るなら、せめて状況の連絡を……」

「あります。すみません……血とか洗ってあげられてないんですが。これ、携帯の充電切れそうなんで俺の充電器ここ置いてきます」

「……うん」

「もうすぐお医者さんが来ますから、真葛《さねかずら》さんも入院がどれくらいになりそうかわかったら俺に知らせてくださいね。こちらも逐一報告します」

「…………うん」

「ここに残すこと……許してください。その代わりちゃんと連絡しますから」

こうした非常事態では人の悪いところが出やすいものだが、彼は変わらず誠実だった。真葛《さねかずら》も白萩《しらはぎ》がそう言うならと自分を慰めることが出来た。

そして、ふと上司のことが頭に浮かんだ。

「あれ……待って、阿左美《あざみ》様はどうされてるの？　ご無事だったのよね」

「我らがボスはこれから保安庁佳州《かしゅう》支部にお連れします」

「もう目覚めてらっしゃるの？」

「はい、真葛《さねかずら》さんより前に」

「……ずるいわ」

「ずるくありません。阿左美《あざみ》様は……身体《からだ》がどれだけ頑丈なのか、それとも気力で何とかしているのか起き上がって歩いているんです。真葛《さねかずら》さんは歩けないでしょう」

ぐぬぬ、と真葛《さねかずら》は唇を噛《か》んだ。

「歩けるようになったら、私も合流していいのよね？」

「ええ。でもとにかく今は休んでください……。撫子様《なでしこ》が無事戻られた時に、無理をして平時の状態まで回復出来ず働けなくなった……なんてことになったらどうするおつもりですか」

「……」

「撫子様《なでしこ》を悲しませない。それを第一の基準でお考えください」

真葛《さねかずら》はそれを聞いて、また一滴涙を流した。

白萩《しらはぎ》は親が子どもにするように、真葛《さねかずら》の首元まで布団《ふとん》をかけてやる。

「じゃあいってきますね」

「……うん」

「大丈夫ですからね」

「……うん。白萩《しらはぎ》くん……気をつけてね。撫子《なでしこ》様、無事に取り返して。お願い……」

切実な願いを口にした真葛《さねかずら》に、白萩《しらはぎ》は無理して笑って頷《うなず》いて見せた。

それから白萩《しらはぎ》は病室を後にした。

外は既に真暗闇だ。

黄昏《たそがれ》の射手《しゃしゅ》が空に矢を放ち夜を齎《もたら》していた。今日の出来事が濃厚すぎて、まだ一日が終わっていないことが信じられない、と白萩《しらはぎ》は思う。

　時刻は現地時間四月七日午後十時。白萩《しらはぎ》は早歩きで病院の外へ向かった。駐車場に行くと、佳州《かしゅう》の保安隊の車がエンジンをつけたまま停車していた。国防組織の車をタクシー代わりにすることが許されているのは、白萩《しらはぎ》ともう一人の乗員がこれから戦いに行くからだ。

「阿左美《あざみ》様」

　白萩《しらはぎ》が車に乗り込むと、後部座席には既に彼のボスが座っていた。

「遅い」

　地獄の地響きのような返しがきて、白萩《しらはぎ》は肩が縮こまる。

　──目が据わっている。

　人を殺しかねない眼差《まなざ》しだった。実際そうなのだろう。もう二度と貴女《あなた》を離さない、と誓った少女神を異国で拐《かどわ》かされてしまったのだから。自責の念もあるだろうが、攫《さら》った相手であるジュードへの恨みはそれこそ凄《すさ》まじいもののはずだ。

「すみません、去り際真葛《さねかずら》さんが目覚めて、同行しようとしていたので説得に時間が……」

「彼女、容態は？」

　相変わらず殺気立っているが、それでも、竜胆《りんどう》は最低限部下の安否を気遣う素振りを見せた。

「起き上がれる状態ではないです。ですが会話は可能でしたので、身体《からだ》さえ動けば何の後遺症もなく回復出来るかと……」

「わかった」

竜胆《りんどう》も生命腐敗《せいめいふはい》の権能による好転反応で倦怠《けんたい》感や発熱があるはずだが、弱音一つ吐かないのは流石《さすが》と言うべきか。それとも哀れむべきか。

竜胆《りんどう》は白萩《しらはぎ》がシートベルトを締めると運転席に居た保安隊員に車を出してくれと言った。

「……白萩《しらはぎ》、少し目を瞑《つぶ》る」

「わかりました。着いたら起こします」

多くを語らない上司のことを白萩《しらはぎ》は横目で見ながら心配する。

しかしどんな言葉をかけるべきかもわからない。

白萩《しらはぎ》が目覚めた竜胆《りんどう》に状況説明した時、彼はしばらく放心していた。

それこそ、茫然自失《ぼうぜんじしつ》という言葉がぴったりな様子だった。

何度も説明して、ようやく思い出した。主が攫《さら》われてしまったこと、自分が敵を目前にして何も出来ぬまま銃で撃たれ、撫子《なでしこ》が必死に治療してくれていたことを。

夢であってくれというような顔をした竜胆《りんどう》に白萩《しらはぎ》も『これは夢です』と言ってあげたかった。

竜胆《りんどう》がどれだけ撫子《なでしこ》を愛しているか知っている。だが蛮行はなされ、撫子《なでしこ》は拐《かどわ》かされた。

愛している人を二回も奪われるというのは、奪われた側にどのような作用を齎《もたら》すのだろう。

彼の中で何かが壊れてしまったりしないのだろうか。

そうだとしても、見ない振りをして戦う他ない。

きっと秋の少女神は王子様が助けに来てくれるのを待っているのだから。

第三章
星羅雲布

竜胆《りんどう》は浅い眠りの中、銃で撃たれた時の夢を見ていた。

――嗚呼《ああ》、撫子《なでしこ》駄目だ。逃げてくれ。

無意味なことを祈る。
自責の念で見る悪夢ほど、辛《つら》いものはない。
撃たれた苦しみは再現され、呼吸がずっと苦しい。楽になるには命を絶たれるしかない。
いっそ殺してくれという願いの中、竜胆《りんどう》は撫子《なでしこ》を見る。
血まみれの彼女が必死に自分達を癒やそうとしている姿を。

『……さねかずら、さん、りんどう……』

――どうして声が出ないんだ。

『だいじょうぶ、だいじょうぶよ……』

――痛い。死んでしまいたいほど痛い。撫子《なでしこ》、このまま死にたい。

『……いま、いま治すわ……治すから……』

――無理だ。お前だけでも逃げろ。誰も救うな。自分を救え。

『ごめんね……痛いわね……すぐよ……すぐ、治るわ……』

――痛い、痛い。撫子《なでしこ》、駄目だ。お前にすがってしまう。お前は逃げろ。

「りんどう……？」

――俺が悪かった。橋国《きょうこく》なんぞに連れてきたから。俺が悪かった、撫子《なでしこ》。

「……っ……な、で……」

――怖いだろう。良いんだ、逃げて良い。見捨てろ。大人なんて見捨てろ。

『なで、しっ……』

——佳州《かしゅう》の秋も見捨ててしまえ。俺は、お前さえ無事なら。それで。

『だいじょうぶよ、りんどう。ぜったい助かるわ』

——それで良いんだ。お前さえ無事なら、俺は。

『……な、で、しこ……にげ……』

——撫子《なでしこ》、本当にすまない。俺はいつも。

『りんどう、もうしゃべらないで。ゆっくり眠るの。回復して』

——いつも、俺の不甲斐《ふがい》なさでお前を殺している。

『……に、げ……』

──俺は王子様なんかじゃない。

『……なで、し、こ……にげ……ろ……』

──違うんだ。本当は狡《ずる》くて底の浅い、器も小さい男なんだ。

『……に、げ……ろ』

──嘘《うそ》をついていた。

『りんどう……！』

──お前に嫌われたくなくて、嘘《うそ》をついていたんだよ。

悪夢から身体《からだ》を引き上げるように、覚醒を促す声が聞こえた。

「阿左美《あざみ》様、到着しました」

白萩《しらはぎ》の低い声だ。竜胆《りんどう》はすぐに返事が出来ず、ねばつくまぶたを開く。

車内は相変わらず暗い。窓から見える風景は街灯の灯《あか》りに照らされた橋国保安庁佳州《きょうこくほあんちょうかしゅう》支部の建物だった。きっとこの建物が眠ることはないのだろう。室内の灯《あか》りが煌々《こうこう》としている。

暗い夜道で見れば頼もしい存在に見えただろうが、いまこの時焦燥感に身体《からだ》を喰《く》い破られそうになっている竜胆《りんどう》には、何の安心感も与えてはくれなかった。

それよりも緊張感が増す。襲撃をくぐり抜けた他の大和《やまと》陣営の者達もこの中に居るはずだ。

撫子《なでしこ》とリアムについて何か進展があっただろうか。

不甲斐《ふがい》ない秋の代行者護衛官《だいこうしゃごえいかん》をみなどう思っているだろう。

竜胆《りんどう》の胸中で様々な気持ちが渦巻いていく。

「具合が悪そうですよ……大丈夫ですか？」

きっと酷《ひど》い顔をしているのだろう。白萩《しらはぎ》が気遣うように言う。

「………ああ」

実際、竜胆《りんどう》は顔に生気が無く、頭から水でも被《かぶ》ったかのように汗をかいていた。

寝汗、というよりかは撫子《なでしこ》の治療による好転反応だろう。それか、単純に緊張感から出る脂汗か。どちらもかもしれない。事情を知らない第三者からは、高熱の患者に見えるはずだ。

白萩《しらはぎ》がまだ心配そうにこちらを見ている。

「……大丈夫だ」

竜胆《りんどう》は服の袖で汗を乱暴に拭うと車外に出た。

真夜中の佳州《かしゅう》の街は涼しい。昼間はあんなに春らしく暖かかったのに、夜は寒い。

――撫子《なでしこ》、寒がっていないだろうか。

彼女は秋の代行者《だいこうしゃ》であるおかげか寒さには強いほうではあるが、竜胆《りんどう》はいつも着ぶくれさせるほど服を着せてしまっていた。何時だって彼女が心配なのだ。腹を空かせていないか、ひどい目に遭わされていないかと次々と憂いが湧いてくる。悩乱で悶絶《もんぜつ》したいほどに。

――神通力《じんつうりき》を使ったから高熱が出ているはずだ。

馬鹿げたことだが、竜胆《りんどう》はいま自分が熱に冒されていることが救いに思えた。

主が苦しんでいるのに、自分は何の痛みも感じられない状態だったら、更に気が狂っていたかもしれない。表面上は出さないようにしているが、心の中は崩壊しそうになっていた。

――もし、撫子《なでしこ》に何かあったらその時は。

後を追おう。そう覚悟を決めていた。

無意識に竜胆《りんどう》は拳銃を探る。

自らの過失で引き起こされた事態への良心の呵責《かしゃく》。そして単純に愛する人が亡《な》くなってしまうかもしれない危惧による絶望。その両方が竜胆《りんどう》を自死の選択に導いていく。

――二度目だぞ。

最初の誘拐の時も、竜胆《りんどう》は絶望していた。

喪失感が身体《からだ》中を駆け巡り、それまで面倒だと思っていた少女神の存在が自分にどれだけ幸福感を与えてくれていたか理解した。春主従があらゆるルールを無視して乗り込んできてくれたからこそ、奪還の為に奮い立とうとまた思えた。

――無能、愚図、役立たず。

たくさんの人の手を借りて取り戻し、もう二度と失わないと、固く決意したのに。

――俺なんぞ死ねば良かったんだ。

あっさりと銃に撃たれて倒れ、主を奪われた。しかも自分は秋の権能により癒やされて救ってもらっている状態だというのだから、本当に惨《みじ》めで笑えてくる。

――死んでしまいたい。

毎秒襲ってくるその気持ちを、しかし今は跳《は》ね除《の》けて戦わなくてはならない。

――だが、俺が死んだら誰が撫子《なでしこ》を救う？

此度《こたび》の不始末の決着をつける為に自殺。そんなことをしている場合ではない。

ただでさえ人探しは人海戦術なのに、死んではいられない。撫子《なでしこ》も望んではいないだろう。普通の人間なら気絶している状態だというのに、無理やり病院を退院してきたのはもはや執念の力だった。

「阿左美《あざみ》様、これ経口補水液です。買ってきました。飲んでください」

ふらついている竜胆《りんどう》に白萩《しらはぎ》が持っていた袋に入っていたペットボトルを差し出した。

「いい……要らない」

白萩《しらはぎ》は問答無用でペットボトルの蓋を開けて言う。

「この後も眠気や倦怠感《けんたいかん》、発熱が続きます。実体験から言っています。撫子《なでしこ》様の治療は言ってしまえば荒療治です。発熱で脱水状態になる者も居るので飲んでください」

「……いい」

「どう見ても高熱が出てますよ。緩和しないと、会議なんて出来ません」

「白萩《しらはぎ》、要らないと言っているだろう」

「……この後も先導してくださるのなら飲まないと駄目です。阿左美《あざみ》様……」

「煩《うるさ》いっ！」

竜胆《りんどう》は思わず怒鳴ってしまった。お節介に気を割く余裕がなかった。

愛想《あいそ》の良い返事も出来ない。今はもう何もかもが苦しくて普段通りに振る舞えない。

自分の馬鹿さ加減が心底辛《つら》い。それでも頑張ろうとしている。だから放っておいて欲しい。

そう思ったが、すぐに後悔した。

「……すみません」

謝る白萩《しらはぎ》の声が震えていた。

竜胆《りんどう》が大きな声を出して恫喝《どうかつ》まがいのことをしたせいで、せっかく買った経口補水液の中身がこぼれ、白萩《しらはぎ》の手を濡《ぬ》らしていた。動揺して手元が揺れたのだろう。

「……白萩《しらはぎ》」

白萩《しらはぎ》は本来お節介焼きではない。どちらかというと受け身な男だ。そんな後輩がこういうことをする。どれだけ心配してくれているか。それがわからぬ竜胆《りんどう》ではなかった。

「阿左美《あざみ》様、申し訳ありません……。俺が不甲斐《ふがい》ないあまりに……」

竜胆《りんどう》が謝るより先に白萩《しらはぎ》が言葉を続けた。

「何で、お前が……」

「みんなが乗った車も追えず、護衛陣の一人として撫子《なでしこ》様をお守り出来ませんでした。それに、阿左美《あざみ》様が無理をして対策本部に行く事態になっています」

竜胆《りんどう》は素で疑問に思う。前半はまだ理解出来るが、後半は意味がわからなかった。

「……お前が追えなかったのは襲撃されたせいだし、俺が出張るのは当たり前だろう」

そう、当たり前だ。竜胆《りんどう》はその為に存在しているのだから。

代行者《だいこうしゃ》でもないのに人々に様付けされ、ある種崇《あが》められているのは、神に最も近い人間だからだ。その神が奪われた。戦うのは竜胆《りんどう》であるべきだ。

「残った俺達、秋の護衛陣に任せるという手もありました」

しかし白萩《しらはぎ》はそう思っていないようだった。

竜胆《りんどう》は白萩《しらはぎ》を見る。街灯の下に居ないので、あまり表情がわからない。

「俺達では不甲斐《ふがい》ないというのも、理解しています。なるべく、お役に立てるようにしますので、俺に出来ることは言ってください……」

わからなかったが、きっと白萩《しらはぎ》も自責の念と罪悪感、そして絶望と戦っている。

竜胆《りんどう》に見せる顔がないのか、白萩《しらはぎ》は項垂《うなだ》れた。

その瞬間、涙が流れ落ちた気がした。

「俺も撫子《なでしこ》様をお助けしたい。本当です。これは……仕事だからじゃありません……」

なんとか振り絞ったという声で白萩《しらはぎ》は最後まで言う。飾り立てた言葉などではない。義務感からでもない。彼の本音だ。そして、一番しっかりしなくてはならない立場であるのに無理解な男になってしまった竜胆《りんどう》に、それでも仕えてくれる部下の言葉でもあった。

——俺は馬鹿か。

竜胆《りんどう》はそこでようやく、正気になれた。

白萩《しらはぎ》が差し出せず持ったままでいるペットボトルを受け取った。白萩《しらはぎ》が顔を上げる。

「……白萩《しらはぎ》、態度が悪くてすまなかった」

素直に、謝った。

「お前が不甲斐《ふがい》ないんじゃない。俺は自分が不甲斐《ふがい》なくて、いま虫の居所が悪い。でも、それはお前のせいじゃないんだ」

「……阿左美《あざみ》様」

「撫子《なでしこ》を救いたい。頼りない上司だと思うが、支えてくれるか」

竜胆《りんどう》は普段の自分なら絶対に言わないことを口にした。撫子《なでしこ》以外には優男のような台詞《せりふ》も、誰かを無闇に頼ることもしない。後輩にも仕事として接している。

「お前に支えてもらわねばならん時だと本当は自覚している。後生だ、頼む」

今日この時は、真夜中の異国で惑う二人の青年に戻った。

「……はい、阿左美《あざみ》様」

白萩《しらはぎ》は強く頷《うなず》いた。竜胆《りんどう》も頷《うなず》き返す。誠意を見せる為に白萩《しらはぎ》から受け取った経口補水液を少し口にした。身体《からだ》に水分が足りていないのか、ひどく美味《うま》く思えた。

──思い返せ、春の時のことを。

竜胆《りんどう》はかつて自分が最も絶望していた時に入れられた活を頭に浮かべた。

鮮やかな色彩の花の名を冠した、復讐《ふくしゅう》の先達者はこう言っていた。

『わからない人だな。いいですか、阿左美《あざみ》様。此処《ここ》は正念場ですよ！』

春の代行者護衛官《だいこうしやごえいかん》、姫鷹《ひめだか》さくらの声は脳内によく響く。

──そうだ、俺がやらねば誰がやる。

『貴方《あなた》は秋の従者、護衛官《ごえいかん》、下僕《しもべ》、撫子《なでしこ》様の為に生きる存在だ！』

──俺は撫子《なでしこ》の為に生きたい。

『そんな貴方《あなた》が失われた秋を取り戻すのならば、先導する立場にならねばならない』

──俺にその資格があるかどうかはわからないが、そうありたい。

『真《まこと》に撫子《なでしこ》様を救いたいと思う者でないと最善の方法はとれませんよ！』

──わかっている。

『阿左美《あざみ》様！　自分の女を救いたくないのか⁉』

──救いたいに決まっている。

『じゃあ、根性見せろ！　お前の女の為だぞ！』

──そう、俺の女だ。

竜胆《りんどう》は、大切な人の奪還を他人任《ひとまか》せにしてはならないと、春の刀に教えられていた。

気合を入れる為に自分の頬を一度叩《たた》くと、竜胆《りんどう》は白萩《しらはぎ》と共に佳州《かしゆう》保安隊支部に入っていった。

設立された対策本部がある部屋は広々としていた。

凶悪犯罪が少なくはない都市ということもあり、普段から何かしらの事件に利用されているのだろう。みな忙しいのか整理はされていない。長机と椅子が乱雑に置かれ、壁面には事件資料が収納された鍵付きの書棚がずらりと並んでいる。

後はホワイトボード、職員が管理している電子端末機器、泊まり込みの者が仮眠する為に使うのか長椅子がいくつか置いてある。竜胆《りんどう》が入ってくると、中に居た者達が騒然とした。大和《やまと》陣営と保安隊員含めおよそ三、四十名か。もっと多いかもしれない。

「阿左美《あざみ》殿、無事か」

狼星《ろうせい》の声が響いた。毅然《きぜん》としているが、顔に疲労が滲《にじ》み出《で》ている。

今日は全員にとって厄日だ。襲撃があり、防衛戦をして、敵の首を取ったと思ったら味方が攫《さら》われていた。殺害を試みられた現人神《あらひとがみ》達が一番神経をすり減らしたはずだ。

「阿左美《あざみ》君……」

傍《そば》に控えている凍蝶《いてちょう》にも、深い悔恨が見えた。他者への思いやりが強い彼がこの状況を良しとしているはずがない。竜胆《りんどう》は辺りを見回す。冬主従は居るが、夏主従は居なかった。

「皆様、遅くなりましたが、対策会議に参加させていただきたく参りました。この度は我が秋の誘拐により……ご迷惑おかけしております」

そして深々と礼をした。見知った顔の者達は、みな竜胆《りんどう》を案じている表情だ。

「竜胆《りんどう》、お前本当にその身体《からだ》で来たのか！」

竜胆《りんどう》の父である阿左美菊花《あざみきつか》も対策本部に足を運んでいた。

「どこまで話が進んだか教えてくれ」

息子の言葉に菊花《きつか》は怪訝《けげん》な顔をする。

「……本気か？　病院で寝てないといけないと言われなかったか？」

「父さん、いまは俺より撫子《なでしこ》とリアム様だ」

「竜胆《りんどう》、病院へ戻れ……。タクシーを手配してやるから」

竜胆《りんどう》はきっぱりと断る。

「案じてくれているのはわかるが、いま優先すべきは誘拐された子ども達だ。父さんが教えてくれないなら他の人に聞く。寒月様《かんげつ》」

教えないと言った訳ではないのだが、撫子《なでしこ》より息子を優先してしまう父の存在はいまの竜胆《りんどう》に不要だった。必要なのは同じ目線で物を見てくれる存在。

「……阿左美君《あざみ》」

代行者護衛官《だいこうしゃごえいかん》の仲間だ。

「寒月《かんげつ》様、ご迷惑おかけしています。遅れて申し訳ありません。情報共有お願いします」

「……阿左美《あざみ》君、しかし」

「お願いします、寒月《かんげつ》様。誰かではなく、俺が撫子《なでしこ》を救いたいんです」

凍蝶《いてちょう》は逡巡《しゅんじゅん》した。医者ではなくても竜胆《りんどう》の体調の悪さは一目見ればわかる。

そもそも、渡航時から具合が悪かったのに銃弾で三発も撃たれている。

秋の代行者《だいこうしゃ》の生命腐敗《せいめいふはい》の権能は生死を操りはするが、気力や疲労を回復させるものではない。

むしろ施術後は超回復させた代償に身体《からだ》が不安定になる。

絶対安静、と言われるべき状況なのだ。

「……」

しかし、凍蝶《いてちょう》は竜胆《りんどう》の気持ちを汲《く》んだ。

もし狼星《ろうせい》が攫《さら》われていたら、凍蝶《いてちょう》も死ぬ気で退院してこの場に馳《は》せ参《さん》じていたからだ。

「わかった」

そう言うと、無言で近くの折り畳み椅子を持ってきて置いた。

「こちらも謝罪をしたい。だが、まずは座ってくれ」

「いいえ……座らなくても結構です」

竜胆《りんどう》は首を横に振る。凍蝶《いてちょう》も同じように首を横に振った。

「病人扱いをされたくないのはわかってる。だが、君が撫子《なでしこ》様をその手で取り戻しに行くのなら出来る限り体力の温存が必要だ。座って欲しい。白萩《しらはぎ》君も撃たれてる。君が座らないと彼も座りづらいだろう」

竜胆《りんどう》は言われて、白萩《しらはぎ》が腕を撃たれていることを思い出した。竜胆《りんどう》は身体《からだ》の倦怠感《けんたいかん》が凄《すさ》まじいが、白萩《しらはぎ》は銃弾がかすっただけとはいえ痛みが強いはずだ。撫子《なでしこ》のことばかりで、周りを見てやれていなかったことをまた思い知らされる。

「私は……君にこんな事を言える立場ではないが……父君の心配もあまり袖にしてはいけない。共に捜査に加わるなら、私達が君を案じることを許してくれないか」

菊花《きっか》は心配そうな眼差《まなざ》しをまだ竜胆《りんどう》に注いでいる。

「わかりました……。白萩《しらはぎ》、座ろう」

「はい」

白萩《しらはぎ》が座ったのを見てから、竜胆《りんどう》は菊花《きっか》にぎこちなく声をかけた。

「父さんも、すまなかった。だが本当に大丈夫だ」

菊花《きっか》はわかりやすく表情が明るくなる。

「……ああ、何か調達してきて欲しいものがあったら言えよ。父さん、何でも持ってきてやるからな」

「大丈夫だ」

「とりあえず、お前これ額に貼っておけ。来ると聞いたから用意したんだ。冷却ジェルシート。意識が朦朧《もうろう》としてるだろう。顔が熱で火照《ほて》ってるぞ。風邪の時にいつも貼ってただろう。橋国《きょうこく》にもあるんだ。貼れ。そうだ、アイス買ってきてやるか？　食いたいものないか？」

矢継ぎ早に菊花《きつか》は言う。彼があまりにも善良な父親である事実が、言動に滲《にじ》み出《で》ていた。

小さな頃、きっとこうやって竜胆《りんどう》を看病したことがあった。

「……大丈夫だよ」

竜胆《りんどう》の涙腺が刺激された。否《いや》が応《おう》でも自覚させられる。大人になっても、親にとってはいつまでも守るべき【子ども】であることを。

「……長丁場になったら、何か頼むかもしれない。父さん、ありがとう。それにしてもよく買ってきたたな……」

そして撫子《なでしこ》の傍《そば》にはいま体調を案じてくれる大人が居ないことが、殊更思い出された。

竜胆《りんどう》は海外パッケージの冷却ジェルシートを受け取り、額に貼った。大和《やまと》ではよく使う物だ。解熱《げねつ》効果はないがひんやりとしているので意識ははっきりしてくる。高熱の状態には有《あ》り難《がた》かった。他の者も集まってくる。さあ何から話そうか、となったところで狼星《ろうせい》が口を開いた。

「まずは謝罪を。此度《こたび》の誘拐。俺の不始末だ。子ども達を逃がせと言ったあまりに悪い方向に事が進んだ。本当に……申し訳ない。深く陳謝する」

竜胆《りんどう》の前に立ち、凍蝶《いてちょう》共々頭を下げる。竜胆《りんどう》は驚きで目を瞬《しばたた》く。

「いえ、それは違います」

あまりのことに声が裏返った。

「寒椿《かんつばき》様のご指示がなくともあの運びになっていたかと……」

相手が冬だからそう言っているのではない。竜胆《りんどう》には確信があった。

「俺が原因を作ったのは間違いない。阿左美《あざみ》殿、殴るなりなんなり気が済むようなら……」

「寒椿《かんつばき》様」

尚《なお》も何か言おうとする狼星《ろうせい》の言葉を、竜胆《りんどう》は遮った。

「聞いてください。俺は……目覚めてから経緯をずっと思い返していたのですが……」

竜胆《りんどう》は此処《ここ》に居る者達にも思い出してもらうよう、過去を振り返った。

「佳州《かしゅう》の秋の護衛官《ごえいかん》、ジュードが我々を誘導していました。これは確かです」

狼星《ろうせい》の為の嘘《うそ》ではない。

そもそも、ジュードが裏門からの遠回りを提案したのだ。

『裏口に行ってみますか？』

それまでは全員で正門を突破するかどうか思案していた。

『こちらに敵の手が回っているなら向こうへ行くというのはありかと。駐車場へは迂回《うかい》して行けます。ただ、あちらも待ち伏せしているかもしれません……』

危険性を伝えた上で更に打診した。

『……全員で此処《ここ》を突破するか、分かれて互いに陽動を取るかだな……ジュード様、戦闘は？』

『近接格闘術と射撃、どちらも可能ですがリアムを抱えてはきつい……。援護をお願い出来ないでしょうか。子ども達をどこかへ避難させられればオレも戦闘に……』

『子ども達を……』

『相分かった。阿左美《あざみ》殿、部隊を分けよう。冬にこの場は任せろ』

最終的に大人数で固まっているあの時の状況をチーム分けに踏み切ったのは狼星《ろうせい》だが、そうなるように仕組まれていたとも思える。


裏口組で移動している時も、度々誘導的な発言はあった。

『今日は保安隊が周囲警備に協力してくれています！　そちらも交戦中の場合は地下鉄に逃げるほかありません！　外に出てすぐのところに地下鉄入り口があります。地下鉄保安局に事情を説明し保護してもらうか、保安隊の詰め所まで地下鉄で移動しましょう！』

正門前で戦闘が過熱していて、車での逃亡が無理だと判断された時もそうだった。

『車は諦めましょう』

ジュードの発言は理性を持った響きで竜胆《りんどう》達の耳に入っていた。

あの危機的状況でよくもまあ冷静にと、称《たた》えたくなるほどに。

『塀を登って地下鉄へ。ここからすぐです。佳州《かしゅう》の道ならオレが先導出来ます』

　そして、白萩《しらはぎ》達が襲われる現場となったあの車の場面でも。

『阿左美《あざみ》様！　あれを！』

　やはり彼が先導したのだ。

『何人乗れるんだろうか』

『恐らく乗れても四名くらいじゃ……とにかく行きましょう！』

　全員乗れないとわかった場面で身を引いたのは恐らく演技だ。

　そもそもあの現人神《あらひとがみ》教会《きょうかい》の姿をした者達も彼の仲間なのだろうから、大和《やまと》陣営を安心させる為の駆け引きだったに違いない。

『阿左美《あざみ》様。撫子《なでしこ》様とご乗車お願い出来ますか？　残りは地下鉄で。追跡を考慮して、車と地下鉄でそれぞれ向かうのは悪くない案です』

『しかし……それならジュード様達が』

『追いかけてもさほど時間差はありません。まずは大和《やまと》の現人神《あらひとがみ》様が優先です』

　そこに至るまでに怪しいと疑えと言われればそれまでなのだが、突然の強襲、幼い代行者《だいこうしゃ》が二名も居る状態での逃亡劇、慣れない異国。様々な要因が重なって判断力を鈍らせた。

　そもそも現人神《あらひとがみ》を害することがないはずの代行者《だいこうしゃ》護《ご》衛官《えいかん》による犯行だ。

ここが一番の盲点だった。代行者護衛官《だいこうしゃごえいかん》なら全員理解している。

愛故に、自分の神を裏切ることなど出来ないと。

役目に就く時から、人によっては就く前から、神に最も愛される人の子はその神に運命を感じる。そして否応《いやおう》なしに愛す。まるで呪いがかけられたように。

科学的根拠は何一つないが、代行者護衛官《だいこうしゃごえいかん》同士なら感覚として共有出来る事実なのだ。

【護衛官《ごえいかん》が主を裏切ることはあり得ない】と。

だからこそ、その感情は神が作り出す強制的な偽りの感情なのではという話も出ている。

ジュードがしたことはリアムをも窮地に落とす行為であり、佳州《かしゅう》の【秋】という看板に泥を塗った。彼の行動理由が何であれ、リアムの立場が悪くなることは必至。最悪断罪もある得る。

なのに、ジュードは裏切ったのだ。


「あれは俺の誤りです。護衛官《ごえいかん》同士という、盲信に近い信頼があの事態を引き起こしました」

竜胆《りんどう》は冬主従を説得するように言う。

「償いきれない判断間違いをした身の上で何を言うかと思われるかもしれませんが、お願い致します。どうか……撫子《なでしこ》を救う為に引き続きご協力いただけませんか……」

話しながら竜胆《りんどう》は白萩《しらはぎ》に正気に戻してもらえて良かったと思った。そうでなければ、ここまで淀《よど》みなくこの台詞《せりふ》が言えたかわからない。大変な事態だが自分を支えてくれる人達が居る。それを理解出来ているかいないかで、人の振る舞いというのは随分と変わるものだ。

「……貴殿が言う事ではない。それは俺の台詞《せりふ》だ」

狼星《ろうせい》は歯がゆそうに返した。自分の謝罪の場なのに竜胆《りんどう》が頭を下げている。それが嫌だった。しかし狼星《ろうせい》は冬、季節の祖。竜胆《りんどう》は狼星《ろうせい》の立場を思い配慮した。なら狼星《ろうせい》は彼の対応を汲《く》み取りこの謝罪合戦をさっさと終わらせるべきだ。そうでないと捜査活動は進まないのだから。

数秒逡巡《しゅんじゅん》した後、狼星《ろうせい》は言った。

「……相分かった。俺も凍蝶《いてちょう》も撫子《なでしこ》を取り戻すまでは大和《やまと》には帰らん。貴殿が事に当たり、大和《やまと》陣営を率いるというのなら追随しよう。冬のことも好きに使ってくれ。いいな、凍蝶《いてちょう》」

「もちろんだ。……阿左美《あざみ》君、此度《こたび》の不始末、私の力不足が大きい。本当に申し訳ない。だが謝罪の言葉だけでは終わらせない。誠心誠意、秋に尽くす」

凍蝶《いてちょう》がもう一度深々と頭を下げた。竜胆《りんどう》からすると、秋の問題に夏と冬を巻き込んでいるという気持ちが大きいので居心地が悪くて仕方がない。実際問題、冬は善意で付いてきてくれた上に賊の襲撃に遭っているので被害者だ。彼らが言っているのは【冬】という立場として秋を守れなかったことによる謝罪でしかない。『やめてください』とすぐに頭を上げさせた。

「わかった。すまない……。では早速だが、事件発生から現在までわかっていることを共有してもいいだろうか？　君もそれが一番知りたいことだろう……」

「ぜひ、お願いします」

竜胆《りんどう》は意気込む。

「まずは時系列ごとに。雷鳥《らいちょう》君の話を先にしたほうがいいな」

凍蝶《いてちょう》が言う人物は、その場には居なかった。凍蝶《いてちょう》は補足して言う。

「夏主従は早速捜索に出てくれている。君と君の部下が発見された場所から、敵は車を乗り換えたらしい。生命使役《せいめいしえき》の権能を使って、あちこちに使役された動物達を放っているそうだ」

隠密《おんみつ》行動の間、彼が何をしていたのか。凍蝶《いてちょう》は改めて振り返って語った。

そもそも一昨日から雷鳥《らいちょう》はリアムの周辺を探っていた。

大和《やまと》と橋国佳州《きょうこくかしゅう》の初対面の場である会食後。瑠璃《るり》のただならぬ表情を見て、とあることを決めた。橋国《きょうこく》と対立した時の為に情報戦に入らなくてはと。この時既に彼は戦闘態勢に移っていた。誰よりも早くそれを決めたのは、会談後に瑠璃《るり》が両国間のことで心を塞いでいたからだ。

代行者護衛官《だいこうしゃごえいかん》であることを差し引いても雷鳥《らいちょう》は妻想《おも》いの男だった。

そして、昨年の夏に大層怒られた竜胆《りんどう》に何か報いたいとも思っていた。夏の【暗狼事件《あんろうじけん》】で竜胆《りんどう》は被害者でしかなく、申し立てさえすれば雷鳥《らいちょう》をいくらでも罰せられた。

しかし、懇意にしている娘達の幸せの為にぐっと我慢してお説教だけで済ませてくれたのだ。

そういうことの有り難《あ がた》みを、雷鳥《らいちょう》は結婚してからようやく理解出来た。

なので、竜胆《りんどう》に対しては敬意を払うべきだとさすがの雷鳥《らいちょう》も自覚していた。

竜胆《りんどう》に報いるには何が良いかというと、撫子《なでしこ》を守ってやることだ。

「瑠璃《るり》、これ持っててください。肌身離さず携帯するように」

「なにこれ可愛《かわい》いね」

「盗聴器です」

竜胆《りんどう》・凍蝶《いてちょう》が菊花《きっか》達と今回の求婚について話している間、雷鳥《らいちょう》は自分の部下を召集して瑠璃《るり》の警護を任せ、愛する妻に可愛《かわい》らしい小鳥のキーホルダーを渡した。

「え？」

「しばらく傍《そば》を離れますから僕が瑠璃《るり》の生存確認出来るよう持ってて。良いですか、なるべく冬の代行者《だいこうしゃ》様の傍《そば》にいてください。あの人が現状最強戦力ですから、離れなければ絶対に守ってくれます。電話は通じますから不安になったらかけて」

「な、何で？　ちょ、何処《どこ》行くの？　ねえ、ねえったら！　雷鳥《らいちょう》さん！」

抗議する瑠璃《るり》を置いて、雷鳥《らいちょう》は退出していったリアムとジュードを追いかけて呼び止める。

『リアム様、ジュード様』

夏の代行者護衛官《だいこうしゃごえいかん》が何の用だ。そんな目で見たジュードに、雷鳥《らいちょう》は悪魔のようだと言われる笑顔を浮かべてからある物を見せた。

『お土産です。どうぞ』

少し甘ったるい訛《なま》りがある央語で言う。差し出したのは大きな紙袋だった。

豪奢《ごうしゃ》な風呂敷《ふろしき》に包まれた何かが入っている。

それは瑠璃《るり》が渡航前の空港でリアムの為に用意したものだった。

慌ただしく衣世《いよ》から出てきた手前、友好の証《あかし》に贈るような物を何も所持していなかった。

それを悔やんだ心優しき夏の女神と特に優しくはない夫とで、こんな一幕があった。


『待ち時間あってよかった……。佳州《かしゅう》の秋の代行者《だいこうしゃ》様何が喜ぶかな？』


空港の待合スペースに隣接された土産屋で品物を吟味する瑠璃《るり》。

そして興味がないことになると極端に退屈顔になる雷鳥《らいちょう》。いつもの二人だ。

『何でも良いんじゃないですか。こういうお土産とか、鑑賞した後にしまっちゃうでしょう。

インテリアにそぐわない場合が多いし……』

『あー！　伝統工芸の敵対勢力だ！　作ってる職人さんに失礼だよ』

『いや、僕はスノードームが好きですし、むしろ工芸品の味方勢力では……？』

雷鳥《らいちょう》とじゃれあいながら、瑠璃《るり》はリアムの為に土産を厳選した。

漆芸の万年筆、爪切り、扇子、子ども用の浴衣《ゆかた》、大和《やまと》の刀を型取ったキーホルダー、橋国《きょうこく》でも放映している大和《やまと》のアニメのキャラクターグッズのぬいぐるみ。そういったものをぎゅっと詰め込んで風呂敷《ふろしき》に入れた。買い物が終わった瑠璃《るり》は明るい表情で言った。

『喜んでくれるかなぁ？　ねえ、喜ぶよね？』

『国際交流ですから実際は要らなくても嫌な顔は出来ないでしょう』

『雷鳥《らいちょう》さん。それ以上あたしに意地悪言ったら暴れるよ。いいの？』

『すみませんでした。許してください』

ここまでは夏の神様の純粋な善意だ。

そしてまた佳州《かしゅう》の秋主従と雷鳥《らいちょう》が対面した図に戻る。

『僕の妻が選びました。もらってくれますよね？』

まさかその土産の品々に盗聴器と発信機をつけているとはさすがのジュードも予見していなかっただろう。

『あんなことになりましたが、お渡ししたくて追いかけたんです』

雷鳥《らいちょう》が勝手に土産に手を加えた。妻が寝ている隙にせっせと工具を使って取り付けた。

瑠璃《るり》が撫子《なでしこ》とリアムのことで憂う前から情報戦を仕掛けていたのだ。先見の明がある彼は、橋国《きょうこく》との討論が発生した際に大和《やまと》側が優位になりたいと画策していた。

普通の人間は他国の代行者《だいこうしゃ》を盗聴しようと思わないのだが、結婚前に妻を守る為に夏の里全体を監視していた男なのでこういうことに関しての倫理観はとてつもなく低かった。

しかし、この倫理観の無さが時として人を救うほうに導く。

ジュードからすると、雷鳥《らいちょう》からの貢物《みつぎもの》は非常に断りにくいものだった。会談は不和で終わったが、土産品を不要と切り捨てるのは彼の立場からするとあり得ない。不適切だ。二カ国間の仲違《なかたが》いを増長させることになりかねない。しかも、走ってお土産を持ってきてくれたのは夏の代行者護衛官《だいこうしゃごえいかん》。夏の代行者《だいこうしゃ》の夫。扱いに関し非常に注意すべき立場なこともあり、更に断りにくいはずだった。

ひとまず受け取るべきだろう。ジュードでなくともそう判断する。

『……ありがとうございます。

リアムは傷ついた心のまま少しだけ嬉《うれ》しそうな顔をした。

『もらっていいの……？　ありがとう……』

『よかったらお部屋に飾ってくださいね。バーイ』

雷鳥《らいちょう》は二人を見送ってから、自身は単独行動をする為の足を手配しに外へ出た。

その日の夜、幸いなことにジュードは土産を取り上げたりはしなかった。

帰りの車でリアムと言い合いをしていたのでさすがにそこまでは出来なかったのだろう。

リアムが『ぼくにくれたものなのに！』と泣き喚くのが目に見えている。一応中身を確認しただろうが、瑠璃《るり》の選んだ物があまりにも典型的な土産だったので不審には感じなかった。

そもそも、この時点で大和《やまと》側が策略を仕掛けてくるという発想はなかったのかもしれない。お互い様だ。大和《やまと》もまさか彼がこちらに銃口を向けるとは予想していなかったのだから。

雷鳥《らいちょう》との別れの後。リアムは居住地である高層マンションでその土産を保管した。

リアムに関しては、大人達の言いなりで精神的に追いつめられていること以外に情報の進展はなかった。幸いなことに、彼は土産を気に入ってくれた。

寂しさや悲しさで泣きながらも、もらったお土産を見て少し笑顔になっていた。

わかっていたことではあったが、リアムの行動は命令されたものであり、求婚は彼の意思ではなかった。雷鳥《らいちょう》は盗聴と監視の結果再確認する。

となってくると、やはりジュード、もしくは教会関係者のほうを調べたいところだ。

雷鳥《らいちょう》がそう思っていたところで、リアム達に現人神教会《あらひとがみきょうかい》から指令が入った。大和《やまと》の現人神《あらひとがみ》達の怒りを収める為に教会へ来いと。この外出の準備で、リアムは自分のリュックに土産のキーホルダーをつけていた。盗聴器が仕掛けられた刀のキーホルダー、なおかつ、発信機が埋め込まれたキャラクターグッズのぬいぐるみをまるでお守りにするようにリュックの中に入れていた。雷鳥《らいちょう》としては室内の動きとジュードとの会話だけでも儲《もう》けものだったが、幸いなことに更に盗聴出来る手筈《てはず》となった。意図したことではない。瑠璃《るり》のおかげだ。

小さな男の子が喜ぶようにと、真心を込めてお土産を選んだことが運命の分岐点を作った。

何も知らないリアムには可哀想《かわいそう》だが、このおかげで雷鳥《らいちょう》はまた継続してリアム達の盗聴が出来る流れになった。彼らが会談の時間に合わせて教会を訪れることも知った。


そして翌日、両国の代行者《だいこうしゃ》達は教会へ。


雷鳥《らいちょう》は早朝から教会敷地《しきち》内に潜入し、建物の様子を外から見ることが出来る外壁周辺の木々の上に身を潜めていた。

教会内部に関しては自分の部下に探りを入れることを任せていたので、外から教会職員の不審な動きが見えれば、そちらを追跡しようと思っていた。

代行者《だいこうしゃ》達が帰った後に支部長を尾行して今度は彼から何か情報を抜き取るべく、準備もしていた。この時点では雷鳥《らいちょう》も他の者達と同じく教会の人間への疑念が強く、ジュード達にそれほど思う所はなかった。それよりも、もっと大きな枠組みで対立した時に使えるネタ探しに躍起だった。やがて雷鳥《らいちょう》は目にする。明らかに不審な車が教会周辺に集まりだしたのを。

そこで竜胆《りんどう》に電話した時の時系列と繋《つな》がる。

襲撃を確認し、遠距離射撃で援護していた雷鳥《らいちょう》は、狼星《ろうせい》が氷壁を庭に敷いてから建物内に入るのを確認すると、その場から離脱した。撃っている場所は木の上だ。いずれ敵に方角で場所がばれるのは時間の問題。賊達から集中砲火を受ける前に木から下りて、建物の塀を囲む木々の中を移動した。そうこうしている内に、竜胆《りんどう》達の作戦内容が聞こえる。


『ね、ねえ！　あ、あたしは⁉』

『お前は此処《ここ》に居ろ。護衛官《ごえいかん》が居ないんだから冬で守る』

『……いいの？』

『ああ。だが子どもを逃がすのが先だ。囮《おとり》になるのを手伝え』

『わかった！　あたしも派手にやる！　あの非常警報鳴らしたの雷鳥《らいちょう》さんだから、その内合流すると思う！』


瑠璃《るり》が冬主従に警護してもらう事が判明すると、雷鳥《らいちょう》は合流しようと正門の方へ塀沿いに移動を開始。正門前では既に周辺警備に当たっていた他の護衛陣と現地の保安隊が銃撃戦を繰り広げ、保安隊の車やバイクが賊達の乗り物と共に乱立していた。

この中をくぐり抜けて建物内に居る瑠璃《るり》と合流するのは難しい。

仕方なく、保安隊の車や駐車場の車を盾にしながら銃撃戦をしている夏、秋、冬の護衛陣達と合流し外からの攻撃を継続。あまりの煩《うるさ》さに盗聴器の音は途中で聞こえておらず、やがて建物入り口から吹雪が吹き荒れるのを見て、狼星《ろうせい》が制圧したことを察する。

大きな悲鳴の後に、玄関からは再び大量の雪と冷気が漏れ出て、静かになった。

雷鳥《らいちょう》は走って建物内へ。ようやく大和《やまと》陣営と合流する。

「雷鳥《らいちょう》さん！」

「瑠璃《るり》！」

妻の無事を確認して抱擁するも束の間、雷鳥《らいちょう》はハッとして盗聴受信機を操作し、瑠璃《るり》ではなくリアム達の盗聴に切り替えた。そこで不穏な会話を聞くこととなる。

『出してくれ！』

ジュードの怒鳴り声を。

『……ご乗車ありがとうございます』

まるで人が変わったように聞こえる囁《ささや》き。

『どうか無駄な抵抗はしませんように』

そこで銃声、護衛犬花桐《はなきり》の鳴き声。

『……ジュード？』

『ジュード、何してるの？』

『黙れ、リアム』

『ジュード、やめろ！　なでしこに銃をむけるな！』

また銃声。それも一発ではない。何発も。

『危ないですよ、だから無駄な抵抗はするなと』

聞きながら雷鳥《らいちょう》はどんどん表情を失う。

『リアム、お前も余計なことはするな』

竜胆《りんどう》が苦しんでいる声も聞こえてきて、混乱は最高潮に達する。

『もう大人はこれでいない』

秋陣営が火急の状態に陥っていることをようやく悟った。

『撫子《なでしこ》様。お付き合いください。これより審判を開始致します』

何事も想定して動く彼が、全く予知出来なかった事態に遭遇する瞬間でもあった。

雷鳥《らいちょう》は目の前の瑠璃《るり》の両肩を手で摑《つか》んで言う。

「瑠璃《るり》、撫子《なでしこ》様が危険な目に遭っています。僕は追う。君は絶対に冬の代行者《だいこうしゃ》様から離れないで！　良いですね⁉」

「え、え？　雷鳥《らいちょう》さん……？　また何処《どこ》か行っちゃうの？」

「冬の代行者《だいこうしゃ》様！　妻をお願いします！」

それから雷鳥《らいちょう》はぽかんとしている大和《やまと》陣営を置いて全力疾走した。

腕時計型の端末を操作しながら発信機の発信位置を地図で表示。自分が尾行のために使おうと借りていた車は発信位置とは別方向に駐車してあり、手間が取られることがわかる。

惑う雷鳥《らいちょう》の目に入ったものは、追加応援で駆けつけた保安隊の姿だった。

「ヘイ！　貸して下さい！　それを貸せ！」
バイクから降りた一隊員が、瞬《またた》く間《ま》に走ってくる異国の男にバイクを奪われる図というものはさながら映画のようだった。大和《やまと》陣営が後に橋国佳《きょうこくか》州《しゅう》の保安隊から苦情を入れられる可能性が多分にあったが、その時の雷鳥《らいちょう》は悲鳴と銃声のことしか考えられなかった。

保安隊員を突き飛ばすとバイクを奪って公道へ。腕時計端末で地図ナビゲートを見ながら逃亡車を追う。その途中で、花桐《はなきり》を害した現人神《あらひとがみ》教会《きょうかい》の人間に馬乗りになって殴っていた白萩《しらはぎ》ともすれ違ったが、雷鳥《らいちょう》の目には映らなかった。

——間に合ってくれ！

やがて雷鳥《らいちょう》は追跡対象と思《おぼ》しき車に接触した。

ジュードが撫子《なでしこ》とリアムを人質に取り、銃口を当てる姿を見せつけたことから正式に彼らが大和《やまと》の敵であると断定。引き離されても喰《く》らいつくカーチェイスを繰り広げたが、最終的には地の利を生かしたジュード側に負けた。おまけに、ジュードはリアムのリュックを車内に置き忘れており、発信機も盗聴器も意味を成さなくなった。

そして彼は血まみれの竜胆《りんどう》と真葛《さねかずら》を発見することとなる。

「ここまでが君の知らない所で起きていたことだ」

竜胆《りんどう》は雷鳥《らいちょう》という人間のトリックスターぶりを改めて実感した。

――あの人本当に規格外だな。

無断の単独行動については護衛官《ごえいかん》の先輩として叱責したいが、彼が独自の観点で動いてなければ竜胆《りんどう》と真葛《さねかずら》の発見はもっと遅れていた。最悪、竜胆《りんどう》は捜索活動に加われなかっただろう。この点に関しては本当に感謝したい、と竜胆《りんどう》は思う。雷鳥《らいちょう》の部分での時系列整理が終わると、凍蝶《いてちょう》が室内にあったホワイトボードを移動させて文字を書き出した。

「賊に襲われた時間……事件発生が午後三時四十五分頃。そこから君達が発見され病院に担《かつ》ぎ込まれている間に、事態も動いた。現在、本国からも捜査人員が移動中だ。大和《やまと》は橋国《きょうこく》に対し徹底した調査を要求。また、これに応える形で橋国《きょうこく》側は保安隊を大量動員し橋国《きょうこく》全土の保安隊と協力し、捜査網を張るとのことだ」

共有されている部分とそうでない部分があった為か、対策本部の保安隊員にも菊花《きっか》が逐一通訳してくれていた。凍蝶《いてちょう》の最後の言葉を聞くと彼らもやる気の姿勢を見せる。

『大和《やまと》の小さな秋と、我々の秋の為にいくらでも仕事を申し付けて欲しい』

『我々が必ず力になる。全員を無事に大和《やまと》に帰したい』

『安心して欲しい。たくさんの橋国人《きょうこくじん》が貴方達《あなた》の秋の為に動いている』

特に竜胆《りんどう》に向けて温かい言葉をかけてくれた。彼らも災難ではあった。日々、街の為に尽くしている保安隊員。本当なら、夜勤の者以外は今頃自分の家で余暇を楽しんでいたはず。

それが突然の緊急招集。

自分の国の人間が原因で大規模テロが起こったと知らされた時の心境は想像に難《かた》くない。

大変なことが起きてしまったと愕然《がくぜん》としたことだろう。

おまけに上から国の威信をかけて捜査しろと圧力をかけられ、直近の休日の予定は消えた。

佳州《かしゅう》の保安隊員は、治安の悪さと比例して発生する凶悪事件などにも対応しているので熟練の戦士ではあるが、地元の人間が多い。末端になればなるほどそうだ。ジュードが引き起こした事件はこうした無辜《むこ》の民にも影響を及ぼしていた。

竜胆《りんどう》は彼らの熱意を有《あ》り難《がた》く受け取りつつも願った。

――少なくとも此処《ここ》に集まってくれている人々は悪事と無関係だと思いたい。

疑心暗鬼が過ぎるかもしれないが、裏切りを経験しすぎてもはや悪人をどう見破ればいいかわからない。そしてこの事件の真相はいまだにわかっていない。国家ぐるみの何かだったとしたら、こちらは橋国《きょうこく》の手のひらで踊らされているだけになる。

――撫子《なでしこ》。

何が真実で、何が嘘《うそ》なのか。つまびらかにしていかなくては。

「寒月《かんげつ》様、橋国《きょうこく》の四季の末裔《まつえい》は個体識別集積回路が身体《からだ》に埋められるとジュード本人が言っていましたよね。季節の塔と協力してそちらの発信位置を探ることは出来ましたか？」

竜胆《りんどう》の問いに凍蝶《いてちょう》は首を横に振る。

「残念なことに、彼も、リアム様もそちらの情報は改ざんされていた」

予想はしていたが竜胆《りんどう》は落胆した。

「理論上は存在しているのだが、その位置情報の場所に行っても本人は居ない、という架空の状態を作り上げていたらしい」

「……用意周到ですね。此度《こたび》の事件が短絡的な犯行ではない証拠だ」

「そうなるな。個体識別集積回路……チップとやらは追跡の他に各種電子手続き、限定された場所の解錠施錠《せじょう》などが出来るようだが、それらを必要としない状態で生きていれば普段は使わないそうなんだ」

「常時監視されているわけではないと？」

「あくまで緊急時に追跡する為に入れているらしい。マーキングのような扱いだな。まあこれは納得だ。橋国《きょうこく》で管理されている四季の末裔《まつえい》を常時監視というのはコストがかかりすぎる。チップは画期的だが、データの書き換え、摘出、そうしたことが出来ればひどく脆弱《ぜいじゃく》なものになり得る、というわけだ」

「きっと他にも改ざんした者がいるはずですよ。単独犯ではないのだから」

「季節の塔の職員も頭を抱えていたよ。ジュードと関連して話すが……現時点で現人神教会《あらひとがみきょうかい》を襲撃した者達に関しては、橋国《きょうこく》で幅を利《き》かせている【根絶派《こんぜつは》】集団。その一味らしい」

竜胆《りんどう》は目を瞬《またた》いた。

現人神《あらひとがみ》を狩ろうとするテロリスト集団。通称【賊】。権能を国家の為にもっと使用すべきだと現人神《あらひとがみ》の在り方を正そうとする、もしくはそうした正義を掲げて実際は別の目的を持ち暴力行為に励む者達が【改革派】。そして現人神《あらひとがみ》の存在や季節自体を否定する者達が【根絶派《こんぜつは》】。賊は基本的にこの二派に分かれている。凍蝶《いてちょう》の言葉に、菊花《きっか》が補足して息子に言う。

「橋国《きょうこく》の賊に関してはどの季節を否定、ということは少ない。基本的に他の宗教を崇《あが》めている者達が現人神《あらひとがみ》様自体を否定して暴徒化している。彼らも例に漏れずそうだ」

全ての季節を否定するとなると、それこそ対話が不可能なレベルのテロリスト達だ。

「関連、ということはジュードも賊だったと？」

竜胆《りんどう》の問いに凍蝶《いてちょう》はまた首を横に振った。

「いや……賊と断定は出来ない。彼らは誰一人としてジュードなる者を知らず、また現人神《あらひとがみ》教会《きょうかい》の者と結託などしていないと主張しているらしい」

ではどうして関連という言葉を使うのか、という疑問にはすぐ答えてくれた。

「しかし、実は賊側が知らないだけで間接的に繋《つな》がっているのでは、という疑いがある。取り調べによると彼らは橋国《きょうこく》のフローライトウェブ【リバー】で我々の動向に関する情報を買ったと証言している。そして恐らくは情報を売ったのがジュードではないか、というのが現段階での推測だ」

「フローライトウェブ【リバー】？」

静かにしていた白萩《しらはぎ》が思わず声を出す。見当がついた者もいたようだったが、知識不足の者の為に凍蝶《いてちょう》が『実際に見てみよう』と言い出し、この詰所の保安隊員達に確認を取った。流暢《りゅうちょう》な央語で彼らに依頼をする。保安隊員が大和《やまと》陣営の為に恐らく此処《ここ》で設置されているもので一番高性能だと思われる電子端末でサイトにアクセスしてみせてくれた。

「話によると……ああ、出た。これだな」

そこは一目見ただけでは何の為のものかわからないほど簡素な作りだった。

「橋国《きょうこく》で言うとダークウェブ。大和《やまと》では闇サイトか。闇取引など違法な行為がされやすいサイトだ。場所にもよるが限られた者しかその存在を知らず、匿名性、機密性が高いが、犯罪の温床にもなりやすい。殺しの依頼や違法薬物の売買、何でもござれな市場だ。このフローライトウェブはアクセスすること自体が非常に難しいものらしい。安全なサイトではない、ということだな。私もあまり詳しくはないので間違ったことを言っているかもしれないが……」

凍蝶《いてちょう》は他の人員を見渡す。菊花《きっか》が挙手した。

「私のわかる知識ですと、こうした闇サイトは段階があるそうで、宝石の硬度数に例えられて、そのアクセスが難しくなればなるほど高い硬度の宝石名で呼ばれるそうです。フローライトウエブは普通にインターネットを検索してショッピングなどをしている人達が遭遇するようなものではないですね。私も最初聞いた時はなんのこっちゃと思いましたが……いざ見ると闇が深いですよ」

純朴な白萩《しらはぎ》は思ったままに聞く。

「そんな危ないもの、どうして取り締まらないんですか？」

「こういうのは潰しても潰しても出ます。それなら、確認出来る範囲で監視しているほうがマシということでしょう。大和《やまと》でもこうしたものを使って襲撃している賊がいます」

「即刻停止すべきです」

ずずいと白萩《しらはぎ》に顔を近づけられて、菊花《きつか》は『まあまあ』と憤《いきどお》る青年をなだめる。

「そこは必要悪として割り切るしかない、というのが取り締まるほうの言い分だそうですね。実際、此処《ここ》を監視していて未然に防げた事件もあったそうです。国防組織に所属する者が匿名性を生かし犯罪者を引きずり出す事例も山程ある。毒は使いようということですね」

「……そんな」

「そして今回はこの【リバー】というサイトで現人神《あらひとがみ》様達の情報が売り買いされたというわけです。私も肯定しているわけじゃありませんよ」

白萩《しらはぎ》はまだ納得していない様子だが『それはわかっています』と頷《うなず》いた。菊花《きつか》に噛《か》みつきたいわけではないのだ。竜胆《りんどう》は白萩《しらはぎ》の肩をぽんと叩《たた》いてから菊花《きつか》に言った。

「父さん。売ったのが、ジュード、という証拠はあるのか？」

「いや、あくまで推測だ。いままで出揃《でそろ》った情報で、彼が取引相手と推測するのが妥当だから暫定でそう考えている。チップの抜き取り、秋二人の誘拐。首謀者が彼なら納得だろう」

「……それにしたって、逃げ切れる算段をつけていないと教会襲撃を導きはしない。用意周到という言葉は取り消さないが、かなり無謀だな……」

狼星《ろうせい》が舌打ちしてから言う。

「無謀というか、異常だろ。根絶派《こんぜつは》の賊が胸に抱くのは狂信的な信条のみ。しかも襲撃の場所が現人神教会《あらひとがみきようかい》だぞ。奴《やつ》らにとっては教会で戦うなんてそれこそ聖戦扱いだろう。討ち死に覚悟で来ていたはず……。俺達の戦力で反撃出来ると考えたとしても、自分も死ぬ可能性がある。自殺願望者なのかと聞いてやりたいくらいだ」

きつい言葉だが、狼星《ろうせい》は幼い頃から根絶派《こんぜつは》連中に狙われて生きている。彼としてはジュードの行動が一つも理解出来ないのも仕方がない。ここまで言うのも、賊の襲撃の恐ろしさを実体験しているからこそだった。

凍蝶《いてちょう》が狼星《ろうせい》を鎮《しず》めている間、竜胆《りんどう》はふと思い出した。

――そういえば。

ジュードがリアムと離れることに懸念《けねん》を示していたことを。

噴水で子ども達を遊ばせようとしただけなのに、やけに気にしていた。

リュックを探す名目で傍《そば》を離れたが、よくよく考えるとあれもおかしい。別に二人で行く必要はない。従者なのだから、ジュードが探して持ってきてやれば良かったのだ。

――そうしなかったのは、リアム様を案じて？

あそこに居れば襲撃の的になる可能性があると危惧したとすれば、行動が理解出来る。

とは言え、本当にリアムを守ろうとしたかは定《さだ》かではないが。

——いや、主を大事に想《おも》っているならこんな大罪を犯すか？

竜胆《りんどう》には考えられない。自分の過失で撫子《なでしこ》が悪く言われることがあろうものなら首を括《くく》ってしまいたくなるはず。やはり、ジュードは他の護衛官《ごえいかん》とは何か違うのかもしれない。

竜胆《りんどう》は凍蝶《いてちょう》に問いかけた。

「寒月《かんげつ》様、関連してお聞きしたいのですが、白萩《しらはぎ》達を襲った現人神教会《あらひとがみきょうかい》の者達の素性は？逃亡車の手引をしたと考えられますからジュードの手先でしょうが……」

凍蝶《いてちょう》は引き出したばかりの捜査資料を竜胆《りんどう》に渡した。

「彼らは四季の末裔《まつえい》であることが確認されている。襲撃した賊の一味とも無関係だそうだ」

「同族同士で何故《なぜ》……」

白萩《しらはぎ》は悲痛な面持ちでつぶやいた。

半殺しにした相手が同じ四季の末裔《まつえい》とは複雑な心境だろう。海を越えた場所に居る関わり合いのない者達とは言え、大きな括《くく》りで考えれば同胞だ。

「まだ取り調べ中だがそれは判明している。犯行理由はわかっていないが、阿左美《あざみ》君が言うようにジュードに加担しているのは明らかだな」

「共謀はしているでしょうね……。最初から俺達に車を譲り、わざと逃亡車に乗せる為に小芝居をしたんでしょうから」

そこまで話したところで、凍蝶《いてちょう》が再度ホワイトボードに向き直った。

「さて……少し整理しようか。現人神教会《あらひとがみきようかい》を襲ったのは橋国《きようこく》の根絶派《こんぜつは》の賊。そして、秋陣営を誘導し攫《さら》い、暴行を加えたのはジュード達、橋国《きようこく》の四季の末裔《まつえい》ということだ」

凍蝶《いてちょう》はホワイトボードにわかりやすく書き記していく。聞いている保安隊員にもわかるように大和語《やまと》と共に央語も同時に書いた。

「賊はジュード達の目的の為に利用されたと推測。しかし、その目的とやらがいまだ不明だ」

竜胆《りんどう》は集中しているせいか更に熱が上がって喉が渇いてきた。ペットボトルの経口補水液を一口飲んでから言う。

「現人神教会《あらひとがみきようかい》は何か言ってこないんですか？」

「煙《けむ》に巻《ま》くばかりで明瞭な答えはない。大和《やまと》に迷惑をかけたことに関しては詫《わ》びるが、ジュードに関しては知らぬ存ぜぬ、現人神教会《あらひとがみきようかい》は悪くないの一点張りだ。橋国現人神教会佳州《きようこくあらひとがみきようかいかしゆう》支部、支部長代理のエヴァン・ベルも自宅に籠もって静養中だと聞く」

「あの襲撃で怪我《けが》を？」

「転んだとは聞いたな。どの程度の怪我《けが》かはわかっていない。あとうちの狼星《ろうせい》による冷気で大風邪を患っているらしい」

「いや、絶対嘘《うそ》でしょう。責任回避では」

「そうだろうな。我々との対面を避けたい様子が手に取るようにわかる」

全員、ため息をついた。橋国《きょうこく》の現人神教会《あらひとがみきょうかい》とは入国してから色々あったが、本来彼らはこちらを支援してくれるはずの人々だ。さすがに有事ともなれば協力してくれると思ったのだが、その中でも地位ある人が動かないということが、ひどい徒労感を食らった気持ちになる。

気がつくと、狼星《ろうせい》のほうからひんやりとした冷気が漂ってきた。

「阿左美《あざみ》殿、大丈夫だ。何なら俺が乗り込んで表舞台に出てこいと言ってやる」

冬の王ならやりかねない。その時は風邪では済まないだろう。

「狼星《ろうせい》、報復めいたことは後回しだ。それにもっと効果的なやり方がある」

いつもなら狼星《ろうせい》を嗜《たしな》める凍蝶《いてちょう》だったが、今回は乗ってきた。

「此度《こたび》の襲撃は招致された場所が場所だ。施設管理者への監督責任を追及すべきだろう。現人《あらひと》神教会《がみきょうかい》に責任が無いとは言わせない。物理ではなく社会的に氷漬けにすべきだ」

彼も腹に据えかねている様子が見て取れる。竜胆《りんどう》は苦笑いした。

「……どちらかと言えば、穏便に。寒月《かんげつ》様による社会的制裁を受けた姿を見たいですね……」

冗談でそう言ってから、竜胆《りんどう》は懸念《けねん》顔でつぶやく。

「でも、小物であってくれるならそのほうが良いと俺は思います」

竜胆《りんどう》がそう言うと、狼星《ろうせい》が尋ねた。

「というと？」

「いや、もっと危険なものだと困ると……」

「エヴァン・ベルが姿をくらましたことが、戦略的行動だった場合、状況が変わってくる。ということかな？」

凍蝶《いてちょう》の問いかけに竜胆《りんどう》は頷《うなず》いた。狼星《ろうせい》はしばし沈黙した後、苦い顔で返す。

「つまり、この雲隠れの間に何か企《たくら》んでると？」

「無いとは限らんだろう。何事も最悪を想定すべきだ」

「そうだが……しでかすことが思いつかんな。まあ無くはないか……」

竜胆《りんどう》は自分が言い始めたことなので一応発言の意図を補足する。

「そうですね。いまのところ彼が何か企《たくら》んでいても予想が出来ない。杞憂《きゆう》かもしれません。けど、彼は教会で銃を持ち出して他の職員に止められていたでしょう？　俺は結構驚きました。橋国《きょうこく》が大和《やまと》より銃規制が無いと言っても、豹変《ひょうへん》ぶりが凄《すさ》まじくありませんでしたか？」

狼星《ろうせい》は問われて、エヴァンと初対面した時のことを思い返す。

狡猾《こうかつ》な人物だという印象はあった。上には媚《こ》びへつらうが、自分が操作出来る者達には容赦のない人物。しかもそれを巧妙に隠し、自分たちは何も悪くないと振る舞う。

だが、血気盛んな面は微塵《みじん》も感じなかった。見た目が体育会系ではなかったせいもある。

「多分、暴力的な面を普段は隠して社会生活をしている人なんだと思うんですよ」

みな、竜胆《りんどう》の話に自然と耳を傾ける。

「俺は元同僚が賊だったこともあり、どうしても人間の二面性を気にしてしまいます……。そして非常事態にこそ、人間は隠された部分が露出される傾向にあると思っています。必死に止めてた部下の反応を見るに、あっちが本当なんじゃないでしょうか」

竜胆《りんどう》は菊花《きっか》を見る。彼は応じるように答えた。

「エヴァンの評判は正直に言えば悪いな」

それから、冬主従や他の者達に向けて話した。

「支部長代理になったのも、彼の実力が認められたというよりかは、元の支部長が病気になった為の補填です。他にも候補はいましたが、彼が立候補したので怖くて辞退したそうです。エヴァンは元武人なんですよ。若い頃は季節の塔内の対テロ部隊を率いていました。後に、膝を壊して現人神《あらひとがみ》教会《きょうかい》へ出向した形ですね。あそこは塔職員の天下り先なので」

一同騒然とする。橋国《きょうこく》側は知っている者も居ただろうが、大和《やまと》側は素直に驚いた。

現在のエヴァンは温厚そうな普通の中年男性にしか見えない。多少成金《なりきん》主義な様子は感じ取れたが、それは暴力性を連想させるようなものではなかった。

「現役時代は戦い方があまりにも非人道的過ぎて恐れられていました。家にはものすごい数の銃があるコレクターだそうですよ。あまりお近づきになりたくない類の者ですが、ただの武闘派ではありません。意外と頭が回る。リアム様の求婚についてものらりくらりと躱《かわ》した上で、結局私達は彼の思惑通り交流を深めました。自分達が置かれた状況と、教会の在り方や現人神《あらひとがみ》の今後に問題意識と恐れを抱く地盤も出来た。反発心も生まれましたが、全員の認識はこうならなかったでしょうか。教会とは全面戦争は避け、どうにかしてうまくやらねばと」

竜胆《りんどう》達は無言で頷《うなず》く。確かに、最終的にはそう帰結した。

「彼がいま表舞台に出てきていないのであれば、息子が言うように何か考えがあるからかもしれません。私が知る限りの情報では、本来のエヴァン・ベルなら……今頃自ら銃を掲げて誘拐犯達を追い回しています。身内の密告。しかも現人神教会《あらひとがみきょうかい》での凶行です。体面を汚されました。はらわたが煮えくり返っていることでしょう。本当に風邪で寝込んでいるのか、疑ってかかったほうが良いかもしれません」

菊花《きっか》の言葉が不穏な空気を生み出したが、その後も大和《やまと》陣営含め関係者達の会議は続いた。

進展はないまま日付は変わり、事態が大きく動いたのは翌日四月八日だった。

竜胆《りんどう》達、対策本部の人間は保安隊員から犯行声明が出たと知らせを受ける。

声明は動画メッセージの形で現人神教会《あらひとがみきょうかい》と橋国《きょうこく》政府、そして各報道機関にも送られていた。

動画は人の姿は一切映らず、黒文字の背景に文字が流れるといった簡素なものだった。

央語から大和《やまと》語に翻訳すると以下の内容となる。

今日から忌《い》まわしき歴史は断ち切られる。

国家へ。人が神殺しをする実態を見逃し続けた罪は重い。懺悔《ざんげ》せよ。

塔と教会へ。創立の理念は忘れられ、拝金主義と化した。自戒せよ。

人々へ。貴方《あなた》達が何の疑いもなく受け取っている奇跡の裏側で、何人もの現人神《あらひとがみ》がその命を落としている。

直視せよ。我々は死を覚悟してこの問題を提起している。

血塗られた金貨で建てられた教会に献金をする信徒達に告ぐ。

彼らは神を殺している。

我々は理をあるべき姿に戻す者。神を守る、【正道現人神教会《せいどうあらひとがみきょうかい》】である、と。

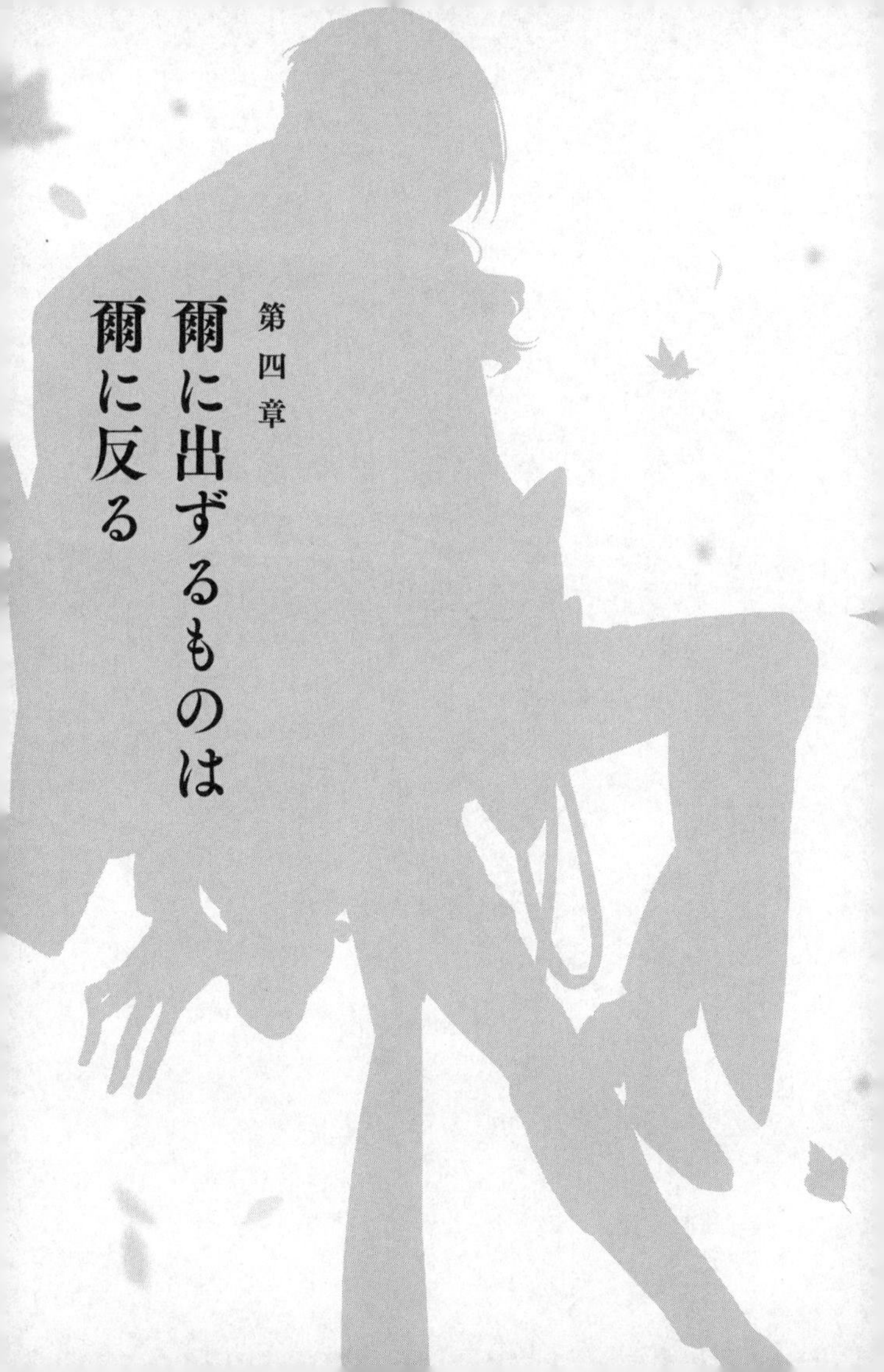

第四章
爾に出ずるものは爾に反る

少女は泣きながら野山を駆けていた。

——とうさま、かあさま、どうして。

世界は黄昏《たそがれ》の射手《しゃしゅ》により抱擁され、暗闇に包まれていた。真上を見れば美しい夜空。都会では見ることが叶《かな》わぬ星の大合唱は優しい光を地上に注いでいる。

もっと違う時に、誰かに大切にされながら見る景色なら良かった。

——たすけて、どうして。

夜を内包した大自然の素晴らしさなど目にも入らない。

只々《ただただ》、帰りたいと足を動かした。

——おいていかないで。

その帰る場所が、少女にとって【安全】や【安心】といったものをくれる所ではなかったとしても帰るしかない。一人で生きるには幼すぎた。まだ読み書きもろくに出来ない。

働くこともままならない年齢では、親に見捨てられれば終わりだ。

——ごめんなさい、はずかしくてごめんなさい。

恥ずかしい、恥ずかしい、と言われ続けて、少女はすっかり自分を惨《みじ》めな生き物だと思いこんでいる。

――かえりたい。かみさま。

彼女はけして恥ずかしい生き物ではない。

――かみさま、たすけて。

だが愛される者でもない。

――かえりたいよう。

帰る場所など、本当はない。

それを頭で理解していても、感情は拒絶する。だから泣きながら言うのだ。


「かあさま、とうさま、どこ」


たくさんの人が、人生に絶望するように、彼女もこの時絶望した。

しかし歩き続けた結果、まだ生きている。

人生というものは不思議なもので、もう太陽を見たくもないと思ったとしても、生きることさえやめなければ想像も出来なかった未来が訪れることがある。


そう、生きてさえいれば。

「りんどう……？」

暗闇の中で光を探していた撫子《なでしこ》は、愛《いと》しい人の名をつぶやいて目覚めた。

「……撫子《なでしこ》様、お目覚めになりましたか。丸二日寝ていらしたんですよ」

優しい声が降ってくる。

本能的に自分を守ってくれる唯一人の王子様だと思った。しかし、目に映ったのは最愛の彼ではなく橋国佳州《きょうこくかしゅう》秋の代行者護衛官《だいこうしゃごえいかん》ジュードの姿だった。

数秒の混乱。自分の身に何が起きたかわからず瞳を瞬《またた》く。

「……オレのことはわかりますか？　ジュードです」

「……」

「橋国《きょうこく》の秋の代行者《だいこうしゃ》、リアムの護衛官《ごえいかん》。貴方様《あなたさま》を連れ去り、取引をしました」

そうだ、と撫子《なでしこ》は混濁した記憶を呼び戻す。目の前に居るこの男に襲撃されたのだ。

――りんどうは？

大切な人達の命を救うか、自分達を殺すか選べと言われて、救うほうを選んだ。

――さねかずらさん、は？

ずっとうなされていたのはそのせいだろう。権能を過剰使用した代償で高熱に見舞われていた。もう熱は下がったようだが、怠《だる》さは残っている。撫子《なでしこ》はとりあえず身を起こそうとした。ジュードは撫子《なでしこ》が起き上がる手伝いをした。

「オレに触れられるのはお嫌でしょうが、失礼します」

身をよじって抵抗してみせたが、甲斐も虚しく彼に抱き起こされた。とても紳士的ではあったが、その近い距離が撫子《なでしこ》に恐怖感を与える。ジュードの顔色を窺《うかが》いつつ撫子《なでしこ》は尋ねた。

「みんなは、どうなったの……？」

自分を守ってくれた大人達は一体どうなったのか。まずはそれが知りたい。

「阿左美《あざみ》様と真葛《さねかずら》様は無事病院に運び込まれたようです。色々ありまして、オレが病院へお連れすることは叶《かな》わなかったのですが……代わりに発見されやすいようにしておきました」

「生きているの……？」

固唾《の》を呑んで返答を待つ。ジュードは頷《うなず》いた。

「はい。そのように聞いています。少なくとも死亡してはいません。一緒にお伝えしますと、御身の側仕《そばづか》えである白萩《しらはぎ》様と子犬は負傷されましたがご存命のようです」

「怪我《けが》をしたの！」

「……申し訳ありません。あちらは威嚇射撃だけで終わらせるはずだったのですが……」

「どうして……？　どうして、みんなを傷つけるの……？」

撫子《なでしこ》は涙目になる。ジュードは目を伏せた。

「……お怒りはごもっともです。事を大きくする為に、貴方様《あなたさま》や他の方々に犠牲を強いました。リアムにも、申し訳ないことをしたと思っています」

リアム、という名前が出て撫子《なでしこ》はぴくりと反応した。

「りあむさまは……」

「あの子はもちろん無事ですよ。別室で寝ています」

「わたくしのせいで具合が……」

「良いとは言えませんが、命に別条はありません。起きたらお連れしましょう」

撫子《なでしこ》はこればかりは心底安心した。竜胆《りんどう》と真葛《さねかずら》を救う為にその身を捧《ささ》げてくれた異国の友人。

彼に何かあっては彼の家族に申し訳が立たない。

「諸々《もろもろ》、ちゃんとお話しいたしますので、まずは御身の体調確認を。お加減はいかがですか？

途中、起きられていたようですが覚えていますか」

撫子《なでしこ》は記憶を遡る。

――誰か来ていたかも。

うつらうつらだったが、知らない女性が撫子《なでしこ》に薬を飲ませたり、頭から被《かぶ》った血を拭いたりしてくれていたような気がする。撫子《なでしこ》は高熱でされるがままだった。

「女の人が……」

今更気づいたが、撫子《なでしこ》の服もまったく別の物に取り替えられていた。

可愛《かわい》らしいパジャマだ。少し大きいが、着心地は良い。以前に着ていた物は血まみれだったのでそうする他なかったのだろう。身体《からだ》もさっぱりとしている。

「嗚呼《ああ》、覚えていましたか。それはオレの仲間の一人です。着替えは彼女がしていますのでご安心を」

「……お友だちがいるの？」

「友人ではないですね。同胞ではありります」

「……？」

「同じような苦しみを抱えた者達で集まっているんです」

一体何があるというのだろう。しかしこの言葉はなんとなく嘘《うそ》ではないように思えた。ジュードという存在全体に深い哀愁が滲《にじ》み出《で》ていたからだ。

「撫子《なでしこ》様、何か欲しいものはありませんか？　食べられるようなら、お食事のご用意を」

撫子《なでしこ》は首を横に振る。

「せめてお水くらいは飲んでいただかないと」

撫子《なでしこ》はまた首を横に振ったが、ジュードは食い下がる。

「まだお熱があるようですから……脱水症状になってしまいます」

どうやらジュードは囚人の環境を気にする誘拐犯らしい。

「……」

本当は水を飲みたいが、それが安全なものかわからない。だから撫子《なでしこ》はやはり押し黙った。

ジュードはそんな撫子《なでしこ》を見て小さなため息をついた。

「……オレから物を受け取りたくないかもしれませんが、御身を冷遇するつもりはありません。少しお待ちを」

言ってから唯一の出入り口であるドアから外に出ていってしまう。

「あ……」

急に独りぼっちにされた。撫子《なでしこ》の身体《からだ》を心細さが支配する。

誘拐犯と居るのも怖いが、こんな見知らぬ場所に取り残されるのも怖い。

──ここはどこ？

そもそも、自分の居る場所がわからなかった。状況を見極めたくて撫子《なでしこ》は室内を観察した。

──きれいなお部屋。

撫子《なでしこ》の感想通り、部屋の作りは美しく、高級感に溢《あふ》れていた。緻密な模様の壁紙、花の形をしたシャンデリア。ステンドグラス風の窓からは朝の光が差し込んでいる。

部屋の調度品も統一感があり、まるでデザインルームのようだ。片付いてはいるが部屋の隅にダンボールが山積みに置かれ、ビニールをかけられたままの家具もある。

例えるなら、これから入居者が入るであろう家具付きの新築物件といったところか。

生活感はまったくない。撫子《なでしこ》が寝ているベッドも真新しい匂いがした。

――ホテル？ 教会？

おしゃれなホテルにも見えるが、ステンドグラスを見ると教会だろうかという憶測も生まれる。現人神教会佳州支部《あらひとがみきょうかいかしゅう》はこういったものがあちこちにあった。

そして、佳州《かしゅう》支部と同じく、ステンドグラスには四季の神々が描かれていた。

――季節の塔？

やはり関連施設かもしれない。考えすぎて目が回りそうだ。その後も部屋を歩き回ったが、トイレや風呂《ふろ》がついている普通の部屋、ということくらいしかわからなかった。水道や電気は問題なく通っている。人質を住まわせるにしては快適すぎる牢獄《ろうごく》だ。

撫子《なでしこ》は部屋の中で佇《たたず》んで考えた。

外に出てみないとわからないが、前回より監禁場所からの脱出が困難に思えた。なにせ、撫子《なでしこ》には土地勘がない。運良くジュードの手から逃げられたとしても、橋国人《きょうこくじん》に助けを求めること自体が難しい。言葉の壁がある。撫子《なでしこ》は自分が央語を学んでいないことを激しく後悔した。

簡単な単語なら勉強中だが、竜胆《りんどう》のように問題なく会話をすることは無理だ。

――あ、翻訳機。

そこで、狼星《ろうせい》からもらった翻訳機の存在を思い出す。

「……」

しかし、荷物自体が見当たらなかった。

服も替えられてしまっているし、ポケットに入っていたクッキーも消えた。携帯端末もない。すべて捨てられたと見て良いだろう。

――ろうせいさま。

あの翻訳機は冬の王がせっかく下賜《かし》してくれたものなのに。

「……」

撫子《なでしこ》は悲しくてぽろりと涙を流す。狼星《ろうせい》からもらったということで、撫子《なでしこ》にとってはその機能以上の価値があった。狼星《ろうせい》はきっと大したものをあげたつもりではないだろうが、撫子《なでしこ》は狼星《ろうせい》が自分に割いてくれた心そのものが嬉《うれ》しかった。前よりも仲良くなれていると感じた。失《な》くしてしまったと知られたらがっかりされるだろうか。

撫子《なでしこ》は泣きじゃくりながら考える。

――どうしたらいいの。

いま自分がしなくてはならないことから目を背けてはいけない。撫子《なでしこ》は誘拐された。現在の彼女は期限付きの命の可能性がある。

このままここで飼い殺しにされては駄目だ。ジュードは何かを企《たくら》んでいる。その為に撫子《なでしこ》の存在が必要なのだ。何かしらの交渉に使われる可能性が高い。

――大和《やまと》のみんなに迷惑がかかるわ。

それが撫子《なでしこ》にとってはいま一番辛《つら》いことだった。迷惑をかける。怒られる。

そして大人から嫌われる。幼子である彼女がこれほど胸を苦しめることはない。

かつて真暗闇の中で泣きながら山を歩いたことを彷彿《ほうふつ》とさせる。

何より大好きな人達に苦労を強いたくなかった。これは八歳の祝月撫子《いわいづきなでしこ》としてではなく、大和《やまと》の【秋】として民や他の現人神《あらひとがみ》を思う気持ちだ。

――逃げだせる時をさがさなきゃ。

災難だらけのこの状況で、良いことがあるとしたら人質としては厚遇されているということだろう。そうでなければわざわざ身綺麗《みぎれい》にさせて着替えを与え、食事の用意もしない。

恐らくすぐ殺されることはないはず。逃亡の機会はきっと訪れる。

そこまで状況を整理することが出来たが、生まれた恐怖が消えることはなかった。

「……うっ……うう……」

撫子《なでしこ》はパジャマの袖で頬に流れる雫《しずく》を拭う。自分の手が微弱に震えていることに気づき、片手で押さえた。押さえても震えは止まらない。いまの状況が怖い。不安で仕方がない。

もしかしたらこれが人を殺したことの罰なのかもしれない。

そうならば頷《うなず》ける。自分も苦しんで死ぬべきだろう。

――りんどう。

撫子《なでしこ》は自然と護衛官《ごえいかん》の名前を心の中で唱えた。

――死ぬまえに会いたい。

それが駄目なことだとしても、彼を求めずにはいられない。

——りんどうに会いたい。

阿左美竜胆《あざみりんどう》は祝月撫子《いわいづきなでしこ》にとって暗澹《あんたん》たる人生に贈られた希望だった。

『神様』と唱えるべき時に、『りんどう』と唱えてしまう。それくらい、撫子《なでしこ》にとっては大きな存在だった。五歳の時に初めて出会い、守ると約束してくれた。

彼が完璧な大人でないことは撫子《なでしこ》も理解していた。それでも自分の為に精一杯奮闘してくれていることは伝わってきて信頼を寄せた。

初めて秋顕現をした六歳の時も、彼が居るから神様としての役割を頑張れた。

思えば彼ほど人間らしく撫子《なでしこ》を扱ってくれた人は彼女の人生で居なかったかもしれない。

竜胆《りんどう》は撫子《なでしこ》に【神様】をちっとも押し付けなかった。

そして七歳。攫《さら》われた撫子《なでしこ》を救いに来てくれた彼は言ってくれた。

お前の為なら何度でも王子様になると。

躊躇いもなく貴方《あなた》が好きだと他者に表現出来るようになったのは竜胆《りんどう》のおかげだ。

恥ずべき者として育てられた撫子《なでしこ》には、拒絶されない愛情が必要だった。

——りんどう。

彼からすると撫子《なでしこ》はただの守護対象。だが撫子《なでしこ》にとっては違う。

抗《あらが》えない初恋であり。

——りんどう。

最愛の人だった。

こんな風に会えなくなるなら、いつも通り貴方《あなた》が好きだと全身で表現すればよかった。

彼は自分の小さな拒絶をどう受け止めただろうか。

「……」

教会で、心の中の葛藤を抑え込む為に普段とは違う態度をとってしまった。

竜胆《りんどう》が護衛官《ごえいかん》の職を忌避していたこと。父親に辞めたいと話していたこと。

自分が里で恐れられていること。賊の生命を費やし食いつないだ命だということ。

その全てが重く伸し掛かって、好いてる人こそ拒絶する結論に至った。これ以上嫌われない為にもそうしたほうが良いと。今まで自分などに無理して仕えさせて悪かったと。

——りんどう、ごめんなさい。

謝りたくて、でも言えなくて、つれないことをしてしまったのだ。しかし、もし死んでしまうとしたら、最後に会いたいのは竜胆《りんどう》だとはっきりわかっている。

「……」

撫子《なでしこ》の瞳からまたぽろりと涙が零《こぼ》れ落《お》ちる。

——泣いちゃだめよ。

諦めては駄目だ。生きている限り、逃げられる機会はきっと訪れるはず。

悲観的になりすぎてはいけない。被害を受けた秋陣営が直接奪還に来てくれなくとも、他の大和《やまと》陣営はきっと探してくれるという確信に満ちたものがあった。

――ろうせいさま、るりさま。

あの二人が、異国で誘拐された現人神《あらひとがみ》を見捨てるとは思えない。

撫子《なでしこ》にとって皮肉にも幸運と言えることは、彼女が誘拐されるのが初めての体験ではないということ。そして、四季の代行者《だいこうしや》と護衛官《ごえいかん》で同盟を結んでいることだった。

約款《やっかん》を交わしたようなものではないが、だからこそ信じられる。

――きっと、探してくれる。

みんなで紡《つむ》いだ絆《きずな》はあるはずだ。

撫子《なでしこ》はとてとてと歩いてベッドの上に戻り、膝を抱えて泣き止《なや》む努力を続けた。

しばらくすると、ジュードは盆を片手に戻ってきた。

皿もなく、ただ市販のパンやゼリー、ミネラル飲料が入ったペットボトル、そして解熱《げねつ》鎮痛剤と思われる薬が載っている。

「……撫子《なでしこ》様」

撫子《なでしこ》の目は赤く、泣いていたことがすぐわかる様子だった。それでも撫子《なでしこ》はジュードと相対すると毅然《きぜん》としていた。弱みを見せると更に虐《いじ》められるということは前のテロリストの誘拐でも学習済みだ。だから震えながらジュードをきっと睨《にら》む。

「……」

　すると、ジュードはまた部屋から出ていってティッシュペーパーを持って戻ってきた。随分と甲斐甲斐《かいがい》しい。

「怖がらせてしまいましたね……どうぞ」

　撫子《なでしこ》は渋々受け取る。きっと睨《にら》んだ目つきもすぐにいつもの温和な目元に戻ってしまった。

「……へいきです。わたくしは大和《やまと》の秋です。悪いひとにさらわれるのも二回目だから、あなたがどんなに怖いことをしたって、まけません」

　ティッシュペーパーで鼻をかみながら言う台詞《せりふ》ではなかったが、撫子《なでしこ》は気高くあり続けた。

　ジュードは撫子《なでしこ》の言葉に良心を刺されているようだった。表情から読み取れる。あれだけのことをしておいて、まだそういったものが残っているらしい。

「こんな場所で申し訳ありません。少しで良いので何か食べてください」

「……」

「全部買ってきた物です。毒なんて入っていません。これも市販の薬ですよ」

　そう言うとジュードは錠剤の薬を撫子《なでしこ》の目の前で服用した。自分も飲んで、大丈夫だと理解させたかったのだろう。それでも撫子《なでしこ》は首を横に振る。

　さすがに薬を飲ませるのは無理だとジュードもわかったのか、無理強いはしなかった。

『せめて食事はして欲しい』と頼んでくる。

撫子《なでしこ》もようやく空腹を感じてきた。脱出する為には食事を摂《と》って英気を養うのも必要だ。

腹を括《くく》って、明らかに未開封のパンや水などは口にすることにした。

「……いただきます」

ジュードは撫子《なでしこ》の育ちの良さに目を細める。

「どうぞゆっくり食べてください。お菓子などもありますから、夕飯までにお腹《なか》が減ったら言ってくださいね」

ジュードは忙しいのかまた部屋を出て行ってしまった。撫子《なでしこ》は仕方なく静かに食事をする。

水と食料が身体《からだ》に染《し》み渡《わた》るように感じられた。ジュードの言葉通りなら二日も寝ていたはず。

心情とは別に身体《からだ》が食事を求めるのも当然だった。食べ終わる頃には、ジュードがまた現れて様子を見に来た。食事をしたのを確認すると少し口《くち》の端《は》を上げた。

「お食事はお済みになりましたか。食べてくださって良かった」

「はい。ごちそうさまでした……」

「いいえ。では、ここがどこか少しお話ししましょうか」

「……え？」

撫子《なでしこ》は、突然の情報開示に驚く。誘拐犯というものはそんなことを言わないのでは。

彼女の疑問が反応から読み取れたのか、ジュードは間を置かず言う。

「最初から、ここにお連れしたら色んなことをご説明するつもりでした。招き方は乱暴でしたが、協力していただきたいことがありお連れしましたので……。あと、ご安心ください。すぐには無理ですが、必ず大和《やまと》に御身をお返しいたします」

撫子《なでしこ》の心臓が早鐘を打つ。

「……わたくし、帰れるの？」

瞬《まば》きをして尋ねる。ジュードは生真面目に頷《うなず》いた。

「ええ。もちろんです」

もったいぶることもなく平然と言ってくる。

——もしかして、駆け引きというものかしら。

だとしてもここでどんな態度を取れば正解なのかわからない。撫子《なでしこ》は心臓あたりを手で押さえる。色んな言葉が頭に浮かんだが、最終的にはただ涙目で尋ねた。

「ほ、ほんとうに？」

帰りたくて仕方がなかった。駆け引きなどする余裕はない。

「本当です」

素直な撫子《なでしこ》の反応に、ジュードも素直に返す。

——信じられない。

彼は誘拐犯だ。信じられない、というより信じてはいけない。

撫子《なでしこ》は言葉の真意を探るように、ジュードを見つめる。そして途中でハッとした。

「わたくしの死体だけ帰すということ？」

ここでぬか喜びさせておいて殺すつもりか。

そう推理をしたのだが、ジュードは半ば呆《あき》れ気味に言った。

「……どうしてそんな残酷なことを思いついたんですか」

物騒な発想をする撫子《なでしこ》を怖がっている節さえ見せた。

「だ、だって……」

撫子《なでしこ》は自分が的はずれなことを言ってしまったようだと気づき、恥ずかしくなった。

「……きたいさせて、それで裏切るとしたらそれしか……」

「……撫子《なでしこ》様がオレを信じられないのはわかりますが、【絶対】に【健康体】で【生きた状態】で、お帰しすることをお約束します」

わざわざ強調して言う。

「……あ、後でうそでしたっておっしゃって、わたくしをいじめない？」

「虐《いじ》めません」

「でもお車のなかで生かすか殺すかえらびなさいってわたくしをいじめたわ」

「……申し訳ありません。あの時はああする他なく……」

ジュードは話が進まないと思ったのか、『兎《と》に角《かく》』と言葉を区切ってからまた言う。

「時期は未定ですが……そう遠くはない内に大和《やまと》陣営に身柄をお渡ししますので……出来ればそれまで逃亡はお考えにならないでください」

「……やっぱりわたくしをあとで……」

「殺しません」

ぴしゃりと言われた。ジュードから少し黙って欲しそうな雰囲気が醸《かも》し出《だ》されたので、撫子《なでしこ》は一度口を閉じた。

「これは御身の安全を思ってです。撫子《なでしこ》様は本気になればいまもオレを殺して逃げ出すことが出来ますが……あまりおすすめしません。というのも、現在位置が山奥なんです」

「……山おく」

「はい。佳州《かしゅう》で有名な霊山、【マウントエルダー】と呼ばれる場所にオレ達は居ます」

聞き慣れない単語に撫子《なでしこ》は首を傾《かし》げながら言う。

「まうんとえるだあ……」

ジュードは秘匿するつもりはないのかわざわざ携帯端末を取り出し地図を見せてくれた。

「ここが撫子《なでしこ》様が居た街です。そして、いま居る場所が佳州《かしゅう》の有名な霊山、マウントエルダー。ご滞在されていた街から山の麓までは車で十時間以上かかります」

撫子《なでしこ》が大和《やまと》から橋国《きょうこく》まで乗ってきた飛行機の渡航時間とほぼ同じだ。

これが嘘《うそ》ではないのなら、確かに撫子《なでしこ》を案じての警告だろう。

幼子が一人で逃亡するには危険過ぎる場所だ。脱走しても死ぬ可能性のほうが高い。

「……と、とおいのね」

撫子《なでしこ》はそれしか言えない。

「ええ。しかも麓から更に離れた場所なので、もし逃亡されたとしても山の中で遭難されてしまうかと……。春先ですので野生動物も冬眠から目覚めていますし……」

やはり少しは脅しも入っているのか、ジュードは怖いことばかり言う。

——どうしよう。

無抵抗でいたほうが賢明かもしれないが、誘拐犯相手に唯々《いい》諾々《だくだく》と従っていては現状打破になりえない。

——でも、山をあるくのはこわい。

過去のトラウマのせいもあるが、それがなくとも怖い、と撫子《なでしこ》は思う。

誘拐されたのが瑠璃《るり》であったならば、むしろ最高の環境だっただろう。

生物を使役し、道案内をさせ、単独で近くの集落ないし人が居る場所に移動。あとは何かしら連絡手段を確保さえ出来れば保安庁に身柄を保護してもらえる。

しかし撫子《なでしこ》は生命腐敗《せいめいふはい》の秋。木々を枯らし人を気絶させることは出来ても、独りぼっちで広大な山で迷子にならずに下山することは出来ない。

いまジュードの生命を吸い取って彼の携帯端末を奪うことは可能だが、それをしたとして果たして無事に脱出出来るだろうか。ジュードには仲間が居た。その人数もわからないのに下手に誘拐犯を攻撃することは得策ではない。最悪、射殺される可能性もある。

黙ってしまった撫子《なでしこ》に、ジュードは気遣うように聞く。

「この場所が山だと信じていただく為に少し外が見える場所をご案内しても？」

撫子《なでしこ》はまたも驚く。一度目の誘拐では外に出してもらえたことなどなかった。

「い、いいの？」

「もちろんです。ずっと部屋に居ても退屈でしょうし、オレもちゃんと撫子《なでしこ》様に状況をご説明したいので……」

ジュードは撫子《なでしこ》を扉の前へ導いた。まだしっかり歩いているとは言えない様子を見ると、彼は『許可をいただけますか』と言ってから撫子《なでしこ》に手を差し伸べた。

撫子《なでしこ》はそれを断った。手を繋《つな》いで歩く人は決めている。

廊下に出ると、やはり新築の建物特有の匂いがした。

現在居る場所は教会建築仕様なのか、現人神教会《あらひとがみきょうかい》佳州《かしゅう》支部と似た造りだった。厳かで、少し華美が強く、だが品が悪いわけではない。荘厳美麗《そうごんびれい》という言葉がぴったりな内装だ。

「……わ」

「派手でしょう」

撫子《なでしこ》が内装を見て驚いていると、ジュードが苦笑いをしながら言った。

「りっぱね。ここは、どなたのお屋敷《やしき》なの？」

「誰の、ということはありません。ここは役所のような場所なので。【セージ・ヴィレッジ】の中で政《まつりごと》を仕切る場所。【中央神殿】と呼ばれる予定となっています」

「せーじびれっじ」

「橋国《きようこく》の四季の末裔《まつえい》が暮らす予定の集落です。建設は完了しており、あとは移住者待ちの状態となっています」

「……里、とおなじ？」

「そう解釈していただくのが一番近いですね。そしてそのセージ・ヴィレッジの中にある中央神殿は大和《やまと》の方々でいう【枢府《すうふ》】でしょうか。各里に春枢府《すうふ》、夏枢府《すうふ》、秋枢府《すうふ》、冬枢府《すうふ》があると聞いていますが合っていますか？」

撫子《なでしこ》は頷《うなず》いた。枢府《すうふ》はお偉方による議会などが行われる会議室、里に住まう者達に必要な各種手当などを申請出来る詰所など、色んな機能が入っている。いわば里の心臓のような場所だ。

「佳州《かしゆう》のあたらしい里……セージ・ヴィレッジ……」

四季の末裔《まつえい》の集落、その中枢機関に現在居るというなら四季の神々が描かれたステンドグラスがあるのも納得出来る。

「ジュードさんが住むの？」

「いいえ。一部の特権階級の為の里なんですよ。四季の集落は他にもありますが、こんなに豪華ではありません。季節の塔はこうした集落や一棟丸ごと四季の末裔《まつえい》しか住まないマンションやアパートなどをたくさん所有しています。その中でも、このセージ・ヴィレッジは春夏秋冬、それぞれのコミュニティーをひとまとめに住まわせる為に作られた最大規模のものです」

その後もジュードは施設の説明をする。歩いていると、何人か他の人間とすれ違った。やはり仲間はあの運転手だけではなかったようだ。みな、動きやすそうな格好に銃を携帯していた。無鉄砲に脱走を図らなくて良かったと内心撫子《なでしこ》は思う。

全員、すれ違えば礼儀正しく挨拶してくれたのが妙に印象に残った。

そのまま歩みを進めると廊下を抜けて大きなホールへ。四季と暁《あかつき》と黄昏《たそがれ》を描いた天井画が目を引く。敢《あ》えて古めかしいインテリアも点在しているのだが、設備は現代的だった。ホールから廊下を進み今度はエレベーターホールへ。建物は五階建てのようだ。ジュードは操作パネルを五階行きに設定する。

「屋上があるんです。ヴィレッジ全体を見渡せます」

静かに上昇したエレベーターは、やがて小気味良い音と共に到着を知らせる。ガラス張りの部屋から外へ。夏場はここで宴《うたげ》の一つや二つ出来そうなくらい広い展望台だ。

転落防止の柵があったが視界を邪魔するほどではなく、撫子《なでしこ》は外の世界をやっと見ることが出来た。

「わあ……」

眼下に広がるのは暁に染められた翠緑《すいりょく》の世界。まだ山頂に雪化粧を残している猛々《たけだけ》しい山々が四方八方を囲んでいる。その様はさながら自然の城壁。そして、この緑の王国に存在するのは集落とするにはあまりにも壮麗な町並みだった。

「映画のセットのようでしょう。でも、すべて新築なんですよ」

ジュードが補足してくれなければ時間旅行したのかと勘違いしてしまったかもしれない。

古城風の中央神殿と景観を合わせているのか、他の建物や家々も敢《あ》えて古めかしい洋館めいたものになっている。町全体が古代と近世の狭間《はざま》に居るかのような建築様式だ。人々が甲冑《かっちゅう》で戦っていた頃。最速の移動手段が馬だった頃。そんな古き時代を想《おも》わせる場所。

それがセージ・ヴィレッジだった。

「……きれい」

現在は早朝といったところだろう。橋国《きょうこく》の暁《あかつき》の射手《しゃしゅ》が齎《もたら》した朝の光が雲の切れ間から山嶺《さんれい》を照らし、天界の如《ごと》き神々《こうごう》しい様を作り出している。

「見てくれだけの町ですよ」

撫子《なでしこ》は素直に景色の美しさに心打たれていたが、ジュードの一言で感動が薄れた。言葉の端々から伝わってくるが、どうやら彼はセージ・ヴィレッジが好きではないようだ。

「お一人で下山は難しい、ということがおわかりいただけましたか？」

「はい……」

目を凝らしたところで緑と平原と美しい朝焼けの空以外見えない。人を寄せ付けぬ未開の地。彼の言う通り、単独脱出は不可能だろう。

「……ジュードさんはここにわたくしを連れてきてどうしたいの？」

撫子《なでしこ》は直球で聞いてみた。言いながら撫子《なでしこ》は少し身震いした。春とは言っても山は寒い。

「我々の目的はいま起きている犯罪を世に知らしめることです。その為に貴方《あなた》が必要でした」

ジュードがすかさず撫子《なでしこ》を寒さから守るように風避けになる。彼の優しさと、思ってもみなかった理由を言われたことで撫子《なでしこ》は虚を衝《つ》かれた。

「はんざい……」

橋国佳州《きょうこくかしゅう》代行者護衛官《だいこうしゃごえいかん》が看過できない犯罪とは、一体何なのかなのか。

「自国だけではもはや解決は不可能。以前と同じ悲劇が繰り返されるだけ、という状態まで来ています。なので他国に強制的に介入していただく理由が欲しかった」

「誰かが傷つくの？」

「リアムが……これから傷つくかもしれません」

「りあむさまが？」

ジュードは無言で頷《うなず》く。嗚呼《ああ》、と撫子《なでしこ》は心の中で思う。

ようやくこの謎ばかりの誘拐事件の真相に、近づいた気がした。

どうしてジュードがこんなことをしでかしたのか。それが代行者《だいこうしゃ》の為だったというのなら、同意はしたくないが理解は出来る。

神と最も近しい人の子の共依存というものは複雑なのだ。

貴方《あなた》の為ならば命も投げ出そう。貴方《あなた》の為なら命を賭《と》しても季節をあげよう。

寵愛《ちょうあい》と傾倒と崇拝と独占欲。ほんの少しの狂気が混ざったもの。

それが現人神《あらひとがみ》と人の子の愛だった。撫子《なでしこ》も竜胆《りんどう》の為なら何でもしてしまう自覚がある。

「……ジュードさんはりあむさまを守るためにその犯罪をとめたいの？」

「はい。しかしその為には注目を浴びなくてはいけない。大和《やまと》には犯罪の観測者となって欲しいのです。だから大きな事件を起こしました。何が行われているか知れば、きっと撫子《なでしこ》様も裁きが必要だと賛同していただけるかと」

核心についてはまだ説明してもらっていないが、つまるところ、ジュードは主を守る為にいま起きているという犯罪を暴き、大きな抑止力となり得る機関、力のない者に代わって悪事を成敗してくれる誰かを欲している、ということなのだろう。

「だからわたくしを誘拐《ほっ》した」

「そうです」

「でもわたくしを殺すつもりはないから、役目がおわればかえしてくれる？」

「はい」

改革派賊集団【華歳《かさい》】が引き起こした誘拐とは少し違う、と撫子《なでしこ》は感じた。賊は権能に魅力を感じ撫子《なでしこ》を誘拐、身柄を政府交渉にも利用したが、ジュードにとって撫子《なでしこ》はあくまで【犯罪】を白日の下に晒《さら》す為の道具でしかない。故に利用した後は不要なのだ。代行者《だいこうしゃ》の為の戦いなので撫子《なでしこ》を冷遇するつもりもない。

そして、攫《さら》った相手がどうして彼女なのか、という謎も察せられるものがあった。

冬は最強戦力。おまけに成人男性。寒椿狼星《かんつばきろうせい》を拐《かどわ》かすことは容易ではない。激昂《げきこう》して返り討ちにされるのが関の山だ。夏は予測不可能。葉桜瑠璃《はざくらるり》を気絶させて持ち運ぶこと自体は難しくないが、彼女は生命使役《せいめいしえき》の権能を持つ。誘拐出来たとしても、目覚めてからどんな反撃が来るかわからない。虫や動物達を操り、山の中でも脱出される可能性が高い。

そして秋。幼くてか弱い、片手で運べるような少女。秋の権能は厄介だが、山にさえ連れ去れば勝機は見える。何せ、神の器を持っていても中身は子ども。恐怖に叩《たた》き落《お》とし、大人しくしているよう諭せば馬鹿なことはしないはず。他二人に比べて遥《はる》かに扱いやすい。

「御身を無事にお返ししないと、この行為の正当性も失われ、最終的には大和《やまと》からも支持を得られなくなりますから……」

帰すつもりだから、管理しやすいものにしたのだ。ひとまず、命の危機は去ったようだが、何の罪もない撫子《なでしこ》にとってはジュードの行動はあまりにも理不尽で不可解ではあった。

「それはおかしいわ」

撫子《なでしこ》はジュードが怖くてもこれだけは言いたい、と強く思った。

「ジュードさんがどんなにたいへんでも、したことに正しさはないわ」

その独善的な考えは間違っていると。

「わたくしをさらうのは、まだわかるの。わたくしは、そういう風にされてしまう生き物だから。神さまになるって、人に傷つけられることだから」

彼の言い訳は張りぼてだ。

「でも、りんどうやさねかずらさん、ほかの方々は何も悪くない民のみなさまよ。どうして？」

どうして、と尋ねたが撫子《なでしこ》は返ってくる答えはわかっていた。

「どうして……？」

「………申し訳ありません」

ジュードの謝罪の言葉は乾いていて、本当に悪いと思っているようには聞こえない。

彼は悪い意味で、どこまでも【護衛官《ごえいかん》】という人間のようだった。

単純な理由だ。誘拐するには護衛が邪魔だった。大事件にする為に必要な演出として二人の命が弄ばれたというだけ。複雑な事情はない。

代行者《だいこうしゃ》は敬うが、それ以外はどうでもいい。だから切り捨てた。

「わかってない！　死んでしまうかもしれなかった！」

代行者《だいこうしゃ》護衛官《ごえいかん》という存在が利己的に走ればこうなるという最悪の例だった。

「……御身の権能の凄《すさ》まじさはある程度聞いておりました。重傷者二名なら、治せると確信しておりました」

「……さねかずらさんは死んでいたわ」

「御身は死者を生き返らせたことがあると調査済みです」

「わたくしが出来ない可能性だってあったはずよ！　りあむさまから元気を……生命力をいただいてなんとかなったの！」

　ジュードは返す言葉がないのか、もう言い訳はしなかった。

「そうです。他の二人は犠牲にしました。彼らは貴方《あなた》を守る存在。殉職することは本望なはず。大きな流れの中では、いずれ問題視されなくなると予測出来ていたからです。それくらい、いま起きている事態は深刻で……」

　撫子《なでしこ》はジュードにそれ以上言葉を紡《つむ》ぐことを許さなかった。二人の敵を討つようにジュードに近寄って彼の長い足に拳をぶつけた。

「そんなの知らない！　ひどいひと！」

　何の痛みも感じないであろう弱い攻撃だ。ぽかぽかと、柔らかな感触にしかならない。

「ひどいひと！　ひどいひと！」

「……」

「りんどうもさねかずらさんもどんなに苦しかったか！」

「…………」

「とっても怖かったはず！　怖い思いは消えないの……！」

撫子《なでしこ》は身に沁《し》みて理解していた。大人達にされた怖かった出来事は、いまでも彼女の心の中で根深い恐怖となっている。

「ずっとずっと残るのよ……！」

きっと、一生消えることはない。何年も何年も思い返しては泣いてしまうことだろう。

「りあむさまもかわいそうよ！　代行者《だいこうしゃ》が悪いことをしたら、護衛官《ごえいかん》も悪くいわれるの……！　同じようにあなたが悪いことをしたらりあむさまも悪くいわれる！　ぜったいに悲しむわ！」

ジュードはリアムという単語には反応を見せた。

「どうしてわたくしたちを傷つけるまえに、そうだんしてくれなかったの……！」

撫子《なでしこ》が嘆く度に、彼の瞳も苦しげに歪《ゆが》んでいく。彼はしばらくされるがままに撫子《なでしこ》に叩《たた》かれていたが、やがて撫子《なでしこ》の手首を摑《つか》んで意味のない暴力を止めさせた。

「撫子《なでしこ》様」

「ひどいひと！」

「わかっております」

そう言うと、ジュードは空いているほうの片手を握って見せた。

「殴るなら、これくらいやってください」

それから、おもむろに自分の顔を殴った。

「……っ！」

かなり派手な音がした。歯の一本くらい抜けててもおかしくはない一撃だった。

ジュードの口元からすぐにたらりと血が流れる。血は真新しい屋上の床に無惨《むざん》な痕をつけた。

「ジュードさん……！」

撫子《なでしこ》は叫んで慌てふためく。自分の言動が引き起こした暴力に動揺を隠せない。

「……申し訳ありません、撫子《なでしこ》様、本当に申し訳ありません……」

「や、やめて。どうしてご自分を傷つけるの？」

「御身の拳ではオレに傷一つつきませんので、代わりに……」

「……」

撫子《なでしこ》は、呆然《ぼうぜん》としてしまった。

「……叩《たた》いてごめんなさい。でも、でも……わたくし、そんなこと……望んでない……」

暴力とは何と不毛なのだろう。やるせなくなって撫子《なでしこ》は涙を浮かべてしまう。

「いいえ。オレのけじめです。此度《こたび》の件、本当に申し訳ありません。事が終わればオレは保安庁に投降するつもりです。きちんと罰を受けます。いまはこれでご勘弁ください」

「……そう言われても」

撫子《なでしこ》は言葉尻が弱くなる。

ジュードは攫《さら》った少女神のやり場のない感情を解消させたかったようだ。持つ必要などないのに撫子《なでしこ》は罪悪感を抱いた。

「まって、治療します……」

ジュードは首を横に振る。撫子《なでしこ》から手を離し、口から垂れた血を拭いつつ言った。

「撫子様《なでしこ》……オレも、貴方《あなた》達と出会った後では協力の道もあったのではと思いますよ」

撫子《なでしこ》はジュードの言葉に希望を持つが、ジュードに迎合の姿勢は見えない。

「しかし、実際事情を説明して大和《やまと》がオレ達の為に抗議してくれても解決はしないでしょう」

「どう、して……？」

撫子《なでしこ》はジュードの自傷を見たせいで、すっかり先程までの勢いが削《そ》がれてしまっている。

「他国のことですから。そちらの国が言う筋合いはないと橋国《きょうこく》が抗議を却下して終わりになるのが目に見えています」

ジュードの言い分に、撫子《なでしこ》は『そんなことはない』と簡単に否定出来なかった。

返しに困る。実際、そうなる確率が高いかもしれないと思ってしまったからだ。

国同士の問題で衝突を避けるのは外交上の鉄則。ただでさえ、大和《やまと》という国は面倒事を避ける傾向がある。数年の神様生活で撫子《なでしこ》も理解していた。

「……わ、わからないわ。やってみないと。いまからでも……。そうだ、ご連絡をゆるしてくれるならわたくしから大和《やまと》のみなさまに、上の方々にごそうだんして解決ほうほうを……」

しどろもどろになりながら言う撫子《なでしこ》に、ジュードはその場に膝をついて目線を合わせた。

そして低く囁《ささや》いた。

「撫子《なでしこ》様。犯罪の首謀者が季節の塔と現人神教会《あらひとがみきようかい》なんですよ」

その言葉は、撫子《なでしこ》の無垢《むく》な心を抉《えぐ》るように刺した。

「え……」

衝撃を受けて、撫子《なでしこ》は二の句が継げない。

「貴方様《あなたさま》が言う【上の方々】が牛耳っている機関が、オレ達を苦しめているんです。いまは橋《きよう》国《こく》の問題ですが、大和《やまと》も毒牙《どくが》にかかっていないとは言えません」

ジュードは何も言い返せない撫子《なでしこ》に畳み掛けるように語る。

「オレは匿名で何度も保安庁に起きている犯罪を伝えていますが黙殺されています」

此度《こたび》の事件を少し客観的に考えれば答えに至るような真相ではあった。

「こんな酷《ひど》いことが起きている、助けてくれと訴えているんです。国と二機関が何らかの癒着をしているのかわかりませんが、とにかく大捕物に発展しません」

ジュードが所属している機関が同胞である四季の末裔《まつえい》を抑圧していることは撫子《なでしこ》も聞いていた。語る彼の瞳は冷たく仄暗《ほのぐら》い。

「いま行われているおぞましい犯罪を止める為には、善意や正義感は役に立たないのです」

話し方も、極端に不安感を与えてくる。

「必要なのは、否定されても追及出来るような大きな注目と無視出来ない批判の数でした」

「…………」

撫子《なでしこ》の心臓がドクドクと脈打つ。

わかってはいたが、自分がとても大きな事件に巻き込まれたということを自覚した。

──ジュードさんは、りあむさまを守るためと言った。

今まではジュードが【悪い人】だと思っていた。

──でも、塔と教会がこわいことをしている？

巨悪は他に居るとジュードは言う。

他国の現人神《あらひとがみ》を拉致しなくては止められない悪事がそこにあると。

「よく……わからないわ。ジュードさん、わたくしに何かきょうりょくしてほしいなら、怖いことばかり言わないで教えて……。わ、わかりやすく教えて……」

それを聞くとジュードは頷《うなず》いてから嗤《わら》った。怖い笑みだった。

露悪的なものを共有することの楽しさというものが、溢《あふ》れ出《で》ている。

「いいでしょう。撫子《なでしこ》様、この町はですね」

「は、はい」

「たくさんのお金で出来ています」

ジュードの言葉は想像していたようなものではなかった。

「……？」

「お金はどうしたら生まれますか？」

座学でも受けさせられているのだろうか。まるで謎かけのような質問に、撫子《なでしこ》は生来の真面目さ故に答えた。

「はたらいたら……？」

労働することは賃金を稼ぐこと。八歳の撫子《なでしこ》でもわかる。

「そうです」

「でも、わ、わたくしははたらいたことがないの……ごめんなさい」

何に対してかわからないが謝った。いつも働いて忙しい両親を思い出したせいかもしれない。

ジュードは先程の不穏さを引っ込めて、優しく言う。

「いえいえ、撫子《なでしこ》様は十分働いてらっしゃいます。現人神《あらひとがみ》様は季節を世に授けておりますから それはそれは大役です。ご自身の身分に見合った手当が出ますから、資産をお持ちのはずですよ。まだ幼いからご両親が管理しているのでしょうか？」

撫子《なでしこ》は頷《うなず》く。本当に管理されているかは謎だが、撫子《なでしこ》が成人したら受け取れるという説明は親からでなく竜胆《りんどう》から教えられてはいた。

「お金というものは自身の労働力や何かしらの対価を払って得ることが出来ます。撫子《なでしこ》様も対価を払ってお金と地位と環境を得ています」

「護衛官《ごえいかん》も、貴方《あなた》を守ることでお金を得ている」

「……はい」

「…………はい」

本当に何が言いたいのかわからない。回りくどい説明を、それでも撫子《なでしこ》は一生懸命聞く。

「我々四季の末裔《まつえい》は個々の家で資産を有している場合もあれば、季節の塔からの援助に頼らざるを得ない場合もあります。大体はそちらで言う里から援助を受けつつ、それぞれのコミュニティー内で職に就きます。そして塔や里が保有する財産の構成は様々ですが、何処《どこ》の国でもあるのは現人神《あらひとがみ》信仰をしている信者からの献金です。現人神教会《あらひとがみきょうかい》なんてものは献金集めの為にある存在ですよ。薄汚い守銭奴の集まりだ」

語るごとに、ジュードの熱弁に拍車がかかる。

「大和《やまと》の四季の里や四季庁《しきちょう》も同様だそうですが、橋国《きょうこく》の季節の塔は国家から支援金が出ます。季節を滞り無く巡らせてくださいねという援助です。他に各種特殊事例が発生した時に見舞金、も入ります。撫子《なでしこ》様、どんな時かわかりますか？」

「……」

「わからないですか？」

「…………えっと」

撫子《なでしこ》は返答を躊躇《ためら》った。

「……えっと……」

なんとなく、そう薄らぼんやりだが答えが見えた気がした。

――こわい。

しかし、口には出せなかった。もしそうであるならば、あまりにもおぞましくて。

ジュードの今までの言動。誘拐したというのに現人神《あらひとがみ》を大切にするところ。

教会への鬱憤を隠さない様子。それらを総合すると、線が繋《つな》がる。

だが言えない。言ったらそれが【本当】になってしまう。

「わからないですか？」

ジュードの問いかけが心臓に痛みを与える。逃げたいが彼が見つめてくるので逃げられない。

どれだけの絶望と悔恨、そして憎悪《ぞうお》を抱けばそんな目つきになるのだろう。

答えられない撫子《なでしこ》にしびれを切らして、やがてジュードは自分から解答を出した。

「撫子《なでしこ》様、現人神《あらひとがみ》が死んだら莫大《ばくだい》な弔慰金《ちょういきん》が出るんですよ」

神よ聞け、と言わんばかりに。

その答えは撫子《なでしこ》が予想したものと同じだった。

「ちょうい、きん」

弔慰金《ちょういきん》という言葉を撫子《なでしこ》は知らなかったが、お金だろうということは話している内容から察せられた。

「亡《な》くなられてさぞ悲しいことでしょう。お悔やみ申し上げますという気持ちを金銭で表したものが弔慰金《ちょういきん》です。橋国《きょうこく》では弔慰金《ちょういきん》は遺族分と季節の塔分が国から出ます。そしてこれ以外にも弔慰金《ちょういきん》は徴収されます。どこからだと思いますか？」

なぜ、撫子《なでしこ》に言わせるのか。

「……現人神教会《あらひとがみきょうかい》……？」

ジュードは撫子《なでしこ》に理解させる為に問いを続ける。

「そうです。現人神教会《あらひとがみきょうかい》の金は何処《どこ》から出ているか覚えていますか？」

「し、信者のみなさん……。民のみなさま……」

「ご名答。つまり、現人神《あらひとがみ》の死は二つの金庫から金を吸い上げる絶好の機会なんですよ。撫子《なでし》子《こ》様のような代行者《だいこうしゃ》達が死ねば死ぬほど、塔や教会が潤うんです」

もう聞きたくない、と撫子《なでしこ》が願っても彼は止まらない。

「多くの人に知られてはいませんが、集められた弔慰金《ちょういきん》のほとんどは使途不明金として消えます。塔はこうしたリゾート地のような住居建設、教会は美術品漁《あさ》りに使います。幹部連中で宴《うたげ》三昧、個人の懐《ふところ》にも消える。そうするとたくさんのお金が入ってもすぐになくなります。お金がないと、人は貧しさを覚えますよね？　豊かな暮らしをする人ほどそれが耐えられない。ではそんな時にお金を稼ぐ仕組みがわかっている人は何をするでしょう」

「……はたらく」

「いいえ」

ジュードはやはり嗤《わら》ったまま言った。

「現人神《あらひとがみ》を殺します」

その言葉が突き刺さって、突き刺さって、息もできない。

「殺したら莫大《ばくだい》なお金がいくらでも入ってくるんですから働くより楽だ」

撫子《なでしこ》はジュードの怒りをそのまま注がれているような感覚に陥った。

彼は怒っているのだ。あらゆることに。その怒りは関係のない人を殺してしまうほど煮えたぎったもので、話を聞く者の精神も汚して地に堕とす。

「うそ……」

「嘘《うそ》ではありません。オレの前の主はそうやって殺されました」

暗闇に引きずり込まれた撫子《なでしこ》は暴かれた真実に身が震える。

「リアムの前に、別の主が居たんです。佳州《かしゅう》ではなく、【咲羽州《さうしゅう》】と呼ばれる橋国《きょうこく》の土地で。橋国《きょうこく》は護衛官《ごえいかん》の使いまわしを平気でしますから」

「……」

「冬の代行者《だいこうしゃ》でした。オレより年上で、なのに子どもっぽくて。それでいて周囲の為には上に噛《か》みつくことも厭《いと》わない正義感が強い人でした」

「……待って、ジュードさん」

「オレは彼のことが本当に好きでした」

「………ジュードさん、怖いの、待って」

「愛していました。でもある日死んでしまったんですよ。賊に攫《さら》われて。拷問された上に権能が暴走して賊諸共《もろとも》死にました。自害させられたようなものです」

ジュードの熱弁は止まらない。

「オレは主を守れなかったことが悲しくて、悲しくて、何度、後を追おうかと考えたかわかりません。死んだらまた会えるかもしれない……」

もう止まれる段階ではないのだ。

「しかし、賊への報復をしてから死んでやりたいと踏みとどまりました。彼に会う時があれば『貴方《あなた》を殺した者達をちゃんと葬《ほうむ》りましたよ、褒めてください』と報告したかったからです。だから浅ましくも生きて、事件のことを調べ始めました。前々から、橋国《きょうこく》の現人神《あらひとがみ》の死亡率の高さはテロの多さのせいではないという話があったんです。まことしやかに囁かれるもの。みんなが信じはしないがずっと疑っているもの。仲間の誰かが現人神《あらひとがみ》達の情報を賊に売っているのではないかという噂《うわさ》です」

いや、踏みとどまれないというのが正しいのかもしれない。

「オレは主の死を自分のせいじゃないと思いたかったのかもしれません。上層部しかアクセス出来ないような情報にまで手を出して……。知られたらどんなことをされるかわからないのに、あの時はとにかく必死でした。四季《しき》会議《かいぎ》で知り合った他の護衛官《ごえいかん》、元護衛官《ごえいかん》の協力者も増えて、オレは、いえオレ達はようやく真実を知ることが出来たんですよ」

護衛官《ごえいかん》の本懐は主を守り抜くこと。

「オレ達の主が金の為に殺されているってことに」

それが出来なかった時点で、ジュードの理性も人生もとっくの昔に壊れてしまっているのだ。

誰かがやめようと諭して聞き入れられるような類の話ではない。

彼のしていることはただの暴走ではなく、れっきとした仇討《あだう》ちだった。

被害者は確かにいて、しかし黙殺されている。告発しなければ今の主も殺されてしまうかもしれない。だから犯罪者になる覚悟で行動を起こしている。ある側面では正義だった。

撫子《なでしこ》は泣きながら顔を手で覆った。

希死《きし》念慮《ねんりよ》を抱いた復讐《ふくしゅう》者はどこまでも優しい小さな秋の神様に訴えかける。

貴方達《あなた》は人間の食い物だ。一緒に戦ってくださいと。

「塔と教会の幹部が賊に情報提供して襲撃させています」

こんな辛《つら》い世界から逃げ出したい。

どこか温かいところへ行きたい。

自分を守ってくれる人がいる、そんな場所に。

「この事実をオレは許せませんでした」

そう思って撫子《なでしこ》は泣く。果たして撫子《なでしこ》は無事に帰れるのだろうか。

怨嗟《えんさ》は怨嗟《えんさ》を呼ぶ。ジュードがしていることはきっと大きな火種になるだろう。

それこそ、戦争だって起きかねない。

「ええ。許せない」

殺す人達と。

「オレは報復します。その為に我ら【正道現人神教会《せいどうあらひとがみきょうかい》】は結成されました」

守る人達の戦争。

「撫子様《なでしこ》。これは、亡《な》くなってしまった神様達の敵討ちなんです」

ジュードは神様の下僕として正しい在り方のまま、そう吐き捨てた。

第五章 兵は神速を尊ぶ

犯行声明から更に日が経過し、橋国渡航《きようこく》八日目。現地時間四月十日午後六時。

瑠璃《るり》と雷鳥《らいちょう》、そして近接保護官《きんせつほごかん》の月燈《つきひ》含む捜索班は別行動をしていた。

凍蝶《いてちょう》が竜胆《りんどう》に説明していた通り、瑠璃《るり》が眷属《けんぞく》にした動物を使って攫《さら》われた子ども達の手がかりを探している。事件発生が四月七日の為、既に三日経過していた。

保安庁から配車された車であちらこちらへ。瑠璃《るり》達の車以外には護衛の車が四台随行している。月燈《つきひ》の部下達、夏の護衛陣、保安隊員が構成人員だ。

部下が運転する横で、月燈《つきひ》は後部座席をルームミラーで見た。

疲れた顔をしている瑠璃《るり》と雷鳥《らいちょう》、そして傷の手当てをされた花桐《はなきり》が見える。

花桐《はなきり》は本来ならどこか静かな場所で安静にすべきだったが、彼が一番秋の少女神の匂いを覚えていた為、同行していた。

「花桐《はなきり》……ごめんね……」

うずくまってぐったりしている花桐《はなきり》の頭を瑠璃《るり》が撫《な》でる。すると、花桐《はなきり》は顔を上げて吠《ほ》えた。

「わん」

なるべく元気な姿を見せようとしている健気《けなげ》さが垣間見《かいまみ》える。

「……だってあたしがお願いしたからさ。本当ならホテルで誰かに看病してもらってたほうが良いのに」

「くうん」

「そんなこと言わないで。花桐《はなきり》は悪くない。白萩《しらはぎ》さんを守ったんでしょ？　そこは誇っていこう。偉かったよ。さすがあたしとあやめが鍛えた男の子だよ」

「わん、わん」

「わかってる。あたしがしっかりしないと。撫子《なでしこ》ちゃんが一番辛《つら》いもんね……」

彼女以外は子犬の言語を聞き取れないのだが、どんな会話をしているかは察せられた。

こんな時でなければ和んでいただろうが、何をしても悲哀が拭えない。

秋の代行者《だいこうしゃ》祝月《いわいづき》撫子《なでしこ》が攫《さら》われた。それも二度目の誘拐。

大和《やまと》陣営で心を痛めていない者は一人も居ない。

――とはいえ、このままでは瑠璃《るり》様が倒れてしまう。

見守っていた月燈《つきひ》はそろそろ休むべきだろうと声をかけた。

「瑠璃《るり》様、雷鳥《らいちょう》様。もう夕方の六時ですから、ご都合が良いところでチェックポイントをつけて翌日の捜索に回しませんか。宿は橋国《きょうこく》側が用意してくれますので……」

瑠璃《るり》は雷鳥《らいちょう》と顔を見合わせてから月燈《つきひ》に言う。

「でも、動物達の聞き込みするなら夜のほうが姿現してくれる子もいるよ」

「そうですが……昨日は車中泊で、瑠璃《るり》様まったくお休み出来ていないでしょう……」

月燈《つきひ》は困り眉になる。生命使役《せいめいしえき》による行方不明者の捜索はとても地道で、かつ疲労度が高い作業だった。瑠璃《るり》達は竜胆《りんどう》と真葛《さねかずら》の乗っていた車の駐車地点から、近くに住む猫や鳥から聞き込みをし、ずっと移動を続けている。

と同時に、橋国《きょうこく》の保安庁情報室とも連携して情報をやり取りしていた。

瑠璃《るり》が聞いた眷属《けんぞく》達の証言と、街のあらゆる監視カメラの記録を照会しながら正確な逃走経路を追求しているのだ。捜索班は一日中歩き回ったり車のシートに座り続けたりと忙《せわ》しない。

休憩という休憩も大して取っていなかった。

「休みなしの捜索、というのは現実問題……無理があります。ちゃんとした寝床で数時間でもいいから仮眠をして、食事を摂《と》って、体調を整えませんと。酷な話ですが、今日明日でどうにかなる問題ではないです。そうなると長期戦となり、お体が……」

「……でも、でも、この辺だと思うの。だからあと少し……」

瑠璃《るり》はまだ渋い顔をしている。その反応を見て、雷鳥《らいちょう》が切り口を変えた。

「瑠璃《るり》。各運転手に水分補給や手洗い休憩も与えないと、交通事故に繋《つな》がります。ご提案通り、今日は少し休みましょう」

彼のほうは体力的には問題なさそうだが、精神的な疲労が顔に滲《にじ》み出《で》ているといった様子だった。自分が敵を逃したせいでこんな事態になってしまったと、悔いる気持ちがあるのだろう。

瑠璃《るり》は雷鳥《らいちょう》の指摘にバツの悪い顔をした。

「……あ、そっか……」

気まずい様子で言う。

「ごめんなさい……あたし、撫子《なでしこ》ちゃんのことで頭がいっぱいで……」

苦笑いをする瑠璃《るり》を見て、月燈《つきひ》は胸が張り裂けそうになった。

撫子《なでしこ》が攫《さら》われたと聞いた時の瑠璃《るり》の様子を思い返す。

瑠璃《るり》は襲撃が落ち着いた教会の中で涙を流しながら『何で？』と繰り返していた。

『何で、撫子《なでしこ》ちゃん攫《さら》われちゃったの』

『何で、何で？』

『誰も助けてあげられなかったの？』

『他の秋のひとは？』

『みんなは無事じゃないの？　まさか、死んじゃったの……？』

誰もその問いに答えられない。

夫の雷鳥《らいちょう》も傍《そば》に居なかったので取り乱した瑠璃《るり》をなだめられる者もいなかった。

竜胆《りんどう》が血まみれで病院に担《かつ》ぎ込まれたという情報も、彼女を苦しめたようだ。

『瑠璃《るり》、聞け』

それは冬の王が初めて彼女の名前をちゃんと呼んだ瞬間だった。

狼星《ろうせい》の一声が無ければあのままずっと泣き腫らし、混乱していたかもしれない。

『瑠璃《るり》。お前、今から捜索に出てくれ』

狼星《ろうせい》は瑠璃《るり》の華奢《きゃしゃ》な肩を痛いほど掴《つか》んだ。それが我を失っていた彼女への気付けになり、瑠《る》璃《り》は少し正気を取り戻して狼星《ろうせい》を見た。

『捜索……？』

いつものように冷たくて他人に我関せずという態度ではない彼の表情。

瑠璃《るり》と同じくらい焦燥と悲憤を抱いている。

『そうだ。雷鳥《らいちょう》殿と合流しろ。敵が撫子《なでしこ》を何処《どこ》に連れ去ったか生命使役《せいめいしえき》の権能で探れ』

『あ、あたし……が？』

『お前がだ』

『でも、あたし、橋国《きょうこく》、わからない』

『保安庁の人間を連れて行け』

『で、でも』

『日和るな。いいか、落ち着いて思い出せ。お前は誰だ？』

『……え』

『俺は冬の代行者《だいこうしゃ》。お前は誰だと問うている』

大和《やまと》在位年数最年長の【冬】に問われて、【夏】は答える。

『あたしは、夏……。夏の代行者《だいこうしゃ》……』

冬に続く在位年数を誇る大和《やまと》の生命使役《せいめいしえき》の女神だ。

『そうだ。お前は夏だ。こういう時に抜群に頼りになる神だ。生命使役《せいめいしえき》の権能がある』

『……』

普段は言わないことを、狼星《ろうせい》はありったけ瑠璃《るり》にぶつける。

『俺は人や物を凍らせることしか出来ない』

狼星《ろうせい》はきっとわかっていた。

『敵を見つけたら俺が凍らせてやる。お前は手を汚さんでいい』

瑠璃《るり》は捜索活動を拒んでいるわけではない。

『俺が他の季節に代わって全部対処する。動物達を使って撫子《なでしこ》を探してくれ』

『でも、あたし……』

人一倍、感受性の強い彼女が、いまこの時壊れかけてしまいそうになっているだけだと。

『生命はお前が歌えば跪《ひざまず》く』

この状況が受け止められないだけだとわかっていた。

可愛《かわい》がっていた妹のような神が大事だからこそ酷《ひど》く動揺していたのだ。ただでさえ不慣れな異国の旅。頼りの姉はいない。橋国《きょうこく》側との不和。リアムの問題。様々な心配事を抱えた状態で賊から強襲を受けた。平気なわけがない。結婚して家庭を持ったとて、まだ二十歳も迎えていない娘なのだ。苦境には慣れているが精神が頑強なわけではなかった。

『やらないで此処《ここ》で突っ立ってるか？　その間に撫子《なでしこ》は死ぬぞ』

厳しい返しに、瑠璃《るり》は涙を溢《あふ》れさせて叫んだ。

『や、やだあっ!!』

傍《そば》に居た凍蝶《いてちょう》がたまらず何か言おうとしたが、狼星《ろうせい》が制す。

『じゃあ撫子《なでしこ》を探してくれ』

此処《ここ》で慰めるのは違うと。狼星《ろうせい》はあくまで対等であることを求めた。

『きっと、こんなにお前に何かを頼む日はもう来ない』

『お前なら出来るとわかっているから頼んでいる』

『……』

『…………』

狼星《ろうせい》の説得は次第に瑠璃《るり》の中に染《し》み渡《わた》っていく。

『……もっかい言って』

『……瑠璃《るり》、お前なら出来る。撫子《なでしこ》を探せ』

そこでようやく、夏の神様は惑いの時から抜け出して真《ま》っ直《す》ぐに冬を見た。

『わかった……』

小さな頃に出会って、喧嘩《けんか》をして、ずっと疎遠でいた少年少女。縁を繋《つな》ぎ直した後も仲が良好だったわけではない。お互い苦手意識を持って、相手を遠ざけていた。

今回の旅で少しずつ話せるようになり、そしてようやく。

『あたしが探すよ。狼星《ろうせい》、冬はどうするの』

はっきりと物を言い合える同胞となった。

『俺と凍蝶《いてちょう》は保安庁と連携して秋を援護する。阿左美《あざみ》殿が居ない今、あちらの陣営を率いて対策本部に立つ者が必要だ』

『了解。確かにあたしにそれは出来ないし任せる。すぐに誰かに車出してもらわないと。花桐《はなきり》はどうなったかわかる人いる？』

一度決めたら夏の女は強い。瑠璃《るり》はそれから文句一つ言わず、雷鳥《らいちょう》と合流した。

これに月燈《つきひ》が加わり、途中で治療を終えた花桐《はなきり》が戦力投入されて現在の捜索班が形成された。

そして現在に繋《つな》がる。

「ごめんなさい、あたしが無鉄砲でした……」

瑠璃《るり》は申し訳無さそうに謝る。それを見て、雷鳥《らいちょう》が耐えられない、とばかりに言った。

「瑠璃《るり》は悪くない。僕のせいです」

彼は本来なら飄々《ひょうひょう》とした風来坊のような人だ。何か起きてものらりくらりと躱すというのに、今は自分の過失が許せないのか憤《いきどお》っている。

「僕が追跡を成功出来ていたら今頃撫子《なでしこ》様は誘拐されていませんでした」

「……そんなこと言ったらさ、あたしもついていけば良かったってなる……」

「瑠璃《るり》は僕が離れていたせいで冬の皆さんに守護していただかなければなりませんでした。僕のせいです……」

月燈《つきひ》は慌てて会話に挟まる。

「いえ、雷鳥《らいちょう》様がいなければ捜索も更に難航しています。お責めになるならどうか護衛である我々を……」

「……さすがに僕もそっち責めるのはおかしいってわかってますよ」

「雷鳥《らいちょう》様……」

「荒神《あらがみ》隊長や各季節の護衛陣は代行者《だいこうしゃ》と護衛官《ごえいかん》を尊重して指揮系統に従った行動をしてました。

イレギュラーな事態に巻きこまれた阿左美《あざみ》先輩と真葛《さねかずら》さんは酷《ひど》いことになりましたが、最終的には大和《やまと》陣営に死者が出てないので防衛戦としては上々です。戦犯、完全に僕ですよ」

雷鳥《らいちょう》は盛大にため息を吐いた。

「他の人より一歩先を行っていたのに仕損じた。僕、ちゃんとあちらを出し抜いていたんですよ？　なのに、嗚呼《ああ》、もう、何で……」

雷鳥《らいちょう》は燻《くすぶ》った気持ちを爆発させるように叫んだ。

「あの時、轢《ひ》かれる覚悟で車体の前に出ればよかった！」

「それでは雷鳥《らいちょう》様が死んでしまいます……」

月燈《つきひ》はバイクで車に轢《ひ》かれる雷鳥《らいちょう》を想像してから冷静に言う。死んでは元も子もない。

「でもやってたらいまこうなってなかったかも！　過去に戻りたい！」

悔しさが溢《あふ》れ出《で》て、叫んだ後に雷鳥《らいちょう》はうなだれた。瑠璃《るり》が雷鳥《らいちょう》の背をさする。

花桐《はなきり》が不思議そうに見ている。月燈《つきひ》はどうにかせねばと瑠璃《るり》と雷鳥《らいちょう》に優しく言葉をかけた。

「御二方、とにかく……撫子《なでしこ》様を探す為にも、少し休んで、そしてまた捜索を開始しましょう。疲れていると、気落ちも酷《ひど》くなりますし……」

一行は気持ちに区切りをつけて今日の捜索を終わることにした。

捜索班は慚愧《ざんき》に堪えない思いでいたが、実はこの時点で彼らは事件の核心に迫る場所まで歩みを進めていた。

瑠璃《るり》が『この辺だと思うの』と言っていたのも勘が冴《さ》えている。

撫子《なでしこ》が攫《さら》われている場所、【マウントエルダー】。

そこへ続く歩道がある小さな田舎町、【エルダーシティ】周辺にたどり着いていたのだ。

近いが遠い、と言うと矛盾した表現にはなるが、マウントエルダーは周辺だけでも滝や自然温泉、農園、川、湖、有名な映画の撮影場所だった森林地帯、等などと足を運べる場所がたくさんあった。山岳地帯が広大過ぎて、山は目と鼻の先なのに【セージ・ヴィレッジ】がある場所にはたどり着けていない、というのが現状だった。

捜索班達はエルダーシティから少しだけ足を伸ばしたところにある【エルダーレイク】と呼ばれる湖畔近くへ移動した。雄大な湖の景色を楽しむことが出来るリゾートロッジがあり、しばらくはそこを根城にすることが決まっている。

ロッジの管理施設手前にある、駐車場とも言えないだだっ広い土地にみなで車を停《と》めた。

車外に出ると、春の寒風が早く室内に入れと言わんばかりに追い立てる。

いざロッジへ、というところで瑠璃《るり》が足を止めた。

「待って……」

鳥の集団が低空飛行でこちらに迫ってくる。日の入り前の空、鳥達が夕焼けの茜色《あかねいろ》を背負いながら綺麗《きれい》な隊列飛行をしている姿は圧巻だった。

「戻ってきた！」

彼らは瑠璃《るり》が周辺で使役して偵察させていた鳥達だった。

「隊長さん！　何か新しい情報がわかるかもしれない！」

興奮した面持ちで言ってから、瑠璃《るり》はぴたりと停止した。

「……あの、ね……話聞いてから休憩でもいいかな？　だめ……？」

運転手の疲労を考えてか及び腰で尋ねる。月燈《つきひ》は破顔してから力強く頷《うなず》いた。

「もちろんです、有益な情報であれば休憩は後回しにしましょう！　わたしも……わたしも本当は撫子《なでしこ》様の為にずっと探していたいんです……」

月燈《つきひ》は隠していた気持ちをつい吐露した。役割的に、暴走する夏の夫妻を抑えねばならないのだが、彼女とて撫子《なでしこ》を救いたいと願っている。幼い秋は空港で月燈《つきひ》にこう言った。

『たいちょうさん……わたくしも、守っていただけるなんてとても光栄です……』

人を守る為に生きている者として、あの言葉が忘れられない。

過去に戻ってやり直したいのは月燈《つきひ》も一緒だ。

月燈《つきひ》の言葉を受けて、瑠璃《るり》は少し泣きそうになってしまった。だが、堪えて言った。

「ありがとう。この状況に負けないで頑張ろうね！」

瑠璃《るり》の一言が落ち込んでいたみなの暗い雰囲気を吹き飛ばす。

早速、他の観光客の邪魔にならないような駐車場の端に移動して鳥と交信を始めた。

鳥の大群は中でもリーダー格の者が居るのか、その一匹が瑠璃《るり》の腕に降り立ち、鳴き声を上げる。他の鳥達はリゾートロッジ周辺に生えている木々を止まり木として、至るところに着地した。少々不気味である。

大和《やまと》陣営は慣れている光景だが、恐らく一般人が見れば怪奇現象のように見えるだろう。

「え、それって本当？」

瑠璃《るり》は鳥が発した言葉に怪訝《けげん》な顔をする。撫子《なでしこ》が見つかった場合はこのような反応をしないだろう。何か別の発見だろうか。雷鳥《らいちょう》が待ちきれない様子で尋ねる。

「瑠璃《るり》、この鳥はなんて？」

「……それがね」

瑠璃《るり》は雷鳥《らいちょう》だけでなく、月燈《つきひ》達を見てから東の方を指さした。

「血まみれの女の子を運んだ人達が通った道を見つけたそうなんだけど……」

「撫子《なでしこ》様だ！」

「そうだと思う……でも、それだけじゃなくて……」

撫子《なでしこ》の手がかりを見つけたかもしれないというのに、瑠璃《るり》は歯切れが良くない。

「あのね、あっちにもあたしと同じことをしている人が居るんだって……」

というより驚いて困惑しているようだった。彼女の白魚の指先。その方角に一同は目を凝らす。すると、瑠璃《るり》が使役していたような鳥の大群の飛行が確認出来た。

「……それってつまり」

雷鳥《らいちょう》の言葉で、全員で顔を見合わせる。示す事柄は一つしかない。

一行はせっかくリゾートロッジにたどり着いたというのにすぐさま車に乗り込んだ。

「そのまま！　真《ま》っ直《す》ぐ！」

瑠璃《るり》が窓から身を乗り出し、自分が使役した鳥達の案内を確認して血気盛んに叫ぶ。

雷鳥《らいちょう》が無言で車内に引きずり込んでやめさせた。いつなんどき、賊に襲われ撃たれてしまうかわからないのだから当然だ。

車は逸《はや》る気持ちを表すが如《ごと》くスピードを上げていく。

走行し続けると、町から離れ、やがて山の自然歩道に辿《たど》り着《つ》いた。

全車、停車する。まだ空には鳥の大群の影が見えている。瑠璃《るり》達はその鳥達が旋回している場所の真下と思われる地点へ歩いていくことにした。

「……春の山を突き進むのはいまの装備ではきついです。もし見当たらない場合、深追いせずいきましょう」

月燈《つきひ》がみなへ先走らないように念押しする。実際問題、引《ひ》き際《ぎわ》を見極めるべきではあった。マウントエルダーは自然の在り方そのままで保存されている山だ。

人が入り込む場所は周辺の自然歩道に限られている。

つまり、整備された登山道というものはない。登りたければ登ればいいが、登山装備不十分な登山者が無事に帰ってこられるような場所ではなかった。しかも、黄昏《たそがれ》の射手《しゃしゅ》が空に矢を射《う》った後だ。夜に包まれた山の中を歩くのは危険極まりない。

撫子《なでしこ》の捜索に夢中になって、二重遭難や登山事故による怪我人《けがにん》、もしくは死者など出してしまえば本末転倒。せっかく結成した捜索班も再編成を余儀なくされる。

瑠璃《るり》と雷鳥《らいちょう》もさすがに山の怖さはわかっているのか、そこは静かに頷《うなず》いた。

「瑠璃《るり》、気をつけて。あまり僕より前に出ないでください」

雷鳥《らいちょう》が瑠璃《るり》の手を握ってくる。

「うん……」

瑠璃《るり》はざわめく気持ちを抑えながら茂みをかきわけて歩き始めた。進むごとに、夕焼けの明かりが段々と乏しくなっていく。しかし、瑠璃《るり》という現人神《あらひとがみ》がいるおかげで道に迷うことはなかった。彼女の眷属《けんぞく》の鳥が先導するように眼《め》の前《まえ》を飛んでくれている。

「止まってください」

ある程度進むと、密林の中で月燈《つきひ》が小声で停止を求めた。人影が見える。あちらもこちらに気づいたようだ。瑠璃《るり》と雷鳥《らいちょう》を後ろに控えさせ、同行していた保安庁の保安隊員と共に、前に出る。月燈《つきひ》が保安隊員に央語で話した。

『草むらの奥に居る集団に身分を証明して相手の警戒を解いてもらえますか』

『了解です』

勇敢な保安隊員が数歩前に出て、声を張り上げた。

『そちらに誰かいるか！　こちらは橋国佳州《きょうこくかしゅう》保安庁！　そちらに身分証の提示を求む！』

大声の声掛けに反応がすぐ返ってきた。

『こちらは【季節の塔佳州神兵団《かしゅうしんぺいだん》】！　敵意はない、武器を下ろせ！』

鬱蒼《うっそう》と茂っている草木を挟み、双方の陣営がざわめきたった。

困惑している大和《やまと》陣営に月燈《つきひ》が素早く通訳する。

「【神兵団《しんぺいだん》】は季節の塔が州ごとに設置している護衛部隊、と聞いています。四季庁《しきちょう》から派遣されて現人神《あらひとがみ》様のお側《そば》に侍《はべ》りお守りする四季庁《しきちょう》保全部警備課の方々と同じようなものです。だから神兵《しんぺい》、と名乗っていると。瑠璃《るり》様、雷鳥《らいちょう》様。予想通りの御方がいらっしゃるはずです。お目通りするご準備をお願いいたします」

瑠璃《るり》は固唾《の》を呑み、雷鳥《らいちょう》と繋《つな》いでいる手をぎゅっと握った。雷鳥《らいちょう》もすかさず握り返し、それから瑠璃《るり》を自分の背に隠した。片や橋国《きょうこく》の国防組織、片《や》や季節の塔の護衛部隊。互いに人を遣り、身分確認が済んだところで武装解除し、顔を合わせることに。

瑠璃《るり》達、捜索班は警戒しながらも神兵団《しんぺいだん》が居る方向へ進む。

既に黄昏時《たそがれどき》と言ってもいい空模様になっていたが、やがて彼らの姿が見えた。

木々が少し開けた場所に、十数名の神兵団《しんぺいだん》が居る。

その中心には、異彩を放つ二人の男女が立っていた。どちらも、東洋の顔立ちだ。

大和人《やまと》と人種が近いと思われる。橋国人《きょうこく》からすると同じに見えるだろうが、大和人《やまと》である瑠璃《るり》達からは別の国の人間だというのがわかった。

一人は長く豊かな青糸の髪を三つ編みにしている婉麗《えんれい》な女性。手足が驚くほど長い。憂い気な様子でこちらを見つめる姿が何とも艶《あで》やかな氷肌《ひょうき》玉骨《ぎょっこつ》の美人だ。

そしてもう一人は錫《すず》色の髪の男性。隣の女性に負けず劣らず長髪。またその髪型が良く似合っている。中性的な顔立ち、細い腰、人を見下ろす体軀《たいく》。迫力のある長身の二人組は、どちらも涼やかな目元をしており、こちらに厳しい視線を送ってきた。

——あの子だ。

二人を見比べて、女性のほうに視線を定める。彼女も瑠璃《るり》と視線を混じり合わせた。

瑠璃《るり》は雷鳥《らいちょう》の背中から隠れるのをやめて一歩前に出た。

娘二人の頭上では、野鳥達がやかましく鳴いている。

「静かにしなさいっ！」

瑠璃《るり》が一喝すると、すべての鳥がぴたりと鳴くのをやめた。

不気味なほどに口を閉ざした鳥達。使役している鳥、そうでない鳥も瑠璃《るり》の願いを聞いた。

彼女が生命使役《せいめいしえき》の女王故に。その行動であちらも瑠璃《るり》が誰なのかわかったようだ。

神兵団《しんぺいだん》と男女含む全員が目を大きく見開く。瑠璃《るり》は付け焼き刃の央語で言った。

『こんにちは』

まずは友好的に。そして会話に繋《つな》がるように出来れば笑顔で。

『あの、あたしは央語があまり出来ません。でも少しだけ喋《しゃべ》る、頑張ります。あたしは、大和《やまと》から来ました。夏の代行者《だいこうしゃ》の葉桜《はざくら》瑠璃《るり》です。こちらは護衛官《ごえいかん》の葉桜《はざくら》雷鳥《いちょう》。あなた達は？』

本当に簡単な挨拶文だったが、ちゃんと通じたようだ。

女性のほうが呼応するように言う。

『お初にお目にかかります。あたくしはイージュン。橋国佳州《きょうこくかしゅう》の夏の代行者《だいこうしゃ》です。彼は護衛官《ごえいかん》のハオラン。御身を含め、大和《やまと》の皆様には多大なるご迷惑をおかけしております』

異国の夏の代行者《だいこうしゃ》は笑顔こそ見せなかったが、瑠璃《るり》に最大限敬意を払う言葉遣いで言う。

『我々は攫《さら》われてしまった自国の【秋】と、そちらの【秋】を探していました。皆様も同じでしょうか？』

四月十日、春嵐《しゅんらん》の頃。二人の【夏】が出会った瞬間だった。

第六章

一波纔かに動いて万波随う

イージュンこと、佳州《かしゅう》夏の代行者《だいこうしゃ》は涼やかな夏風を彷彿《ほうふつ》とさせるような人だった。

瑠璃《るり》のように周囲を照らす明るさはない。陽気さとは真反対の所にいる。陰気というわけではない。只々《ただただ》、清らかな空気を纏《まと》っていた。

木漏れ日の下に居る時に感じる穏やかさ、草木の葉に落ちた美しい玉露。雨が上がった時に感じるような心洗われる心地。夏の自然の偉大さが女性として姿を成したと言える。

ハオランもまた絵になる男性だった。例えるなら紫電清霜《しでんせいそう》。雷鳴のように鮮烈で、しかし凛《りん》としている。高潔な麗人であるイージュンと並んでも魅力がかき消されることのない美丈夫だ。

どちらも現代風にアレンジされた民族衣装を着ていることもあってか、並ぶと双美さに目を奪われるものがある。

『我々は攫《さら》われてしまった自国の【秋】と、そちらの【秋】を探していました。皆様も同じでしょうか？』

現人神教会《あらひとがみきょうかい》でジュードが言っていた内容によると、イージュンが十八歳から二十歳くらいの年齢。しかし大人びていてそれよりも上の年齢に見えるというのはその通りだった。

年齢相応の顔立ちではあるのだが成熟した印象をこちらに与えてくる。ハオランも同じだ。

イージュンからの問いかけに対しては央語説明が限界に達した瑠璃《るり》に代わり雷鳥《らいちょう》が答えた。

『そうです。僕達は秋の代行者祝月撫子《だいこうしゃいわいづきなでしこ》様を探しています』

言ってから雷鳥《らいちょう》は自分達捜索班の紹介をした。それからまた口を開く。

『失礼、僕もあまり央語がうまくありません。ヒアリングは得意。拙くても許して。まず、えぇと、イージュン様とハオラン様で良いでしょうか？　僕たちのことは瑠璃《るり》と雷鳥《らいちょう》と呼んでください。僕ら夫婦なんで、葉桜《はざくら》だとどっちがどっちかわからない』

　イージュンとハオランは目を見張った。

『夫婦なんですか？』

『ええ、新婚です』

『主従で夫婦なのか……そういうの許されるんだな……。あ、その、呼び方は何でも構いません。いいよな、イージュン？』

『もちろんです。どうぞお好きにお呼びください、瑠璃《るり》様、雷鳥《らいちょう》様』

喋《しゃべ》るとわかった。あちらもひどく緊張している様子だ。雷鳥《らいちょう》は相手からの警戒を解く為に少し世間話をすることにした。

『察するに、美天《びてん》の国をご家族にお持ちの方……ですかね』

美天《びてん》とは大和《やまと》と海を挟んだ大陸に存在する国だ。世界的に見ても歴史が長く、古くから大和《やまと》と交流がある。伝来している文化も大和《やまと》に大きな影響を与えている。

雷鳥《らいちょう》が美天《びてん》国の人間だと判断したのは彼らの服装だった。

イージュンもハオランも美天《びてん》の民族衣装を現代風に改めた服を着ている。

『よくおわかりに。あたくしとハオランは橋国《きょうこく》人ですが美天《びてん》系の血も入っています』

『俺とイージュンの両親は友人同士で……。幼馴染《おさななじみ》なんです』

『それはそれは。橋国《きょうこく》はやっぱり四季の血族と言えど美天《びてん》系は美天《びてん》系でコミュニティーがあるんですか？』

『一概にそうとは言えませんが、住んでいる所は美天《びてん》系橋国《きょうこく》人が多いです。ご飯が美味《おい》しいお店がたくさんありますから、もしお立ち寄りになる際はぜひあたくしがご案内を……』

イージュンはそこまで言って、気まずそうに言葉を繋《つな》げた。

『あの……こうしてお話し出来て光栄ですが。どうかもう山を離れてお休みになってください。我々もあと少しで場所を摑《つか》めそうなのです。此処《ここ》は霊山。夜遅くに道を知らぬ者が足を踏み入れるべき場所ではございません』

丁寧に帰るよう諭すイージュン。隣に立つハオランも同意を示す。

『俺とイージュンは夏顕現でもこの地を訪ねるのである程度道がわかっています。しかし皆様方はそうではないはず。祝月撫子《いわいづきなでしこ》様のみならず、夏の御方まで怪我《けが》をさせるようなことがあっては申し訳が立ちません。どうか、お引取りを』

あまり聞き取れていないが、雰囲気で帰れと言われていることはわかったのか、瑠璃《るり》が雷鳥《らいちょう》のほうに目で訴えかける。もちろん、雷鳥《らいちょう》も従うつもりはなかった。

『イージュン様、ハオラン様。こちらは既に誘拐犯を見たと思われる鳥の情報を仕入れました』

二人は驚いていた。彼らはあと一歩というところだったのだろう。

『貴方達《あなた》が居ると知って先にこちらに参りましたが、大和《やまと》陣営としてはこれから出来るところまで調査して、応援を呼ぶつもりです。帰れ、と言われても僕らは帰れません。僕らの秋は八歳の女の子。今頃きっと泣いている。すぐに駆けつけたい。帰れません』

ここでわかったことだが、雷鳥《らいちょう》の央語は日常会話が可能なレベルだった。所々適切な単語を思い出せず言葉につまったりするが、央語話者からすると根気よく聞いていれば言っていることは理解出来る。ではなぜこの自信家の男が妻に謙遜したのか。

雷鳥《らいちょう》という人間は自分が【出来る男】だと自負している。

実際、精通している分野に於《お》いては他を制す。だからこそ、このレベルは他者から見ると十分だが、彼からすると【あまり出来ない】という評価なのかもしれない。

『よければ、僕たちと協力しませんか？　まさかこちらの国の夏が動いてくださるとは思ってもいませんでした。いま此処《ここ》には二人の夏が居ることになる。それぞれの眷属《けんぞく》を合わせれば、もっと早く探せます。僕らはそれを相談しに来ました』

雷鳥《らいちょう》の申し出に、イージュンとハオランは即答しなかった。

二人はどうすべきかと迷っている様子だ。雷鳥《らいちょう》はそのような素振りをする者を幾度となく見てきた。人を使う側の人間の家に生まれていると、よく見る表情だ。

『何をするにも上司の確認が必要？』

ずばり、と雷鳥《らいちょう》が言うと、どうやら的中した。二人共、びくっと身体《からだ》が強張《こわば》る。

『……』

イージュンが少し黙ってから申し訳なさそうに言った。

『はい、その通りですわ』

『イージュン！』

すぐにハオランが咎《とが》めた。

『ハオラン、何かあってもあたくしが悪いと言うから。ハオランのお父さんお母さんには迷惑をかけない。お申し出を受けましょう』

『お前の立場が……！』

『あたくしの立場より二人の秋の命。大和《やまと》の夏の代行者《だいこうしゃ》様が協力してくださるなら、本当にすぐ見つかるかも……ハオランだって本当はそう思ってるでしょう？　正直に話しましょう』

二人は揉《も》めている。見かねて、月燈《つきひ》が言った。

『失礼致します、わたしは大和《やまと》の国防組織、国家《こっか》治安《ちあん》機構《きこう》近接《きんせつ》保護官《ほごかん》、特殊部隊隊長、荒神月《あらがみつき》燈《ひ》と申します。御二人の【上司】というのは、季節の塔？　それとも、信徒のくせに現人神《あらひとがみ》様にでかい面をしている佳州《かしゅう》の現人神教会《あらひとがみきょうかい》のことでしょうか？』

ちょうど【現人神教会《あらひとがみきょうかい》】という単語が出たところでハオランがぴくりと反応した。雷鳥《らいちょう》は色々と察する。そして、月燈《つきひ》を指さして言った。

『この方、現人神教会《あらひとがみきょうかい》大和《やまと》総本部総長様のご息女です。そっちで言うと、現人神教会《あらひとがみきょうかい》橋国《きょうこく》総本部総長の子ども。トップオブザトップ。現人神教会《あらひとがみきょうかい》のことで困ってるなら相談したほうがいいですよ。大きな力、ああ……ええと、権力あります』

イージュンやハオランのみならず、神兵団《しんぺいだん》の者達もざわめく。

『あるのはわたしではなく両親や他の方々ですが……。ひとまず、大和《やまと》総本部は既に監査依頼を佳州《かしゅう》の現人神教会《あらひとがみきょうかい》に出しております』

『監査依頼？』

ハオランの問いに月燈《つきひ》が頷《うなず》いた。

『【世界現人神信仰公正委員会《せかいあらひとがみしんこうこうせいいいんかい》】という、現人神《あらひとがみ》を信仰する宗教団体の不正を調査する為に設立された監査機関を召喚しました。聞いたことは？』

『ある、が……よくは知らない』

『今回の事件は四季の末裔《まつえい》でもあり、現人神教会《あらひとがみきょうかい》にも深く関わっていたという秋の代行者護《だいこうしゃご》衛《えい》官《かん》の犯行、公正委員会としては当然無視出来ません』

『それで貴方《あなた》が依頼を？』

『いえ、この事件が起こるより前に我が国の秋の代行者護衛官《だいこうしゃごえいかん》阿左美竜胆《あざみりんどう》様がリアム様の現状を憂いて依頼をかけようと声を上げてくださっていたんです』

ハオランは申し訳無さそうな顔つきになった。

竜胆《りんどう》が撃たれたことを知っているのだろう。

『迫害の証拠がないのですぐに出動をしてくれるか微妙なところでしたが、誘拐事件が起きたこと、犯行声明が出たことで委員会が即時監査に出向いてくれる流れが出来ました。正式に受理されたとわたしのほうにも連絡が来ています。早晩、監査員が来るはずですよ』

『そうか、そういう所に頼る手もあったのか……』

月燈《つきひ》はハオランの顔に少しの希望と怖《おそ》れが同時に浮かんだのを見た。

『監査が来るとどうなる？』

『後ろ暗いことをしている人達はもれなく追及されます』

『……』

『……わたしの推測でしかありませんが、ひとまず佳州《かしゅう》の現人神教会《あらひとがみきょうかい》はかなり締め上げられると思います。公正委員会の監査はあくまで現人神教会《あらひとがみきょうかい》ですが、今回の悪事に加担している者が教会以外で発覚したなら芋づる式で保安庁に報告され仲良く処罰対象に……』

『…………』

駆け引きのような時間が流れたが、ハオランはまだ自分達の内情を打ち明けることを躊躇《ためら》っている。

中々、口を割ってくれない彼にあとひと押しする為に月燈《つきひ》は言う。

『ハオラン様。確か……橋国《きょうこく》の代行者《だいこうしゃ》様には【和合派】と【離反派】がいらっしゃると聞きました。随分と力関係がある構造をしているとか。御身が我々と協力することを悩まれているのはそれが関係しているのでしょうか……』

月燈《つきひ》は教会でジュードが話していたことを思い返す。彼はこう説明していた。

【正直に申し上げますと、橋国《きょうこく》の代行者《だいこうしゃ》様は派閥があります。和合派と離反派です】

【和合派は現人神《あらひとがみ》教会《きょうかい》並びに季節の塔のやり方を迎合する方々。本当は不本意ではありますが諸々《もろもろ》の事情で従うことに決めている人達もこれに含まれます。そして離反派は明確に上層部へ敵意を示している方々です。要はお偉方に示す姿勢ですね】

【佳州《かしゅう》の春、夏、冬に関しましては恐らく和合派です……。ですから、リアムの置かれている状況を把握されていたとしても、声を上げて助けてくださるようなことはないかと……】

ジュードが言っていた通り、この眼《め》の前《まえ》の幼《おさな》馴染《じみ》夏主従は和合派なのだろう。

だが、話を聞く限り、本当は不本意だが諸々《もろもろ》の事情で従うことに決めている、という部類のようだ。ハオランが吐き捨てるように言う。

『和合派しか居られないのが現状だ。それは代行者《だいこうしゃ》だけに限らない。離反派なんてものはとんでもないことをしてくれた今回の犯人達くらいだろう』

　ハオランの語り口調が段々と彼本来の若者らしい言葉になっていた。

『……信徒のくせにでかい面をしている現人神教会《あらひとがみきょうかい》、なんて貴方《あなた》は言ったが現人神教会《あらひとがみきょうかい》は塔のお偉方が退職した後に行く天下り先なんだよ。天下り、わかるか？　縁のある団体に席を用意してもらって再就職。これが何が悪いって、まともに働いてる奴《やつ》が割を食う』

『わかります……大和《やまと》でもそういうものはあります。権力者がそういうことをするせいで本来なら然《しか》るべき者が座るべき管理職の席が空かない、といったことに繋《つな》がるものですね』

『そうだ。しかも天下りした奴《やつ》にとっちゃ一度長く働いた後の再就職先だもんだから既に老後気分。大して仕事もせず給料だけ持っていき、挙句の果てには周囲を身内で固めて組織を私物化したりする。組織腐敗を齎《もたら》す典型的な悪例だ』

　ハオランは気持ちは離反派なのだろう。語気が荒々しい。

『で、だ。塔は季節顕現の運営管理。教会は資産運用と、やってる仕事は違うが俺達からするとどちらもお偉方が居る厄介な場所になるんだよ。強いて言うなら現人神教会《あらひとがみきょうかい》のほうが多額の金をこっちに回している分、対応に困るというだけだ』

　月燈《つきひ》は気圧《けお》されつつも返す。

『なるほど。そして今は件《くだん》のお偉方から命令されているから我々と連携するのが難しいと？』

『…………』

先程までは威勢が良かったのに、ハオランは急に言葉を詰まらせた。

『……ハオラン様。もしイージュン様も関わるようなことなら、後ろ暗いことはおやめになったほうが賢明です。今回のことは国際問題にまで発展しています。イージュン様の行動に何かしら問題があった場合、生活の自由が奪われるのが既定路線です。他の方々に関しても、橋国佳《きょうこくか》州《しゅう》の法に則《のっと》って裁かれてしまうでしょう……』

ハオランはたまらずイージュンの顔を見た。

『ハオラン……』

イージュンがハオランの手を握る。それから自分を守ってくれている神兵団《しんぺいだん》に視線を遣ってからまた言った。イージュンの瞳が訴えている。彼らを巻き込むのか、と。

『ハオラン』

懇願が含まれた呼び声に、ハオランがついに根負けした。

『……わかった、言うよ。けど俺達が悪事をしているかどうかは、正直わからないんだ』

信じて欲しい、というように真剣な眼差《まなざ》しを向ける。

『俺達は塔と教会、どちらのお偉方からもこう命令されている。大和《やまと》より先に攫《さら》われた秋二人を見つけろと』

引っかかる物言いに、大和《やまと》側は聞く姿勢が前のめりになった。

橋国《きようこく》が大和《やまと》より先んじて秋救出を目論《もくろ》む真意とはなんぞや、と。

雷鳥《らいちよう》は央語の嵐で混乱している瑠璃《るり》をケアしながら言う。

「瑠璃《るり》。彼ら、どうやら上から圧力をかけられているようです。何故《なぜ》か僕らより先に撫子《なでしこ》様とリアム様を見つけろと言われてるんですって」

「……何で？　だからあたし達帰そうとしたの？」

雷鳥《らいちよう》は瑠璃《るり》に詳しく聞くと言ってからハオランに問いかける。

『命令の意図はわかりますか？　推測でもいいのでお聞かせ願いたいです。橋国《きようこく》側が誘拐被害者を救うことで面子《めんつ》を保ちたいとかでしょうか？』

『なくはないだろうが捜索は競争じゃないんだし一方を出し抜こうとするのは変だ。恐らく、上は事を起こした者達の中で口封じしたい人物が居るんじゃないだろうか……』

『物騒ですね……もしかしなくとも秋の代行者護衛官《だいこうしやごえいかん》のジュード？』

『だけではないと思う。昨日の犯行声明、雷鳥《らいちよう》様も聞いているか？』

『ええ、なんか大層な言い回しをしてたやつですよね。現人神《あらひとがみ》様達を守るぞ、我々は正道現人《せいどうあらひと》神教会《がみきようかい》……みたいな。ちゃんとニュアンスわかってないかもしれませんが』

『いや十分理解出来てる。上は彼らに動かれては困ることがあるのだと思う』

『お二人にお聞きしたいのですが、実際問題、正道現人神教会《せいどうあらひとがみきようかい》……という団体が言うような殺人は起きていると思いますか？　橋国《きようこく》の代替わりが激しいということは大和《やまと》でも耳にします』

これを当事者に聞くのは中々に度胸があることなのだが、雷鳥《らいちょう》はさらりと尋ねた。

イージュンとハオランも特に不快な様子は見せなかったが、代わりに困った顔をした。

『……俺達としても、何とも言えないよな？　というか信じたくない気持ちが強い』

『ええ。そもそもあれはどういうことを示しているのか議論の余地があると思うの……』

正道現人神教会《せいどうあらひとがみきょうかい》の犯行声明をその場にいる者達で振り返る。

彼らが送り付けてきたメッセージはこうだ。


今日から忌《い》まわしき歴史は断ち切られる。

国家へ。人が神殺しをする実態を見逃し続けた罪は重い。懺悔《ざんげ》せよ。

塔と教会へ。創立の理念は忘れられ、拝金主義と化した。自戒せよ。

人々へ。貴方《あなた》達が何の疑いもなく受け取っている奇跡の裏側で、何人もの現人神《あらひとがみ》がその命を落としている。直視せよ。我々は死を覚悟してこの問題を提起している。

血塗られた金貨で建てられた教会に献金をする信徒達に告ぐ。

彼らは神を殺している。

我々は理をあるべき姿に戻す者。神を守る、【正道現人神教会《せいどうあらひとがみきょうかい》】である。


不穏な言葉の羅列。だが核心的なことは書かれてはいない。

「瑠璃《るり》はどう思いますか？」

雷鳥《らいちょう》は通訳しつつも瑠璃《るり》が置いてきぼりにならないよう尋ねる。

「もし後ろ暗いところがある人が読めば、ギクッとするような内容なのかな、って思った」

ざっくりとしているが的を射ている指摘だ。

「そうですね。全体に問いかけていると見せかけて実際は限定されている」

「うん。だってさ、大和《やまと》であった春の事件みたいに賊が政府へ何か要求とかじゃないもんね。あくまで俺達は悪いことをしてるの知っているぞ、悪いことを正すために今回のような事件が起きたんだ……って訴えしかしてない」

「何にもわからない僕らからすると、橋国《きようこく》はどんな問題を抱えているんだろう……という怖さがありますね」

瑠璃《るり》と雷鳥《らいちょう》が揃《そろ》って視線を向けてきたので、月燈《つきひ》も私見を述べる。

「素直に受け取るとしたら、塔や教会、国家絡《がら》みで何か悪事を隠しており、それに現人神《あらひとがみ》様の死が関係している、ということですが。テロリストの主張ですし……」

三人の意見を月燈《つきひ》が橋国《きようこく》側に伝えた。するとイージュンが意見を返した。

『皆様とお話ししていると、あながち嘘《うそ》ではないかもしれないという気になってきました』

半信半疑という状態でイージュンは語る。

『橋国《きようこく》の現人神《あらひとがみ》の死亡原因はほぼ賊の襲撃です。これ自体は他の国の代行者《だいこうしゃ》も程度の差はあれ同じような傾向かと存じます』

瑠璃《るり》が頷《うなず》く。自身も一度賊の銃弾に斃《たお》れた身だ。

『しかし、橋国《きょうこく》の場合、死因に季節の偏りがあまりありません。通常なら冬がその季節故に賊に狙われることが多いはずなのですが……まんべんなく襲われているということから、代行者《だいこうしゃ》の情報が賊側に漏洩《ろうえい》されているのでは、という疑いは以前からあるんです……』

――中々にクレイジーだ。

あまり他者への共感性がない雷鳥《らいちょう》でもゾッとした。そういう疑いがあるのに、彼、彼女達は現人神《あらひとがみ》をしなくてはならない。季節顕現中の恐怖はどれほどのものだろうか。

――だからこそ、お偉方が言うことに逆らえないのか。

内部で殺し合いがされているなら、どこにも喧嘩《けんか》を売るべきではない。特にお偉方への扱いには慎重になるはず。ようやく彼らの心境が理解出来てきた。イージュンは続けて言う。

『もしかしたら、ですが……秋の代行者護衛官《だいこうしゃごえいかん》ジュードは、この代行者《だいこうしゃ》死亡の多さの謎を突き止め、事を暴《あば》く為に凶行に出た、という可能性があります。個人的にはやはり信じたくありませんが否定も出来ません。原因が管理する側にあるのなら、実行は出来ると思うので……』

ハオランが『……イージュン』と咎《とが》めるような声を出した。

『だってそうでしょう、ハオラン。貴方《あなた》も言っていたじゃない。護衛官《ごえいかん》が主を巻き込んでまで罪を犯した理由ってなんだろうって』

『そりゃ言っていたが……滅多なことは……』

『全部あたくしが責任を負うわ。あたくしが佳州《かしゅう》で最年長の現人神《あらひとがみ》なんだもの』

イージュンは正義感の強さが滲《にじ》み出《で》る表情で言う。

『今まで考えないようにしてきた。でも、あたくしのようにみんなが怖いことから逃げたせいで事件が起こったとしたら？　それで大和《やまと》の方々が巻き込まれているとしたら、ちゃんと直視して事の解決に当たらなきゃ。小さい男の子と女の子の人命が懸かっているのよ』

高潔な夏の女神は改めて瑠璃《るり》達を見る。

『大和《やまと》の皆様にお聞きしたいです。橋国《きょうこく》の現人神《あらひとがみ》に関する団体の上層部が犯罪を隠蔽している。それにより現人神《あらひとがみ》が死亡するケースがあり、護衛官《ごえいかん》であるジュードが現人神《あらひとがみ》の為に今回初めて告発して世間に知らしめた。……この推測、どう思われますか？』

瑠璃《るり》は通訳を経てから合点《がてん》がいった顔をした。

「……確かにそれならまだわかるかなぁ……」

腕を組み、苦悩が滲《にじ》む声で言う。

「だってさ、ジュードさんがやってることってあなた護衛官《ごえいかん》なのに何でって叫びたくなるようなことばかりじゃん。これがね、例えば犯行声明とかでね、たっくさんのお金を要求してたら、あたしも、うわ〜っジュードさん心が堕落しちゃったんだって嫌な納得が出来るけど、そうじゃない。代行者《だいこうしゃ》に悪いことが起きてるよって警告して、その後は放置。こっちがどう出るか待ってるのかなあって状態でしょ。益々《ますます》、何がしたいのって思う。あたし達の様子を楽しんでいるのとも違う気がするんだよね……」

守る側である雷鳥《らいちょう》や護衛陣も同意する。

「でもね、それがイージュン様が言うようなことだとしたら……。例えばさ、あたしの身に置き換えると雷鳥《らいちょう》さんが突然竜胆《りんどう》さまを撃って撫子《なでしこ》ちゃん誘拐して、マジで意味わかんない！　ってなってたけど、それが実はあたしを守る為で、果ては現人神《あらひとがみ》全体のことを考えてましたっていう流れってことなら……まあ……まだ……動機として納得出来る……」

瑠璃《るり》お得意の自分の身に置き換えて考える戦法だ。

「そうですけど。瑠璃《るり》、僕を例に出さないで」

夫は例えに出されて嫌がっているが、瑠璃《るり》は意に介さない。

「雷鳥《らいちょう》さん、竜胆《りんどう》さまを撃たないでよ、とあたしは思うよ。けどさ、護衛官《ごえいかん》だと撫子《なでしこ》ちゃん治療出来ちゃうこと知ってるし。それ込みで計算に入れてやったとしたらすっごく用意周到。連理《れんり》さんはやらないだろうけど雷鳥《らいちょう》さんならやりそう……」

「瑠璃《るり》、僕は阿左美《あざみ》先輩を撃ちません」

「声帯は奪ったじゃん」

「奪った……」

雷鳥《らいちょう》は自分の罪を思い返して肩を落とした。

此処《ここ》に愛する現人神《あらひとがみ》の為なら平気で犯罪まがいなことをする実例が存在している。

なので尚更信憑性《なおさらしんぴょう》が高い推測になってしまう。

「護衛官《ごえいかん》の人が代行者《だいこうしゃ》の為に常識を覆《くつがえ》す非常識で守ろうとすること。その逆も然りだけど、あたし達の中ではそんなに変なことじゃないというか……。いやダメだよ？　絶対ダメだし、何かやるにしても、もうちょっと穏便にとか、思うけど……」

瑠璃《るり》は雷鳥《らいちょう》を真《ま》っ直《す》ぐ見て言う。

「でも、なんて言えば良いんだろう。あたし達……現人神《あらひとがみ》と護衛官《ごえいかん》って、多分普通の人より好きな人のことを理性的に考えられない作りなんだよね……」

「そうですね。そこは否定しません」

雷鳥《らいちょう》は頷《うなず》いた。イージュンもハオランも大きく頷《うなず》く。

神に最も近しい人間以外の者達は少なからず引き笑いになった。

人は愛の為に狂う。民もその感覚は理解出来るものがあるだろう。

ただ、それを念頭に置いたとしても、彼らの思考回路や行動はやはり異常に見えるのだ。

そういう者でないと一番傍《そば》の席に座れないのか、という途方に暮れた気持ち、果てしない壁を見るような、もしくは遠い国の不可思議な出来事を聞かされる感覚に近い。隔たりを覚える。

そして当の本人達も自分達の共依存がまずいものだと自覚してはいるが、抗《あらが》えない。

愛に浸ることで得られる絶対的な安心感というものがないと【人】は【神】としてやってい

けないのかもしれない。現人神《あらひとがみ》と人間の愛が、務めを果たさせる為の神の呪いだと言われてしまうのもさもありなん、というもの。

月燈《つきひ》は護衛官《ごえいかん》ではないが、遠い祖国に残した夜の神様のことを胸の中で思い、彼らの発言を否定出来なかった。自分も少なからずそちら側だと自覚する。

代行者《だいこうしゃ》と護衛官《ごえいかん》達は共通の感覚で盛り上がっていたが、それまで大人しかった橋国《きょうこく》側の神兵《しんぺい》達はずっと何か言いたげにしていた。遂《つい》に神兵《しんぺい》の一人がイージュンに申し出る。

『イージュン様、これ以上は……上層部への批判など、むやみやたらに口にしては……』

『……みんなは聞かなかったことにして。お願いよ』

『そりゃあ言いませんが、でも、御身が心配で』

『もう決めたの。あたくし、みんなを守る為にも行動したいわ』

『本当に大和《やまと》に協力を？　反旗を翻《ひるがえ》すようなものですよ』

『さっきも言ったようにあたくしは今日こそ立ち上がるべきだと思うの。ここまで来たらエヴァンの圧力には負けるべきではないわ。みんなはただ知らぬ存ぜぬをしてくれたら良いの。あたくしが行動することで神兵《しんぺい》達の扱いも変わるかもしれないし……』

遂《つい》に特定の人物の名前がイージュンの唇から漏れ出る。

『エヴァン？』

雷鳥《らいちょう》が聞き逃さず言う。

『……それが上の人？　つまり、貴方達《あなた》を動かしているのは、佳州《かしゅう》支部にいた彼？　エヴァン・ベルですか？』

今度ざわめくのは大和《やまと》側だ。

イージュンは濁した言い方でつぶやく。

『首謀者はエヴァン・ベル。そう言っても過言ではありません。あの人にはみんな頭が上がらないというか、怖くて楯突《たてつ》けないんです』

——そんな人物だったか？

雷鳥《らいちょう》はエヴァンという男を思い出す。

現人神教会《あらひとがみきょうかい》に先に張り込みをしていた時に彼が出勤する様子は見ていた。

生憎《あいにく》と、膝が悪そうなふっくらとした男性という印象しかない。

『どうしてあの人がそんなに怖いんですか？』

イージュンが何と答えたら良いか迷っていると、代わりにハオランが返事をした。

『エヴァンに歯向かう奴《やつ》は一月後に事故で死ぬ』

まるで預言者のような台詞《せりふ》だ。雷鳥《らいちょう》は笑おうとしたが、ハオランの目が少しも冗談で言っているように見えず、笑みを引っ込めた。

イージュンも神兵団《しんぺいだん》の面々も訂正や異議を唱えない。

むしろ一様に真面目な顔をしている。

『嘘《うそ》じゃない。事故じゃないなら自宅が燃える。突然誰かもわからない覆面の暴漢に襲われて財布も奪われず骨を折られた、とかなら良いほうだ』

『ああ……そういう系ですか……』

一歩遅れて、月燈《つきひ》に通訳してもらった瑠璃《るり》が『やばすぎ！』と悲鳴を上げるのが聞こえた。妻が騒いでいる横で雷鳥《らいちょう》は静かに納得する。

――なるほど、小さな独裁国家を作っていると。

外からは分からないが、内部では暴力による統率をしている。

歯向かえば命が狙われる。だから人々は萎縮し抵抗力を失い、唯々《いい》諾々《だくだく》と従うしかなくなる。

典型的な一部独裁者による支配現象だ。

特に、ハオランのように守るべき者が居る人間は益々《ますます》がんじがらめになり動けない。

だから彼は躊躇《ためら》っていたのだ。

『確かに事件の真相に関わるようなことをもみ消されるのは困りますね。というか、それだけのことやってるのによく今まであのおじさん殺されてませんね。家族の……えーと、かたき、敵討ちとかする人いなかったんですか？』

『誰か殺《や》ってくれないかとはみんな思っている。でも、実際怨恨《えんこん》による報復を受けても彼は全部返り討ちにしてきているんだ。個人的に私兵も持ってる』

『故に恐れられ、忌避されると……』

『臆病に思われても仕方ないが、定期的に聞かされる死亡した人の噂《うわさ》ってものは十分な抑止力になる。イージュンなら手を汚さず動物達で暗殺出来るかもしれないが……』

彼女は首を大きく横に降って拒否反応を示す。

『馬鹿、やらせないよ。……俺もイージュンも身内に何かされたら死ぬ気で殺《や》るが、現状自分たちは安全なところにいるし、万が一にも周囲の人に報復されたらまずい。だから沈黙を貫いてきた。でも、そちらが言うことが本当なら遂《つい》にエヴァンの天下も終わるかもしれない』

そこで一度会話は途切れた。月燈《つきひ》の通訳が続く。瑠璃《るり》は辛抱強く聞いてからつぶやく。

「……御二人は色んな人を守るために動きにくい立場にいるんだね」

瑠璃《るり》は腰に手を当てて大きく言い放った。

「よし、決めた！」

雷鳥《らいちょう》が尋ねる。

「何をですか？」

「今からすること全部あたしが悪くてイージュン様とハオラン様に無理やりやらせたってことにしよ！」

瑠璃《るり》の声が静かな森の中で良く響いてこだました。『ことにしよ、しよ、しよ』と。

雷鳥《らいちょう》以外の大和《やまと》陣営がみな目を剝《む》く。

「瑠璃《るり》……僕の奥さん。無鉄砲過ぎませんか？」

雷鳥《らいちょう》は予想出来ていたのか、驚きはしなかったが呆《あき》れた様子はあった。

「そうかな」

「そうですよ」

「突然護衛任務放棄して暗躍してた雷鳥《らいちょう》さんよりは無鉄砲じゃないと思うけど」

「あれは……瑠璃《るり》と撫子《なでしこ》様を守りたくて。自陣の戦力を確認してから行きましたし……」

瑠璃《るり》は狼狽《うろた》える雷鳥《らいちょう》を見てクスクスと笑った。

「あのね、確かに雷鳥《らいちょう》さんの立場からすると、そう言いたくなるのわかるんだけど……。あたしの立場だと佳州《かしゅう》の夏主従をお助けするべきだと思うんだよね」

瑠璃《るり》は空を一度見上げた。もうすぐ夜が来る。都会のネオンもないこの土地では、星空がきっと満開の花畑のように咲いて輝くだろう。瑠璃《るり》は夜の兆《きざ》しに彼の人を想《おも》う。

「何故《なぜ》って、輝矢《かぐや》さまならそう言うはずだから」

突然出た大和《やまと》の【夜】の名に雷鳥《らいちょう》は首をひねる。

「去年ね、あたし達が汚名をすすぎたくて一緒に暗狼事件《あんろうじけん》解決させてくださいって言った時に、輝矢《かぐや》さま、色々配慮してくれてね……輝矢《かぐや》さまがあたし達にお願いして協力を求めたってことにしてくれたの。でも本当は違うんだよ？」

瑠璃《るり》の瞳は輝いている。

「あたし達のことを考えて、大人として守ってくれたんだよね」

裏切られて、裏切られても尚《なお》、まだ人を信じ助けるほうに回るのは現人神《あらひとがみ》の善性故にだが、この発言は彼女自身の体験から来ていた。瑠璃《るり》にはかつて自分を守ってくれた人がいた。暗くて恐ろしい闇ではなく、優しさで人を包み込んでくれる夜をくれる人だった。

「あたしがイージュン様を見つけた。一緒に探してくれないなんて酷《ひど》いって言って暴れまくって、ハオラン様も断れず頷《うなず》いた。そういうことにしない？」

悪意が連鎖を引き起こすように、善意も連鎖を起こす。

「あたしはそれが一番丸くおさまると思う」

あの日もらった善意が瑠璃《るり》の中に生きている。

「悪いやつの言うことなんて聞く必要ない。でも、怖いことからは守ってあげたい」

自分も誰かにあげたいと思う。

「その上で撫子《なでしこ》ちゃんとリアム様も救いたい。だって、夏の代行者《だいこうしゃ》が二人居るなら絶対に探せるもん」

そうやって、繋《つな》がっていく人の輪というものは、強固だ。

雷鳥《らいちょう》は妻から別の男の名前が出てくることに少しの嫉妬をしたが、いまは呑《の》み込んだ。

「……言い訳をあげるということですね」

「そう。これが大和《やまと》の夏の代行者《だいこうしゃ》が御二人にしてあげられることだよ」

大和《やまと》語での会話がわからず、イージュン達は顔に疑問符を浮かべている。月燈《つきひ》が瑠璃《るり》の語りに感極まりつつも慌てて通訳を始めた。

「……瑠璃《るり》が悪く言われるのは嫌ですが、確かに一番穏当なやり方です。こちらにイニシアティブがある状態を確立する、という見方も出来る」

「でしょ。良いって言って、雷鳥《らいちょう》さん」

「……」

わざと渋い顔を作ってみせたが、雷鳥《らいちょう》は新妻に見つめられると弱いのか、すぐに折れた。

「わかりました。良いでしょう」

「やった！」

喜ぶ瑠璃《るり》に、雷鳥《らいちょう》は何とも言えない気持ちになったが、最後には自分も笑って言う。

「どうせ僕ら夫婦、大和《やまと》で四季の一族の人達に嫌われてますしね。今更橋国《きょうこく》で嫌われたところで大したことないです。うん、そうだ」

雷鳥《らいちょう》の言葉を聞き流せず、瑠璃《るり》はショックを受けた。

「ち、違うよ。誤解されてるだけだもん！」

嫌われることを気にしない夫、出来るなら人に好かれたい瑠璃《るり》。価値観の違いが出ている。

「誤解じゃないですよ。僕ら嫌われてます」

「うう……」

だが夏夫妻のある所に騒動ありというような二人なので、瑠璃《るり》の願いは中々に難しい。

本人が悪くなくともトラブルを引き寄せてしまう性質というものが何故《なぜ》か夏にはある。

「別に良いじゃないですか。嫌われても。僕がいるでしょう」

雷鳥《らいちょう》が瑠璃《るり》の肩を抱いてから頭のつむじにキスをして励ます。

要らぬことを言われ傷ついたような気もするが、雷鳥《らいちょう》の台詞《せりふ》は嬉《うれ》しいものではあったので瑠《る》璃《り》は口を尖《とが》らせたまま頷《うなず》いた。


その後、イージュンとハオラン達は恐縮気味ではあったが提案を受け入れた。

大和《やまと》と橋国《きょうこく》の合同捜索の流れとなり、その日は瑠璃《るり》とイージュンで使役出来るだけ動物達を使役し、『血まみれの女の子が通った』とされる道を特定するよう指令を出した。

やがて彼らは見つける。セージ・ヴィレッジを。

夏主従は対策本部に居る竜胆《りんどう》達に連絡。竜胆《りんどう》達は深夜の大移動をすることになった。

そして、すべての元凶である現人神教会佳州支部《あらひとがみきょうかいかしゅうしぶ》には神兵団《しんぺいだん》経由で連絡がなされた。

病床にあるとされた橋国現人神教会佳州支部《きょうこくあらひとがみきょうかいかしゅうしぶ》、支部長代理のエヴァン・ベルも当然ながら伝達を受ける。日付が変わった深夜ではあったが、彼は携帯端末で応答した。

「わかった、冬の代行者《だいこうしゃ》様にお繋《つな》ぎしてくれ」

エヴァンは確かに自宅で療養していた。

宗教法人の幹部の住まいとして妥当なのか、そうではないのかは意見が分かれるところだろうが、人々が羨む大邸宅に彼は住んでいた。佳州《かしゅう》の土地は高い。郊外であっても家を買い、維持出来ているだけで彼の保有財産の多さを示している。

家の内装は古めかしい洋館風の中にウエスタンスタイルがそこかしこに紛れていた。狩りが趣味なのだろう。壁にはハンティング・トロフィーと銃がずらりと並んでいた。動物の剝製達は自分が狩った獣なのか、全て金色のプレートに死亡日が書かれている。

大人はインテリアとして受け取れるかもしれないが、子どもは夜中に歩き回ると泣いてしまうかもしれない内装だ。

次の通話相手を待つエヴァンの様子は健康的で、病気をしているようには見えなかった。

何せ目の前のテーブルにはワインと大皿にたっぷり載せられた肉料理が並んでいる。消化が良いとは言えない食事、病床の人間が食べる物ではない。エヴァンが片手で満腹の腹をさすっていると電話の待機音が終わった。

『……寝てたんだけど』

子どもが精一杯低い声を出した。そんな声音がエヴァンの耳に届く。

『申し訳ありません、クロエ様。出動要請です』

エヴァンは怯《ひる》むことなく返した。

『え、いまから?』

『ええ、ご自宅にもう人を向かわせています。ルイーズも車で拾ってください』

『何で? また賊? 明日じゃダメなの?』

『マウントエルダー付近で秋の代行者《だいこうしゃ》様の痕跡が見つかったようです。御身にも向かっていただきたい』

クロエ、と呼ばれた少女。佳州《かしゅう》の冬の代行者《だいこうしゃ》は電話越しにあくびを一つしてから言う。

『行ってどうしろって。捜索を手伝えってこと? それとも誘拐犯と戦えって?』

『……我々橋国佳州《きょうこくかしゅう》の警備が至らず大和《やまと》側は負傷者が出てしまいました。クロエ様にはぜひそんな悪漢共と戦い、勝利して欲しいのです』

『ふーん……いつもの【正義の味方】だ』

『はい。我々現人神教会《あらひとがみきょうかい》も、季節の塔も、大和《やまと》側には安全なところに居ていただきたいのですが、彼らも秋を思うあまりに誘拐犯と直接対決しようとしています』

『……待った。それはアタシ達がすることじゃない? 大和《やまと》の人達にまた被害出たら、もっと佳州《かしゅう》が悪く言われるよ』

『ええ、その通りです。何より、秋の代行者《だいこうしゃ》であらせられるリアム様もきっと助けを待っておられます。まだ七歳の男の子です。クロエ様、季節の祖である冬として、どうか……』

エヴァンの耳に衣擦《きぬず》れの音と、元気よくベッドから起き上がり床に着地した足音が届く。

『……しょーがないなぁ』

頼られていることを、少し喜んでいる響きがあった。

『今回は事態が事態だから動くけど、あんたその内、児童虐待で捕まるからね。こんな時間にアタシを働かせるなんて、あり得ないから』

『仰《おつしや》る通りです。今年度の冬の予算は季節の塔に勉強させます』

『まあアタシは正義の味方だからやるけど』

エヴァンは笑った。

『ありがとうございます。私も準備が出来次第向かいますので、到着時刻はそう変わらないでしょう』

『え、あんたも来るの？』

『代行者様《だいこうしゃ》方だけに大和《やまと》陣営とのお話し合いをさせるわけにはいきませんから』

『ふーん、まあ非常事態に隠れてる奴《やつ》よりはマシか。あ、言っておくけどルイーズは連れてくけど、あの子に危険なことはさせないから』

『了解いたしました。いつもお気遣いいただきありがとうございます』

『いいよ、アタシはなんたって冬だしね。じゃあね』

電話は一方的に切れた。

エヴァンは浮かべていた笑顔をすっと消し舌打ちをする。

それから彼は部屋着から狩りの服に着替えた。

その間、この大きな屋敷《やしき》の中で誰も彼に声をかける者はいなかった。部屋の至るところに家族写真だけが寂しげに残っている。

ただ、家族写真の中に居る犬だけはちゃんと存在しているようで、エヴァンは心配そうに顔を見せに来た大型犬をひとしきり可愛《かわい》がると、猟銃を背負って外に出た。

既に車が待機している。中から秘書らしき男性が出てきてエヴァンから家の鍵を受け取った。

『犬を頼んだ。ヘリの用意は？』

『抜かり無く。航続距離ギリギリまで飛ばしてそこからは車になります』

『大和《やまと》陣営はどうしている』

『あちらも同じです。保安庁保有の軍用ヘリも準備中だと聞きました』

『……妨害出来なかったのか』

『さすがに軍用機を止めることは……っ！』

男性の言葉は途中で止まった。

エヴァンがおもむろに腹に拳をめり込ませたからだ。

彼は体幹がしっかりしているのか、自分の体重に振り回されて足元をふらつかせることもなかった。逆に男性のほうが即座に地面にへたり込み、芝生に胃液を垂らす。

エヴァンはそれを見ていかにも不快になったと言わんばかりの表情で男に蹴りを入れた。暴力は続く。何度も、何度。男性は無抵抗で蹴られるがままだ。

『……出来る限り牽制《けんせい》するように。大和《やまと》の独断専行を許すな』

『は、はい……』

そう言うと、エヴァンは車に乗り込んだ。

運転手は一部始終見ていたらしく、青ざめた顔で静かに運転を開始する。

エヴァンは暴力を行った後の高揚感というものはあまりなさそうだった。

彼にとってあれは特別なことではないのだろう。

エヴァンはおもむろに携帯端末を取り出すと、何処《どこ》かに電話をかけた。しかし、相手に出る様子はない。端末の表示には【ジャック】と書かれている。

正確には【ジャック・ベル】と。今度はメールをチェックした。ジャック・ベルからのメールはちょうど誘拐事件が起きた日で途絶えている。

『……生まれた時に殺しておけばよかったな』

エヴァンがつぶやいた言葉は夜の静寂の中で少しだけ響いてすぐ消えた。

第七章

命は天に在り

一月はあの方と凍った湖を見に行った。

二月はあの方と暖炉の前でカードゲームをした。

三月はあの方と春の芽吹きを探しに行った。

四月はあの方と野を駆けた。

五月はあの方と馬に乗った。

六月はあの方と遠出をした。

七月はあの方と釣りをして遊んだ。

八月はあの方とたくさんのアイスを食べた。

九月はあの方と外で焚《た》き火《び》をした。

十月はあの方と祭りに向かった。

十一月はあの方と戦いに出掛けた。

十二月はあの方と生き残ろうと話し合った。

貴方《あなた》が居ない日々を過ごしている内に、オレはまた神様と出会った。

あの子とは何をしたか思い出せない。

ただ、気がつけば愛していた。

それだけは大真面目だったが、きっと伝わっていない。

現地時間四月十一日、午前三時過ぎ。

夜明けを待つセージ・ヴィレッジ、中央神殿内の一角にてリアムは眠っていた。

撫子《なでしこ》が居たのと同じような部屋だ。

「……」

佳州《かしゅう》秋の代行者護衛官《だいこうしゃごえいかん》のジュードは、自身の主が目覚めない様子を見守っている。

今日という日を迎えるまでに、うつらうつらと何度か起きる時があったが、まだ目覚めている状態は短く、寛解にも至れていない。

人を付けて面倒を見させていたが、目覚める度にジュードを探していたと聞いている。

——リアム。

権能をうまく使えもしない七歳児が、遥《はる》かに力量が上の秋の代行者《だいこうしゃ》から生命力を吸い取られたら、さもありなんという形だ。

だが彼が身を挺《てい》して生命力を捧《ささ》げてくれなければ竜胆《りんどう》はともかく真葛《さねかずら》は助からなかったかもしれない。その場合、ジュードは撫子《なでしこ》から今よりもっと重い拒絶を受けていただろう。

昨日、ジュードが誘拐事件の真実を伝えた後に撫子《なでしこ》はずっと泣いていた。

しかし、リアムが中々目覚めないと知ると、この部屋に訪れてリアムを診てくれた。

『りあむさまはこの霊山のおちからを吸い取ってちゃんと回復しようとしています。でもそれを身体《からだ》になじませるのがまだうまくできないみたい』

人を救うことに対しては躊躇《ためら》うことがない撫子《なでしこ》は、自分が置かれた状況やジュードへの感情は横に置き、リアムの為に行動した。

『寝ているほうがむいしきに権能がつかえるのかも。わたくしも最初はそうでした。でも、めざめるたびにりんどうがお水を飲ませてくれて、食べたいものを聞いてくれました』

秋の神様は、誘拐犯が心配になってしまうほどに優しい。

『ジュードさん。ジュードさんのおはなしを聞いて……わたくし色々わからなくなりました。これがりあむさまのためになるとジュードさん、おっしゃっていましたが、わたくしにはやっぱり前の主さまのことが悲しすぎてこんなことをしているとしかおもえません。りあむさまのためでもあるなら、いまちゃんとそばにいてあげてください』

そして、こちらが思わず目を伏せてしまうようなことをはっきりと言う。

『りあむさまを傷つけないで』

そうすれば自分が大和《やまと》や橋国《きょうこく》との橋渡し役になる、と。

味方、とも言えないが、少なくとも撫子《なでしこ》はジュードの敵にはならないと決めてくれた。

ジュードが赤裸々に事実を話したことも功を奏したのだろう。

撫子《なでしこ》も現人神《あらひとがみ》。自分達が殺されることで教会や塔が金儲《かねもう》けをしていると知ればさすがにすべてを聞かなかったことには出来ない。事の真偽を確かめ、然《しか》るべき措置をしたいと思うのが当然だ。そしてそれはまさにジュードが求めていたことだった。

——もしオレに何かあったとしても。

撫子《なでしこ》が意志を継いでくれるかもしれない。

優しい彼女のことだ。穏便に解決することを選ぶかもしれないが、リアムという友人が居る手前、問題を放置するという選択はしないだろう。

——よくぞ、あれだけ聡明《そうめい》にお育ちになった。

まだ数日しか接していないが、それでもわかるほど理性的な神だとジュードは感じていた。

泣いたり喚《わめ》いたりはするのでけして精神が強靭《きょうじん》というわけではないのだが、最悪な時でも出来ることを探して最適の振る舞いをする。それは保身故にでもあるのだが本質的には利他的な部分が否《いな》めない。彼女がかつて両親に虐《しいた》げられた結果獲得した資質だ。

その事をジュードが知る由《よし》もない。

「……リアム」

ジュードは寝台に眠るリアムの頬を撫《な》でる。撫子《なでしこ》に言われたことが何度も頭に浮かんだ。

本当に大切なのは前の主なのでは。今の主を無下にするな、という少女神の言葉は思ったよりジュードの心を刺した。

──オレは。

否定したかった。自分は今の主を愛していると。真っ暗闇に突き落とされたジュードにとって小さな主は希望の光、人生の宝物。捧《ささ》げてきた愛情に嘘《うそ》偽りはない。

彼の為に出来ることは何でもしてやりたい。【正道現人神教会《せいどうあらひとがみきょうかい》】として反旗を翻《ひるがえ》したのも結局はリアムの未来の為だ。しかし撫子《なでしこ》に言われた時に否定出来なかったのは何故《なぜ》なのか。

ジュードはそのまま寝台に横たわり、リアムを見つめた。

「…………ノア様」

唇は勝手にかつての主の名前を紡《つむ》いでいた。

橋国咲羽州《きょうこくさうしゅう》、故人である冬の代行者《だいこうしゃ》はジュードより数歳ほど年上の少年だった。

出会った季節は冬。

当時在位していた冬の代行者《だいこうしゃ》が季節顕現の旅の最中に斃《たお》れて、すぐさま誕生したのがノアという現人神《あらひとがみ》だった。ジュードが十歳、ノアが十四、五歳の頃だ。

ノアは小柄で痩身《そうしん》な子どもだった。

十歳にして発育の良さを周囲に認められていたジュードのほうが彼より背が高かったくらいだ。初対面の時、ノアはジュードを見上げて言った。

『お前が俺の護衛官《ごえいかん》？　え、俺より年下なの？　マジ？』

出会った当初から彼は随分と気安い神様だった。

『嘘《うそ》だろ……ええ～なのに俺身長で負けてんの？』

くだけた口調で話しかけられることに最初は慣れなかったが、やがては軽口すらも愛おしく感じられるようになっていくのだから、人の縁とは不思議だ。

『チクショウ。でもまあ、俺がお兄ちゃんか……なら許す。なあ、お前なんて言うの？　ジャック？　本当はジュード？　ふーん、よろしくな』

ジュードにとって、ノアは確かに兄のような人だったのかもしれない。

【咲羽州《さうしゅう》】は橋国《きょうこく》の中でも田舎の州だ。

元は金鉱が栄えていたが、現在はどこも廃坑状態。代わりに農業が盛んになった。

何もないところが良い、と言うと現地の人間に怒られそうだが、しかしまさにそういう土地だった。人口も少なく、人々は朴訥《ぼくとつ》としており、大きな都市に付き物の犯罪も少ない。

若者は最初こそこの州を出ていくが、やがては帰ってきて家族を作る。そして代々この土地に住んでいく。そういう古き良き土地だった。

この咲羽州《さうしゅう》の冬の代行者《だいこうしゃ》が、ジュードの元の主、ノアだ。

『お前、元の生まれは佳州《かしゅう》なんだろ？　何で咲羽州《さうしゅう》なんかに飛ばされたんだ？』

ノアはあっけらかんとしている少年だった。

普通、神にされた人間というのは戸惑うものなのだが、彼にはそういう所はなかった。

『あ～そういうこと。母親と暮らしてたけど父親が……うーん。それで、父親に認知されてないの？　あ、されたと思ったら俺の所に遣わされたと……。そりゃ大変だ……。親御さんもなんか考えあるのかもしれんが、災難だったなあ。お前、何も悪くないのに。……あ～大丈夫。いくら体格良いからって銃弾避けなんて期待してないよ。お前どう考えても俺の話し相手要員じゃん』

自分の状況を受け入れた上で他者を許容する器がある。

生き急いでいるとも違う。彼にとって自分の人生が濁流に呑《の》まれていくことは忌避することではなく、受け入れるべきことのようだった。

『うちの家、ここから近い人里から離れてる四季の集落にあるんだ。今は修行期間中だから本当は帰らないほうが良いらしいけど、俺守ってない。ジュード、母さんの飯食いに来いよ』

ノアの生家が四季の末裔《まつえい》のコミュニティーとして機能していたこと。

由緒《ゆいしょ》正しき血族で、彼が冬の代行者《だいこうしゃ》として誕生したことに一族がみな肯定的だったことも起因しているだろう。いつかは此処《ここ》から誰か選ばれるかもしれない。

そういう覚悟が最初から有ると無いとでは気持ちが違う。

また、彼自身将来の進路など何もピンと来ておらず、どうしたものかとふらふらしていたところに神からの選定が下ったので運命と感じたらしい。

『ばあちゃんもじいちゃんもうちから冬の代行者《だいこうしゃ》がでたーって大喜びでさ。母さん達は渋ってたけど、まあでも金もたくさん入るし万々歳。精々、頑張って神様するよ』

咲羽州《さうしゅう》の冬の代行者《だいこうしゃ》、ノアは家族思いの優しい少年だった。

そして護衛官《ごえいかん》になるジュードはというと、ノアと違って波乱万丈の人生を過ごしてきていた。

元の名前は【ジャック】。

父親は現人神《あらひとがみ》教会《きょうかい》の神兵団《しんぺいだん》で賊顔負けの残忍さで有名なエヴァン・ベル。

母親は佳州《かしゅう》で水商売の店を経営している一般人の女性だった。

ジュードの母親は息子が生まれた時からエヴァンに子の認知を求めていたが、エヴァンが拒み続けていた。

ついには親子であることを証明する遺伝子検査が行われ、その結果二人には血縁関係があると公的に認められた。

これにより、エヴァンの家は隠し子発覚で離婚騒動が起きて一家離散。

ジュードの母親は長年のアルコール依存症が崇《たた》ってエヴァンが離婚裁判をしている内に死去。

残されたジュードをエヴァンは扱いあぐねて、遠くへやってしまったというわけだ。

咲《さ》羽《う》州《しゅう》にある代行者《だいこうしゃ》と護衛官《ごえいかん》が暮らす為に作られた冬の宮殿と呼ばれる屋敷《やしき》に。

暮らしは豪勢になったが、幼い少年は母親の死を悲しむ間もなかった。

自分の進路を選択させてもらうことも出来なかった。路頭に迷うことはなくなったが、突然同世代の少年に仕えろと言ってすぐ『はい』となれるはずがない。

仕方なく護衛官《ごえいかん》としての戦闘訓練や、秘書的役割の機能を果たす最低限の仕事はすることにしたがノアと必要以上に交流を深めることは良しとしなかった。

帰る家があって、家族が健在で、愛されているノア。

そんな彼が妬ましい。見ていて苛々《いらいら》する。

まだ十歳、当然の感情だ。

ノアはそういうジュードの心情を、段々と汲《く》み取《と》っていった。

『ジュード、馬乗ったことあるか？　乗せてやる！』

幼い護衛官《ごえいかん》が家族団らんの場に呼ばれるのが苦手だとわかると、生家に呼ぶのはやめた。代わりに、咲羽州《さうしゅう》で知り合いが一人も居ない彼の為に色んなところを案内した。

『親戚の家で牛が生まれるらしい！　見に行こうぜ！　ついでにめちゃくちゃ美味《うま》い牛乳飲ませてくれるってよ！』

彼は自分より年下の子どもを導く【兄】であろうとした。

『お前誕生日いつ？　え……過ぎてんじゃん！　何で言わねーんだよ！　おい、いまからパーティーするぞ！　意味なくねーよ！　こういうのは気持ちだから遅くてもいいだろ！』

わかりやすい善人だった。こうもお星様のようにピカピカと光り輝く人が世話を焼いてくれると、家庭環境でひねくれた少年も次第に態度が軟化していく。

『……ノア様、オレは別に馬に乗りたくないです』

皮肉なことだが追いやられた場所も良かった。

咲羽州《さうしゅう》はそもそも田舎過ぎて遊び場が少ないので非行に走るということ自体が難しい。喧騒《けんそう》とは程遠い場所、母との思い出が何一つない土地。心の傷を癒やすのに最適だった。

もし、ノアに出会わず、あのまま佳州《かしゅう》に居たとしたら。

育ちの場所である治安の悪い飲み屋街で自暴自棄に生き、そしていつしか自滅していたかもしれない。ジュードの周囲はそんな人間ばかりだった。

『ノア様、権能の練習時間を切り上げてまで行かねばなりませんか』

亡《な》くなってしまった母のこと、存命の父のこと、捨てられた自分のこと。これからのこと。

それらを静かに考える時間が与えられた。そもそも佳州《かしゅう》に残っていたとして、エヴァンがせっせと子育てをするはずがない。ジュードという存在のせいで妻子を失っているし、情の欠片《かけら》も持ち合わせていない男だということは母からも聞かされていた。

何なら、あんな男の子どもなど生みたくなかったとまで実母に言われたことすらある。

ジュードの母は酒を飲むと口が悪くなることで有名だった。

『………ノア様、オレは誕生日祝いなんてされたことありません。要らないです。いや、要らないって……何で人の話を聞かないんですか？』

ひどい親に思えるが、ジュードの将来の為に父親を欲《ほっ》したのは事実。

ジュードは母を恨んではいなかった。

きちんとした夫が居て、乳飲み子を一人で育てなくてはならなくなった彼女を支えてくれる人がいたら、何もかも違ったことだろう。その母も、既に他界している。

少年はもうそろそろ親というものから解放されて幸せになるべきだった。

父からも母からも解放されて、新しい人生を始める転機を受け入れたほうがいい。

『……誕生日パーティーって何するんですか？』

いまの環境が本来与えられるべきものだったのだ。

『ノア様、待って、ノア様』

ここでは誰も『お前なんか居なければもっとマシな人生だった』とは言わない。

ノアも、ノアの家族もジュードに良くしてくれる。

咲羽州《さうしゅう》での生活があまりにも【正常】だったので、ジュードはいつしか憎しみを手放した。

『俺が誕生日パーティーというものを教えてやる！　外でガッツリ遊んだら食べ物買《か》い漁《あさ》って家で映画見ようぜ！　お前映画とか見る？　俺さあ、映画とアニメが好きで……大和《やまと》の……』

ジュードにとって、ノアは神様ではなかったが、【家族】にはなった。

凹凸コンビのノアとジュードは、その後咲羽州《さうしゅう》で名を馳《は》せる主従となる。

幼い頃から戦闘訓練を受けたことで護衛官《ごえいかん》としてたくましくなっていくジュード、冬の代行《だいこう》者《しゃ》らしく強気な姿勢で賊を追い返すノア。あそこの冬主従は賊退治の名人だと評判になった。

のどかな咲羽州《さうしゅう》にぴったりな少年神が、暴力の世界に巻き込まれ、代行者《だいこうしゃ》という存在の現実を知っていくというのはいささか残酷ではあったが、それでもノアは明るくあり続けた。

『俺、成長コンテンツだから！　絶対負けねーし！　賊も倒しまくるし！　俺がやることで春の子の時に賊が襲わないようにしてやんねーと！』

ノアの底抜けの明るさは冬であるのに人を優しく照らした。

厳しい季節顕現の旅も、護衛陣の士気が高かった。彼を守りたいと思う気持ちはジュードだけではなかった。わかりやすく言えば、彼は人気者だった。

『ええ、そうですね』

主と居ると気持ちが安らかになる。

ノアは自分を傷つけない人だとわかっているから、隣にいて安心するのだ。

縮こまって嵐が去るのを待つような時間など主の傍《そば》では存在しない。

『ノア様がそう仰《おっしゃ》るならそうなるでしょう』

寂しそうな子は構い倒す、というノアの姿勢がジュードにはてきめんに効いた。

家庭環境の違う年下の少年を守ってやれる気概がある神様だった。

『なにお前、最近俺の言いなりじゃん』
『貴方《あなた》を敬っているんです』
『従者みたいなこと言うじゃん』
『従者です』

ジュードは段々とこの土地に骨を埋めても良いと思うようになった。
過酷だが、冬さえ齎《もたら》せば後は静かな生活。
咲羽州《さうしゅう》の広大な土地、誰とも縁がなくとも兄のような人がいる。

『……オレはノア様の護衛官《ごえいかん》ですよ』

ノアが生まれ育った場所で、ノアと共に年を取る。
いつまでもいつまでも、兄弟みたいに。

『なんだよー！　急に嬉《うれ》しくなること言うなよー！』
『じゃあもう言いません』

『やだ、言って』
『言いません』
『ジュード、ジュード！』
『……』
『護衛官《ごえいかん》っぽいこと言ってくれよ』
自分を愛してくれる人との穏やかな時間が此処《ここ》では流れている。
『……いつまでも貴方《あなた》をお守りします。だから、そのうち聞けますよ』
いつまでも、いつまでも、貴方《あなた》と共に。
出来れば息絶えるその瞬間までお傍《そば》に。
それか貴方《あなた》の盾となって、貴方《あなた》に惜しまれながら死にたい。
『貴方《あなた》はオレの唯一の主なのですから』
この物語の終わりまで。

結局、二人が過ごした時間は数年で終わった。

遥《はる》か遠《とお》い国で春が十年攫《さら》われていたように、悲劇は通り魔の如《ごと》く人を襲うのだ。


ジュードが十五歳、ノアが十九歳になった頃。


冬の季節顕現中、賊の強襲に遭った。季節顕現の帰り道のことだった、走行中の車に銃弾を受け車は道路で横転。冬の代行者《だいこうしゃ》だけ連れ去られた。

残されたジュードと冬の護衛陣は保安庁と共に対策本部を設置。捜索の途中に犯人である賊から犯行声明が上がった。金銭要求はなく、代わりに国として四季の代行者《だいこうしゃ》を【精霊の代行者《だいこうしゃ》】として名称を改めるよう要求があった。四季の代行者《だいこうしゃ》を【現人神《あらひとがみ》】とすると他の宗教と問題が起きる。彼らは神ではないと認めろ、というお達しだ。

橋国《きょうこく》は代行者《だいこうしゃ》と射手を国際的な場では【現人神《あらひとがみ》】と定義していた。

この定義が長年要らぬ論争を生んでいたという背景があったのは確かだ。

たかが定義。されど定義。

個々の受け取り方次第でどうにかなるものでも絶対に許せないという人間は居る。

私見としての否定が悪いのではない。個々の意見は様々で尊重すべきこと。それが出来ない者達が暴力と憎しみを生むから事態がややこしくなる。襲ってきた賊団体が有名な暴力集団だったこともあり、橋国《きようこく》はテロリストからの要求には一律応じないと拒否。

怒った賊側が、誘拐していたノアに激しい拷問を行った。

自分は現人神《あらひとがみ》ではない、ただの人間だと言わせる動画をリアルタイムで撮影し、放送媒体で流した。そして、その末にノアの権能が暴走しすべてが氷に包まれた。


これが、橋国《きようこく》渡航前に竜胆《りんどう》が白萩《しらはぎ》に語っていた事件だ。


『大和《やまと》もですが、橋国《きようこく》も最近情勢が不安定ですからやはり渡航は遠慮したいですね』

『そうだな、うちのほうが国内の賊は落ち着いている。やはり春の事件で代行者《だいこうしゃ》自ら粛清したのが大きな抑止力となっているんだろう。その点でいうと橋国《きようこく》も好戦的な戦法をして迎撃しているが、最近はテロの最中に亡《な》くなる方が多くて賊優勢の印象だ。お前、覚えてるか。昨年だったか、橋国《きようこく》のどこかの州の冬の代行者様《だいこうしゃ》が亡《な》くなられた事件……。拉致された末に拷問されて、代行者様《だいこうしゃ》の権能が暴走、それで賊諸共《もろとも》死んだだろう』

『ああ……』


黎明《れいめい》二十年一月のことだった。

ジュードはノアが死の間際《まぎわ》まで抵抗し、やがて動画のすべてが氷で埋まる瞬間を見ていた。

賊のアジトが見つかり、彼の死体を探すのは困難を極めた。

氷漬けになった場所を少しずつ少しずつ解かして、やっとノアを抱きしめられるまで数日かかった。冬の代行者《だいこうしゃ》の氷結はそう簡単に解けない。

『ノア様……』

最愛の主だった。

『……ノア、さま』

良き兄だった。

『……』

光のような人だった。

それがこんなにもあっけなく亡《な》くなってしまうなんて。

ノアを守れなかったジュードは彼の両親に酷《ひど》く罵られた。

『人殺し！　役立たず！　あんなに良くしてやったのに‼』

ジュードが襲撃で包帯だらけになっていなければ、殴る蹴るをされていただろうが、あまりにもボロボロの彼を非難する人はノアの親族に限られた。

しかし両親の怒りは収まらず、ジュードは葬式の参列も拒否された。遠くから葬儀を見守り、人々が別れを惜しみつつもその場を離れるまでジュードは待った。

真夜中を過ぎてからようやくジュードはノアの墓参りをこっそりすることが出来た。

――華奢《きゃしゃ》な体の人だったが、墓に入ると更に小さく思える。

ジュードは墓にぽたぽたと涙を落とした。ノアがくれた冬が体を蝕《むしば》んでいったが、そんなことはどうでも良い。いやむしろ、このまま凍死出来ればどんなに楽になれることだろう。

――ノア様、ごめんなさい。

動画の中でノアはジュードのことを呼んでいた。

——ごめんなさい、ノア様。

ジュード、ジュード、助けて、と。

いつも兄のように振る舞っていた彼が哀れな子どもとして泣き喚《わめ》いていた。

助けに行けないまま、それを見るしかなかった自分。

——ノア様、俺が。

何も出来なかった自分。

——オレが、代わりに死にたかった。

優しくしてくれた恩を何一つ返せていない。

——オレが死んでも誰も悲しまなかったのに、何故《なぜ》。

どうして運命はジュードに必要な人ほど奪っていくのだろう。

『ノア様、嫌だ……帰ってきて』

どれくらいそうしていただろうか。

彼を迎えに来てくれる人もいなかったので、ジュードは震えながら墓の前に座り続けた。

やがて、深夜だというのに墓地に車が横付けされて、誰かが話しかけてくるまでジュードはそこに居た。

『あんた、咲羽州《さうしゅう》の冬の代行者護衛官《だいこうしゃごえいかん》か？』

運命は、そこでまた廻《まわ》り始める。

いずれジュードと共に大和《やまと》の代行者《だいこうしゃ》を誘拐することとなるその男は、滂沱《ぼうた》の涙を流し続けるジュードに事件のことを聞きたいと話しかけた。

彼も別の州で代行者護衛官《だいこうしゃごえいかん》をしており、主が死んでしまったと言う。そしてそれからずっと主の死の原因について調べていると。

ノアの死が仕組まれたものである可能性が、そこで初めてジュードに伝えられた。

橋国《きょうこく》全体で代行者《だいこうしゃ》の死亡が多いこと。それについての陰謀論。

最初は厄介な陰謀論者に絡《から》まれたと感じたジュードだったが、男が他にも仲間が居ると聞いてからは少し考えを変えた。

『俺はレオ。気が向いたら、連絡をくれ。あと……今日は帰ったほうがいい。亡《な》くなられた代《だい》行者《こうしゃ》様も落ち着かないだろう。送っていくよ』

導かれるように、ジュードはこの事件の真相を探るようになる。

後日、レオの住まいを訪ねたジュードは、その場に集まっていた元護衛官《ごえいかん》、遺族達と顔を合わせた。そこで出たのがフローライトウェブ【リバー】の話だ。

賊が代行者《だいこうしゃ》の情報を売り買いしている、ということ自体は以前から知られていた。その情報を売っている者が内部に居るのでは、と集まった者達は言い出した。

これにはジュードも頷《うなず》けるところがあった。

事件当日、訪れた土地で季節顕現を終えたジュードとノア達が宿までの帰路に選んだ道は行きとは違い、賊を警戒し急遽《きゅうきょ》変えたものだった。

そこをすかさず狙われたことについて疑問は抱いていたのだ。

冬の護衛陣の中に裏切り者が居た。当初はそう思った。だが、そもそも季節顕現が当日あの場所で行われることを知っていれば追跡はそう難しくない。一体どちらなのか。

関連付けて、季節の塔や現人神教会《あらひとがみきょうかい》の羽振りの良さが問題視された。

数十年前と比べて明らかに贅沢《ぜいたく》な暮らしをしている幹部達。

締め付けが強まっていくばかりの抑圧された社会構造。まさか彼らが賊から金を受け取っていることはないだろうか、と。

陰謀論が過ぎる、いや可能性はある。押し問答が続く。

ジュードはその中で唯一、幹部を親に持つ子どもだった。

——でかい屋敷《やしき》。豪華な暮らし。

一度も家に入れてもらったことはないが、認知してもらう為に母親と大邸宅の玄関までは行ったことがあった。

——あいつはあんな金をどこから？

ジュードは疑問に思い、まず自分の父親を調べることから始めた。

エヴァン・ベル。彼の生家は裕福というわけではなくごく普通の家のようだった。

何なら清貧を心がけ、極端に質素な暮らしを好んでいる。その反動で、エヴァンが贅沢三昧《ぜいたくざんまい》になり、女性を囲い、権力者として腐敗した姿に成り果ててしまったのではと疑いたくなるくらいには、ジュードの祖父母にあたる人達は節制を善としていた。

——じゃあやっぱりおかしい。どこで稼いでる？

教会職員の給与がそこまで莫大《ばくだい》なものではないはず。

ジュードはすっかり自分のことを忘れてしまっている父に自ら連絡を取ることにした。

エヴァンもジュードの主が死亡したことは把握していたのか、煙たがりはしたが酷《ひど》く邪険にすることもなく、佳州《かしゅう》に呼び寄せてくれた。ジュードが大騒ぎすれば、外聞が悪くなるという思いもあったのだろう。

そこからは教会職員として働く毎日。

十代の少年ということで最初は使いっ走りばかりだった。周囲を信用させる為にジュードは幹部連中にとって良い下僕であり続けた。

認められれば認められるほど、教会内でジュードが動ける場所も増えていく。

彼がエヴァンの息子であると知られていたことも良い方に働いた。雑用を任せられることも多かったが、重要な仕事を敢《あ》えて教えてくれる職員も少なからずいた。

実の息子として法的に認知されているのだし、将来有望な青年として成長していく彼のことをいずれエヴァンも誇らしく思う日が来る。その時に恩を売っておいたほうが良い、と。

現人神教会佳《あらひとがみきょうかいか》州《しゅう》支部、支部長代理の息子。元咲《さ》羽《う》州《しゅう》冬の代行者護衛官《だいこうしゃごえいかん》。

そして現在は教会職員として最も真面目に、そして幹部に忠実に仕える男。確かに、擁立しておいたほうが後々人間関係が円滑に進みそうだ。打算で接する者達のおかげでジュードはより内部へ潜れるようになった。評判は瞬《また》く間《ま》に上がっていき、冬の代行者《だいこうしゃ》を守れなかった男という汚名は少なくとも周囲からは消えていった。

虎視眈々《こしたんたん》と内部を探りながら優秀な人物であることを装《よそお》うジュードにやがて密命が下る。

佳州《かしゅう》の新しい秋の代行者《だいこうしゃ》の護衛官《ごえいかん》となれ、と。

そしてジュードは出会う。新たな主に。

『……じゅう、ど？　ジュード……？』

親元から引き離され、仕える者達からも距離を取られる生命腐敗《せいめいふはい》の神。

『ぼくはリアム。お、お前がぼくを守って、くれるの……？』

他に味方の居ない小さな子ども。

『いっしょにいてくれるの？』

自分と同じくらい、孤独な少年神。

『ねえ、どうなんだよ』

――やり直せる。

ジュードはまずそう思った。リアムという存在を守り通すことが出来れば、少しは前の主を守れなかった贖罪《しょくざい》になるかもしれない。と、同時に不安も覚える。

もしジュードの仮説が正しければ今度はこのいたいけな少年が賊の餌食《えじき》に。

いや、もっと大きな陰謀の毒牙《どくが》にかかってしまうかもしれない。

『初めまして。君の本名は把握しているんだが、慣例に沿って偽名で呼ばせてもらうよ。君もオレのことはジュードと呼んでくれ』

――絶対に守らなくては。

『リアム、きっと家族と離れて寂しいだろう。でも、四季降《しきお》ろしが終わればまた交流が出来る。君が修行を頑張れば頑張るほど会える日が近くなるんだ。過酷な環境に追い込まないと権能は上達しないなんて……神様でもない奴《やつ》らが作った愚かなしきたりなんだが、我慢して欲しい』

――この子が長生き出来るように、オレが。

『これから現人神教会《あらひとがみきようかい》の支部長代理と挨拶するが、あの人にはけして逆らっちゃいけない。いいか、目をつけられたら終わりだ……。オレの言う通りにするんだよ』

――オレが彼をすべての脅威から守ってあげなくては。その為なら何だってしよう。

『君の飯も、君の服も、ご家族が暮らす為の資金も信者の人達からの献金で賄っている部分が大きい。だからそれを預かる教会は幅を利《き》かせてる。もちろん、君達現人神《あらひとがみ》の存在がなければそんな資金は集まらないのを承知で、偉そうにしたがる……。オレもそれはおかしいとわかってはいるんだ……。だけど、どうにかしてやれる力がないんだよ……』

――何だってしよう。それで君に嫌われても。

『リアム、言うことを聞くんだ』

――生きていてくれたらそれでいい。

愛は確かにあった。


彼のことが愛おしい。ただ、愛されたいとは思っていなかったかもしれない。

ノアへの愛は願望があった。貴方《あなた》の家族になりたい、と。

貴方《あなた》に愛されることで安らかになれる。だから貴方《あなた》に尽くす。そういう打算があった。

リアムへの気持ちはノアとは違う。献身がほとんどだ。

甘えがなくなり、与えられるより与えることを望むようになった。

ジュードも大人になったのだ。

周囲からそう望まれた末に、もう子どもではいられなくなった。

本当は彼もまだ十七歳なのに。誰も彼も、そんなことは忘れてしまっている。

——この子まで餌食《えじき》にさせてなるものか。

ジュードはリアムの護衛官《ごえいかん》になってから更に権限が増えた。

遂《つい》には幹部連中が秘匿している情報を探れるようになるまでに。待ち望んだ瞬間の到来だ。

新しい仲間、正道現人神教会《せいどうあらひとがみきょうかい》から情報機器に詳しい者を連れ出して教会の端末を調べた。

そしてやっと判明したのが、予見した通りダークウェブでの取引だった。

最初は衝撃を受けた。佳州《かしゅう》の現人神教会《あらひとがみきょうかい》が先代の秋の代行者《だいこうしゃ》の情報を売っていたのだから。

おまけにどうやら初犯ではない。

中毒になる薬を与えられたかのように、調べることにのめり込む。

教会独自のネットワークから更に個人の携帯端末などを追跡をし、橋国全土《きようこく》の現人神《あらひとがみ》教会《きようかい》の内部情報を調べ続け、各地に仲間達を密偵として飛ばした。やがて点と点が繋《つな》がっていく。

開いた口が塞がらないとはまさにこのことで、情報を賊に売ることはここ数年の話ではなく、もう何十年も行われていた。

教会や季節の塔の幹部の間では、限られた者達の中で通じる会合があり、そこで現人神《あらひとがみ》の情報を売り買いすることで大金を得る方法を伝授していたのだ。

認められた悪人だけが知り得る殺人の方法、【現人神《あらひとがみ》殺し】。

賊の襲撃が失敗に終わったことは何度もあったが、それでも情報料は手に入る。

問題は保安庁に嗅ぎつけられることだったが、仲間に引き入れてしまえば話は終わりだ。

犯行が露見することを防ぐ為に様々な決め事もされていた。

情報提供は州ごとに数年に一度と仲間内で決められており、一度この情報を知った者で裏切り者が出るようなら仲間内で協力して殺す。この非道な行いを嗅ぎつけた者も殺す。

罪もないのに殺されてしまった人達は現人神《あらひとがみ》の他にも居た。

そしてノアの死も、当時の季節の塔咲羽州《さうしゆう》支部の幹部が賊に情報を売ったことで成立していたことが判明した。

『ジュード、このままだとお前も悪の道に引き込まれるぞ』

事件の真相を調べないかと誘ってくれた仲間のレオの言葉は重くジュードに伸し掛かった。

どうにかしてこの負の連鎖を止めたい。

しかし正攻法で行ってもことごとく空回りする。

そうこうしている内に、現人神教会《あらひとがみきょうかい》の中で血族同士の結婚を強化しよう、というある種の思想が流行した。

【現人神《あらひとがみ》殺し】のせいで季節の巡りが悪くなり、必然的に【互助制度】が求められているという真相を、ほとんどの人は知らない。

ジュードが状況を見定めている間に他国との会談予定が組まれていく。

相手は最近現人神界隈《あらひとがみかいわい》でも有名な者が居る国だった。

十年前に攫《さら》われたが自力で賊のアジトを壊滅させて帰ってきた心の壊れた春。

双子神という凶兆扱いから、一転して黄昏《たそがれ》の射手《しゃしゅ》お墨付きで吉兆とされた夏。

新人代行者《だいこうしゃ》でありながら死人を復活させる荒業をやってのけた秋。

賊狩りで名を馳《は》せると同時に、自国の現人神《あらひとがみ》の問題に必ずと言っていいほど介入して解決に導いている季節の王、冬。

世界的にも珍しい、春夏秋冬の共同戦線を組んでいる大和《やまと》。

――使える。

いま思えば失礼な考えだが、その時はリアムの未来を守ることしか考えていなかった。

彼らにはジュードが世の中に望むような【正義】が備わっているように思えた。

現人神《あらひとがみ》とは元々そのような性質ではあるが、度重なる事件に遭遇して反骨精神を磨いているせいか特に際立《きわだ》つ。相手がお偉方だろうが国であろうが賊であろうが、間違っていると感じたら唯々《いい》諾々《だくだく》と従わない。

声を上げることを躊躇《ためら》わない。我慢をやめた若者達。

――彼らを巻き込めば、この殺人が露見して世に裁かれるかもしれない。

ジュードは大和《やまと》との会談の話が持ち上がった早い段階で仲間と共謀し、今回の作戦を立てた。

現人神《あらひとがみ》殺しをした者達のやり方を真似《まね》て佳州現人神教会支部《かしゅうあらひとがみきょうかい》を襲撃させ、その隙に秋の代行《だいこう》者《しゃ》を誘導し拐《かどわ》かす。

犠牲者が出ることも覚悟していた。

すべてが綿密な作戦とはいかなかったが、揃《そろ》った駒達は概《おおむ》ね予想通りの動きをしてくれた。

見事秋の代行者《だいこうしゃ》の誘拐に成功。

そして現在に至る。

「リアム……」


思い出から現実へ戻ってきたジュードはいまだ目覚めない現在の主の名を呼ぶ。

予想では、そう遠くない内にこのセージ・ヴィレッジに自分達が隠れていることが露見する。仲間に引き込んだ建設関係者達から秘密が守れない者が出るか、もしくは大和《やまと》の夏の代行者《だいこうしゃ》の権能で突き止められてしまうだろう。

そうなった時、ジュードは父親と対峙《たいじ》するつもりでいる。

彼らがやった所業を世に知らしめる準備も出来ている。だが、可能であれば父を含めた実行犯達の口を割らせたかった。父親の善性を信じているわけではない。

むしろ、悪鬼のような中身を覗《のぞ》いてしまっているから確実な逮捕を望んでいた。

自白ほど覆《くつがえ》すのが難しいものはない。

——オレも同じく保安庁に捕まってしまうだろうが。

残りの人生、この大いなる陰謀を暴《あば》くことが出来ず、数多《あまた》の現人神《あらひとがみ》が死ぬのを見るよりはマシだ。牢屋《ろうや》の中で目の前の小さな男の子の幸せを祈って暮らせる。


「リアム、大丈夫だ。大丈夫だよ……」

本当はジュードが誰かに『大丈夫だ』と言って欲しかった。

第八章
深淵に臨んで薄氷を踏むが如し

現地時間四月十一日、昼前。

二カ国の『夏』により突き止められた誘拐犯の潜伏先、厳かなる霊山、マウントエルダー。

その奥に存在する新緑の帳《とばり》に隠された町、セージ・ヴィレッジの建物の一部が遠目で確認出来る場所に二つの陣営が集結していた。

一つは大和《やまと》陣営。夏からの連絡により大移動をしてきた対策本部の者達は武装を完了しており、突入の準備が出来ている。

そしてもう一つは橋国《きょうこく》陣営。夏主従、イージュンとハオランはもちろんのこと、彼らが恐れているエヴァン・ベルも到着していた。現地に居た神兵《しんぺい》達とは別に、自分の手足となって動く者達を選出した別の神兵団《しんぺいだん》を派遣させたエヴァンはいかつい兵隊達に囲まれている。

更に、大和《やまと》陣営から見て誰一人も会ったことがないという新しい登場人物も参戦していた。

「……あれ、もしかしなくとも冬主従か？」

狼星《ろうせい》が訝《いぶか》しげに言う。彼の視線の先には二人の少女が居た。黒髪と赤髪の娘だ。どちらも明らかに低年齢の子供で、十二、三歳くらいに見える。

冬の代行者《だいこうしゃ》である狼星《ろうせい》が神威《かむい》を感じたのは黒髪の少女のほうだった。長い射干玉《ぬばたま》の髪を高い位置で二つ結びをした幼気《いたいけ》な髪型。顔立ちは蠱惑《こわく》的な愛らしさがある。気位が高そうな目つきで周囲を見渡す様子はまさに孤高の冬。攫《さら》われたリアムとはまた人種が違うようだが、黒に黄金を一匙《さじ》入れたような輝く肌をしている。こちらが橋国《きょうこく》の冬の代行者《だいこうしゃ》だろう。

では必然的に赤毛の娘が代行者護衛官《だいこうしゃごえいかん》ということになる。大きな眼鏡と大ぶりのピアスが特徴的だ。ファニーフェイスと言えばいいのか、愛嬌《あいきょう》がある目鼻立ちで、利発そうだった。

主がハツラツとした様子に対して護衛官《ごえいかん》は陰鬱とした雰囲気なので中々に対照的な二人だ。どちらも、服装はいかにもティーンエイジャーという出《い》で立《た》ちだった。

「ジュードが言っていた年齢と合致している。そうだろうな」

凍蝶《いてちょう》の言葉に、大和《やまと》陣営は彼女達に視線が釘付《くぎづ》けになった。

現在はどういう状況かと言うと、ほぼ同時刻に二陣営が到着してしまい、突入するしないで揉《も》めていた。セージ・ヴィレッジへの進路を橋国《きょうこく》陣営が塞いでしまっているのが原因だ。

『そちらに大和《やまと》陣営を止める拘束力はありません。直ちに神兵《しんぺい》をどかしてください。実力行使をしたくありません』

それに月燈《つきひ》が怒り、遺憾の意を申し立てる。

『我々が引き下がらなくてはいけない強制力もないはず。大和《やまと》の意向は理解出来ますが、これで他の代行者《だいこうしゃ》様まで傷つくような事態が起これば国際問題は更に火に油を注ぐことになる。貴方《あなた》に責任が取れますか？　どうかこちらで待機をお願いします』

エヴァンが柔和な仮面を捨てて剣呑《けんのん》な様子で言い返す。

秋を一刻も早く救いたい大和《やまと》陣営。そして彼らの進軍を阻止したい橋国《きようこく》陣営での押し問答をしていた。周囲には要請により駆けつけた神兵《しんぺい》と保安隊員達も居る。総勢百名近い。

これから山狩りでもするのかという人数規模だ。

――保安庁も抑え込み、こいつらの面倒も見なくてはならないとは。

月燈《つきひ》と舌戦を繰り広げながらエヴァンは憤怒《ふんぬ》を抱えていた。

彼の頭の中にあるのは、一つの事だけ。兎《と》に角《かく》、此度《こたび》の騒動を起こした正道現人神教会《せいどうあらひとがみきようかい》なる者達を皆殺しにすること。誰か一人でも残ってしまうと都合が悪い。

――まさか自分の息子に反逆されるとは。

全て消して、綺麗《きれい》になかったことにしなければエヴァンの人生が終わってしまう。

――何処《どこ》から。

だから殺したい。いや、殺すでは足りない。消去したい。自分の人生から。

――何処《どこ》からほつれが出た？

そうすれば今の地位のまま、死ぬまで自分の王国で暮らしていける。

――ジャック、あの糞《くそ》餓鬼。

それ以外に望むものはない。

――息子だって本当は要らなかった。

そう、要らなかったのだ。要らないのに勝手に持ってきて押し付けられた。

少なくともエヴァンはそう感じていた。子どもを一人で錬成出来る何かだと思っている時点で倫理観が破綻しているのだが、壊れている者ほどこの世は強い。

エヴァンにとってジャックことジュードは初めて出会った時から不幸を齎《もたら》す者ではあった。

まず、彼の存在のせいで妻子が出て行った。隠し子が居たこと以外にも離婚原因があったのではと推測されるがエヴァンはジュードのせいだと決めつけている。

次に、せっかく遠くの州の冬の代行者護衛官《だいこうしゃごえいかん》に任命したのに息子は死ななかった。

――死んでくれたら清算出来たのに。

彼はしぶとく生き続け、果てはその州の【現人神殺し《あらひとがみごろし》】に巻き込まれたのにも拘わらず、また死なずに生還した。他州の【現人神殺し《あらひとがみごろし》】について触れることは禁忌だが、エヴァンは咲羽州《さうしゅう》の幹部に物申したい。殺《や》るなら一緒に殺《や》っておいてくれと。

更に、ジュードを仕方なく佳州《かしゅう》で受け入れたら彼はまるで完璧な息子のように振る舞い始めた。同僚に立派なご子息だと言われる度に鳥肌が立つ。

早いところ死なせる為に今度は秋の代行者護衛官《だいこうしゃごえいかん》にしながら雑務を押し付け、過労死ラインギリギリまで働かせてもへこたれない。

そして現在。果報者の息子のはずが、訳の分からぬ団体を作り、黄金の林檎《りんご》を得るためのシステムを暴露した。もはや破綻は確実だ。ジュードはエヴァンに良いことを齎《もたら》さない。

むしろ、いつも【正しさ】を押し付ける何かだった。

『……』

エヴァンは月燈《つきひ》の口撃を浴びながらもちらりと通せんぼしている道を見る。

――無事、辿《たど》り着《つ》いているだろうな。

ここに到着する前から、セージ・ヴィレッジがジュード達の潜伏場所では、という情報は夏主従の報告から聞いていたので、別の登山口から隠密《おんみつ》に私兵を向かわせていた。茶番をなるだけ長引かせることでジュード含む正道現人神教会《せいどうあらひとがみきょうかい》の人員を全て殺害出来る可能性が高まる。

何なら事故という形で囚《とら》われている現人神《あらひとがみ》も死んでくれても構わないとエヴァンは考えている。知られては困ることを知っているかもしれない。

――忌々《いまいま》しい。

ジュードが何故《なぜ》、此処《ここ》を根城にしたのかもエヴァンはわかっていた。

開発資金に現人神《あらひとがみ》の弔慰《ちょうい》金《きん》が使われているからだ。神の血肉によって贖《あがな》われた町。黙っていればなんのケチもつかずにお披露目出来たのに。事が公表されれば解体の一途を辿《たど》るだろう。セージ・ヴィレッジの主幹施設に赴任する予定だった者達はほとんどお偉方の縁で紡《つむ》がれていたので、そうしたやり取りや仲介した者達の面子《めんつ》も潰された形だ。

ジュードは壊す。何もかも。躊躇《ためら》いはない。

エヴァンも応酬のように壊すつもりだ。

愛情など一欠片《かけら》も無い父と息子の戦いが始まっていた。

一方、依然として待機させられている大和《やまと》の現人神《あらひとがみ》達は、静かに情勢を見守っている。

開かれた場所で大和《やまと》と橋国《きょうこく》、きっぱり二手に分かれて睨《にら》み合《あ》っている状態はかれこれ三十分ほど経過していた。瑠璃《るり》がため息をついてからぼやく。

「……これどうしたら収拾つくのかな……。話したと思うけどあちらの夏主従、すごく良い人達なんだよ。あたし喧嘩《けんか》したくないよ……」

一晩明けて狼星《ろうせい》達と合流した瑠璃《るり》達は、彼らが来るまで普通にイージュン達と良好な関係を結んでいた。宿泊先も同じだったので一緒に朝飯まで食べていた。なのに今はこの有様《ありさま》だ。わずかな時間だが横になれた瑠璃《るり》達とは違い、寝ずに大移動をしてきた狼星《ろうせい》は明らかに寝不足な顔をしていた。瑠璃《るり》の言葉は誰宛でもないものだったが、狼星《ろうせい》が答えた。

「橋国《きょうこく》の出方次第だが……嫌われ役は俺がする。眷属《けんぞく》だけ待機させてくれ」

「た、戦うの？」

「相手次第だが、埒《らち》が明かんのならそうすべきだ」

「ダメダメ！　イージュン様達怪我《けが》しちゃう！」

「……牽制《けんせい》で済むようには努力する」

狼星《ろうせい》の牽制《けんせい》は恐らく瑠璃《るり》の考える牽制《けんせい》とは段階が違うだろう。

「此処《ここ》で喧嘩《けんか》するの絶対良くないって！　凍蝶《いてちょう》様も雷鳥《らいちょう》さんもなんか言って！」

「瑠璃《るり》、ひとまず寒椿《かんつばき》様の言う通りに」

身内からの刺客に、瑠璃《るり》は首をぐりんと雷鳥《らいちょう》のほうに向けて驚く。

「えー！」

橋国《きょうこく》と縁を紡《つむ》いだ瑠璃《るり》には悲しい展開だ。

「優先順位を明確にしましょう。秋の二人を助けるのがまず大事じゃないですか？」

「……そう、だけど」

そこを蔑《ないがし》ろにしたいわけではない。しかし争いは避けたい。瑠璃《るり》の気持ちはおかしなものではないのだが、いまこの時は排除されてしまう。

「此処《ここ》に居る誰かが多少の怪我《けが》をしたところで、それがなんです？　二人の命が失われるより数倍マシでは？　まだ秋の代替わりがあったという話は聞かないし、人質ですから生かされてるとは思いますが……僕が見た二人は血まみれでした。あれが返り血ではなく怪我《けが》から溢《あふ》れた血なら一秒でも早く病院に担《かつ》ぎ込まないとまずいです」

「雷鳥《らいちょう》さん……」

「僕は彼らを守れなかった。今度は救出の機会を逃すわけにはいきません。国際問題に発展しようがあの子達が救われるほうがいい。平和的解決で通じる相手なら良いですけど、あのおじさんと荒神《あらがみ》隊長、かなり長く喋《しゃべ》ってますよ。本来ならあちらが退くべきなのにそんな様子が全くない。こちらも手を打ってはいますが、僕らも行かないとまずいでしょう?」

「う、うう」

「寒月《かんげつ》先輩、いざという時はうちの護衛陣が盾になりますので、代行者《だいこうしゃ》様と一緒に先に潜入してください。誘拐犯を制圧するなら寒椿《かんつばき》様の氷結が最も有効的ですし解決が早い。先導役として瑠璃《るり》の眷属《けんぞく》に道案内させます」

会話の流れを見ていた凍蝶《いてちょう》は、瑠璃《るり》を安心させるように言う。

「承知した。こちらはいつでも走れる用意が出来ている。瑠璃《るり》様、我々も戦闘行為はなるべく避けるつもりです。子ども達を第一に考えつつ、対立しないよう考えているからいまこうして待っているのですし……臨機応変にいきましょう」

凍蝶《いてちょう》の言葉で瑠璃《るり》は最終的に頷《うなず》いたが、涙目で『こうやって戦争が生まれるんだぁ』と嘆いた。凍蝶《いてちょう》は申し訳ない気持ちでいっぱいになった。平時なら、瑠璃《るり》の意見に賛成だ。

しかし今は橋国《きょうこく》の言いなりになるわけにはいかない。既にイージュンとハオランから聞き出した情報は夏から他の季節へ伝達済みであり、エヴァンのこの妨害行為が私欲である可能性が高いとみなで判断している。彼らに任せた場合、撫子《なでしこ》やリアムが生存していたとしても何らかの証拠隠滅として殺害されることだって絶対に無いとは言えない。

事態はどんどん深刻な状態に陥っていた。

そして橋国《きょうこく》の代行者《だいこうしゃ》陣営も大和《やまと》と同じく混迷を極めていた。

『……なんかあっちの代行者《だいこうしゃ》達めちゃくちゃ見てくるじゃん……？　アタシの格好おかしい？

ルイーズ、変じゃないよね？』

愛らしい冬の代行者《だいこうしゃ》クロエは隣の赤毛の少女、ルイーズに小声で話しかける。

ルイーズはつまらなそうに枝毛をいじっていたが、主に話しかけられて顔を上げた。

クロエの姿を頭のてっぺんからつま先まで見て言う。

『僕のクロエは完璧だけど？』

ルイーズの言葉に、クロエは途端に笑顔になった。

『だ、だよね？　だってこれ雑誌のモデルが着てるやつまんま買ってるんだから変なわけない。

アタシの格好が変だったら橋国《きょうこく》全土のティーンがやばいってことになるよ』

『そういうこと。クロエ、堂々として。舐《な》められる』

『わかった。舐《な》められるのはまずいね』

『僕らただでさえ子どもだし、あっち大人ばっかりじゃん。初対面の印象が肝心』

『うんうん。さすがルイーズ』

『とにかく刺激しちゃダメだよ。エヴァンのおっさんも、ちょっとおかしい。あっちも殺気立ってる。いま状況見極めてるから下手に動かないで』

『わかった！　あんたらもさ、ルイーズの言う通り大人しくね』

クロエは近くに居たイージュンとハオランに言う。あんまりな物言いに二人は眉をひそめた。

『おい、年上への口の利《き》き方を気をつけろ冬。護衛官《ごえいかん》、主の躾《しつけ》くらいしろ』

ハオランが柄の悪い様子で言う。

言い返されると思っていなかったのか、クロエはムッとした顔になる。

『ちょっと、アタシは冬だよ』

『だから何だ』

『最上位の季節！　アタシが一番偉い！』

『……こいつを指導する大人は居ないのか？』

ハオランがまたクロエに向かって何か言う前に、イージュンが口を開いた。

『在位年数が片手で収まる新人が何を言うの？　それを言うなら、あたくしは佳州《かしゅう》で最長在位を誇る夏。敬いなさい』

厳しくも気品ある態度で接する。

クロエは少し怯《ひる》んだが、すぐ言い返した。

『年齢だけ上だからって何？　序列はアタシが一番！』

小さな体で大きく胸を張る。

挙動がいちいち可愛《かわい》らしいのだが発言は小憎たらしいので総合して悪印象だ。

イージュンはこの小さな暴君の扱いに困ってしまった。

——今まであまり関わってこなかったのはまずかったかもしれないわ。

まさかこんな所で冬と濃密なコミュニケーションを求められるとは思ってもみなかった。

冬の代行者《だいこうしゃ》クロエはリアムより少し先輩なだけの新人。イージュンも昨年の四季会議《しきかいぎ》で初めて顔合わせをした。つまり、ほとんど交流がない。

——あの時はここまでエヴァンの言いなりじゃなかったのに。

どうやら冬主従はエヴァンに追随しているようだ。

——あの男、この子達を手懐《てなず》けて私兵にしてたのね。

イージュンはその流れが容易に想像出来た。

季節の中でも冬は最強戦力。これは全世界的に変わらない。

元神兵《しんぺい》で現在も恐怖政治を敷いているエヴァンにとって、冬を手中に収めることは単純に彼のステータスにもなるが、自分に反発する者への抑止力になったはず。

謀反《むほん》を計画する者がいても、冬を敵に回すと考えると怯《ひる》んでしまうことだろう。

どうしてクロエが彼の傘下《さんか》に入ったのかはわからないが、話す限り年相応の小生意気な子どもという様子なので、単純に影響力のある大人が周囲にエヴァンしかいないのかもしれない。

——これじゃあ、こちらの味方につけるのは難しそう。

イージュンは焦燥に抱かれながら瑠璃《るり》を見る。瑠璃《るり》がイージュンと対立したくないと願っているように、イージュンも瑠璃《るり》と敵対することは望んでいなかった。

——瑠璃《るり》様、あたくし達を庇《かば》ってくれた。

現状、瑠璃《るり》が指示した通り、イージュン達は瑠璃《るり》に強要されて共同捜査をしたとされている。これについてエヴァンから苦言はもらったが、特に脅しもなくそれで終わった。

黙っていればこのままお咎《とが》めなく済むだろうが、義理堅いイージュンはエヴァンが来た途端、彼の後ろに下がってしまった自分が恥ずかしくて仕方がなかった。

そしてエヴァンの対応にも心底うんざりした。

——人命が後回しにされるほど大事なものとは何？

同時に到着したのだから共同戦線を組んで突入すればいいのに、エヴァンが大和《やまと》は残れと言い張り、話が進まない。こうしている間にも秋の命が危ぶまれるかも、という不安はないのだろうか。イージュンの心が鬱屈とする。

『ねえ！　ちょっと！　夏の人！　アタシの話聞いてる？』

そして、この場をどうするか思案している横でクロエが子犬のように騒がしい。

『……』

ため息をついてから、イージュンはクロエの相手をすることにした。

『現人神《あらひとがみ》としてまともに行動出来ていないのに自分は偉いと言い張っても通用しないわよ』

『行動出来てます〜。賊退治してるもん』

『品格と素行について言っているの。大して仲が良くもない相手に偉そうに話しかけるとはどういう了見？　そうしなさいって誰かに習ったのかしら？』

『う、うるさいなあ！　だから、アタシが格上なのは事実じゃん！　そっちは夏！　アタシは冬でしょ？』

どうしても自分が上だと認めさせたいらしい。イージュンは本格的に頭痛を感じ始めた。

『冬という季節が宗教的観点で上位存在にあるのは確かよ。でも貴方《あなた》が他の人より優れた人間であるというわけではないわ。そして、季節の位置づけはあくまで儀礼的なもの。冬から他の季節に恭順を強いるものではないの。おわかりいただけるかしら』

『……ちょ、なんか難しい言い回しじゃなくてわかりやすく言いなよ！』

『アタシは偉いんだぞって自分で言うのはダサいからやめなさい』

『……っ』

『ダサい子どもに何故《なぜ》あたくしが従わなければならないの』

クロエの頬が羞恥で色づく。

『偉そうなのはそっちじゃん！』

主が口喧嘩《くちげんか》で負けているのを見ると、護衛官《ごえいかん》のルイーズが参戦した。

『おばさん』

イージュンに向かって侮辱的な呼称を敢《あ》えて言った。

『クロエが無礼なのは謝るけど僕らが季節の最上位だということは変わらない。この作戦、突入して秋を奪還するのが課題になる。うちを立ててくれないと困るよ』

どうやらルイーズも負けん気が強いらしい。わざわざ失礼な単語を選択しているのも挑発的だ。しかし、イージュンは怒らなかった。優雅に微笑《ほほえ》む。

その様子を見て、ハオランだけが内心焦《あせ》った。

――おい、うちの女王様を怒らせるなよ。

彼だけが知っていた。普段は思慮深く穏やかなこの麗人が、一度怒らせたら怖い人だということを。

イージュンはハオランに向かって言う。

『ハオラン、扇』

『……ほらよ』

権能を使用する時に使う扇だ。受け取ると、イージュンは素早くルイーズの背中と足をビシバシと叩《たた》いた。ルイーズが叫ぶ。

『ぎゃん！　児童虐待！』

ルイーズの老婆のように曲がっていた姿勢が真《ま》っ直《す》ぐになる。

『しゃんとなさい、腰が曲がりすぎよ』

夏の女王の険しい目線がルイーズに向けられる。

『貴方達《あなた》、あたくしの眷属《けんぞく》が居ないと誘拐犯の居場所もわからないでしょう？　どうやって秋を奪還するの？　無礼な現人神《あらひとがみ》とは連帯しないわよ。言われた言葉そっくり繰り返してあげる。この作戦は秋を奪還するのが最重要課題。うちを立ててくれないとそれが出来ないわ』

イージュンは扇を優雅に揺らしながら更に言う。

『あといまのは児童虐待じゃありません。適切な指導です。痛くなかったでしょう？』

『痛く感じた！　驚いたから！』

『貴方《あなた》の姿勢を直しただけよ。腰が曲がりすぎではなくて？　人生の重みでそうなった敬われるべき人じゃなく、ただ姿勢が悪いだけの子どもだけど……。貴方《あなた》、主の隣に立つ者として自覚がなさすぎるわ。戦闘訓練ちゃんとしてるの？　筋肉もないし体幹もない。適切な指導を受けていたらそんな姿勢と態度にはならないはずよ。まずは立ち姿から美しくなさい。護衛官《ごえいかん》の常識です。ハオランを見て』

例に出された彼の姿勢は確かに真《ま》っ直《す》ぐと綺麗《きれい》だった。ハオランは鼻を鳴らす。

主従の絆《きずな》は深いのか、クロエがルイーズに代わり言った。

『ルイーズはゲームのやり過ぎで首痛めてるだけだもん！　ゲームしてない時はもうちょっとマシだもん！』

『クロエ、それは僕へのフォローになってないよ……』

『呆《あき》れた……。護衛官《ごえいかん》がいざという時に首と腰がろくに動かせない子でいいの？　いいのならそのまま全身悪くなりなさい』

イージュンも段々と子ども達への対応が雑になってくる。

『ルイーズは不真面目じゃない！　アタシの最高の友達だもん！』

ルイーズが眼鏡の奥の瞳を輝かせ、子どもらしい笑みをクロエに注いだ。

『主を正しく導けない護衛官《ごえいかん》を傍《そば》に置く必要はないわ。冬はもう少し年長者に護衛官《ごえいかん》を替えたほうがいいわね。口だけ達者で他の現人神《あらひとがみ》に敬意を持つことすら教えられない護衛官《ごえいかん》なら辞職させたほうがいい』

夏の女王は無情にも二人の友情をバッサリと切り捨てる台詞《せりふ》を吐いた。

こうも真正面から役職に不適格と言われると、さすがのルイーズもショックを受ける。

イージュンに言われた諸々《もろもろ》のことも自覚があるのかもしれない。

クロエは地団駄を踏んで見せてから怒鳴った。

『謝って！　アタシ達は偉いんだから！　謝って！』

とにかく自分達が一番だと言うことがクロエにとっては拠《よ》り所《どころ》のようだ。

『先にそちらが謝りなさい。酷《ひど》い態度を取ったでしょう？』

『もー！　本当にうるさい！　アタシにそんな態度取っていいの？　黙ってないぞ！』

『あら、誰が？』

クロエが涙目でエヴァンを指差す。

――冗談やめてよ。

イージュンはクロエの幼稚さにため息をついた。

幼気《いたいけ》な子ども達がエヴァンに洗脳されているならまだ良かったが、どうも違うらしい。

エヴァンに逆らえる者が居ないので、そんな彼を背後に持つことに幼い彼女達は優越感を懐《いだ》き、居丈高《いたけだか》な態度を取るのが常になっているようだ。

――これもあたくしが他の季節の子を気にしてこなかった罰なのかしら。

イージュンは扇をぎゅっと握った。彼女の心中など知らぬクロエは勝利はこちらにありと言うべき態度で応酬する。

『ほーら黙った。最初からアタシに逆らえないくせにでかい口叩《たた》くからだよ!』

『そうだそうだ! エヴァンのおっさんに告げ口するぞ! そしたら夏が酷《ひど》い目に遭うんだからね!』

ルイーズもショックから立ち直って騒ぐ。イージュンが疲れた様子で言う。

『……黙ったのは呆《あき》れて閉口してたからよ』

見守っていたハオランが我慢の限界が来て言う。

『イージュン、もうこいつらは見捨てよう』

『ちょっと! 夏の護衛官《ごえいかん》! アタシ達の話に割り込まないで!』

ハオランは無言で冬主従の頭を手のひらで摑《つか》んだ。指の力を入れると彼女達の頭がミシミシと鳴った。

「「いだだだっ！」」

子どもに容赦がない。少女二人が悲鳴を上げてハオランから逃げる。それからハオランは改めてイージュンに向き直った。

『今は大局を見極める時だ。イージュン、お前はどうしたい？』

間髪を容れずにイージュンが返す。

『……大和《やまと》につくわ』

ハオランはイージュンの返事がわかっていたのか、驚きはしなかった。

『俺も同じ気持ちだ。こっちは破滅が見えてる』

『……ハオラン、でもあの子達にちゃんと話してあげないと』

クロエとルイーズは痛がって逃げたくせにまたぴゅんと戻ってきてイージュンとハオランの会話を盗み聞く。

『大和《やまと》につくとか何言ってるの？』

さっきまで泣きそうな顔をしていたくせに、ケロッとした様子でクロエが尋ねた。イージュンは身近に子どもが居ないので、この反応には面食らった。

怒られたこともすぐ忘れて構って欲しがる子ども。

この子達にとって世界はまだ知らないことばかりで、大人はそれを教えてくれて当然の生き物で、そして明日はいつまでも続いていくものなのだろう。

イージュンは子ども達の無垢《むく》故の罪の意識の無さに益々《ますます》辛《つら》くなる。

『おい、お前ら……』

ハオランはまた近寄らないように脅そうとしたが、イージュンが制して答える。

『あたくし達は大和《やまと》と連帯することに決めたの』

クロエとルイーズは『はあ?』と聞き返す。まずいことを話しているという自覚はあるのか小声になりながらもイージュンを責める。

『いけないんだいけないんだ! エヴァンのおっさんの言う事聞けないのいけないんだ!』

『自国を裏切る気? 僕らは僕らで一致団結しなきゃならない時にそれはちょっと空気読めてないよ』

——怒っちゃダメよ、イージュン。

イージュンは自分に言い聞かせる。苛々《いらいら》する気持ちは消すことは出来ないが、ここは我慢が必要だ。子ども達よりイージュンが大人にならねばならない。

イージュンはその場にしゃがみ込んだ。クロエとルイーズの目線に合わせる。

『いい、よくお聞きなさい』

先輩現人神《あらひとがみ》として、後輩を導く時が彼女にも来ていた。

『貴方達《あなた》を庇護《ひご》しているエヴァン・ベルは悪人よ。これは貴方達《あなた》が生まれる前から言われていることなの。恐らく、今回の事件でそう遠くない内に失脚するでしょう』

クロエとルイーズは同時に瞳を瞬《また》いた。何もピンときていない様子だ。

『何それ。アタシ達への脅し？』

『あの人すごく偉い人なんだよ。そんなはずない』

『偉い人なら正しいの？』

イージュンの率直な問いかけに二人は黙った。言葉に窮してしまう。

『本当なら、今すぐにでも突入しなきゃいけないのにエヴァンは何故《なぜ》大和《やまと》の皆様を止めているのかしら？』

クロエは口ごもりながら言う。

『それはさあ、おっさんも言ってるじゃん。いまうちって立場が良くないんでしょ？　大和《やまと》が大人しくしてくれないと、ただでさえアタシ達橋国《きょうこく》側が悪い立場にあるのに、もっと悪く言われる……。あとさ、アタシ、大和《やまと》の人達がこれ以上傷つかない為に来たんだよ。大和《やまと》じゃなくてアタシが戦えば良いんでしょ？　なら大和《やまと》は引っ込んでるべきじゃん。アタシが全部やってあげるって。そしたらみんな怪我《けが》しないでしょ？』

おや、とイージュンは思う。

態度は最悪だったが志は現人神《あらひとがみ》らしく善性に溢《あふ》れたものだった。ルイーズも頷《うなず》く。

『エヴァンのおっさんは大和《やまと》の為にって言ってた。だから大和《やまと》もこっちの気持ちを汲《く》むべきだ』

目線を同じくしてあげたせいだろうか、二人はさっきよりは大人しい物言いだ。

『そう、貴方《あなた》達もちゃんと自分の考えを持っていたのね……。でもそれってとってもこちらの都合しか考えていないお話じゃないかしら？　共闘して秋奪還をすれば国際問題に発展せず良好に終わる可能性もあるわよ？』

『きょうとう……？』

『僕らが大和《やまと》の現人神《あらひとがみ》様と協力するの？』

二人は共闘、ということ自体頭になかったようだ。

『ええ。現にあたくしはあちらの夏主従と協力して賊が逃げたルートを割り出した。本当に後は突入するだけなのよ。それとね、大和《やまと》の夏の代行者《だいこうしゃ》様……瑠璃《るり》様はとても気さくに接してくださったわ。あたくしは瑠璃《るり》様と共闘することに不安はない。誠実な方だと思った。エヴァンの言いなりになるほうが怖いわ』

ルイーズは何か思う所があるのか食い入るように話を聞く。

『此処《ここ》にいる現人神《あらひとがみ》全員で協力したらみんな無傷で帰れるかもしれない。何よりね、大和《やまと》の方達を見て。彼ら困ってるわ』

冬主従は大和《やまと》側を見た。困っている、という表現も合ってはいるし、見ようによっては苛立《いらだ》っているとも言える。特に狼星《ろうせい》の苛立《いらだ》ちは発している冷気で察せられる。

『秋を救いに行きたいのにエヴァンが道を塞いで勝手に自分達が仕切るべきだと主張しているせいで足止めされているの。此度《こたび》の事件、あちらが被害者なのは一目瞭然。だというのに彼らは何故《なぜ》あたくし達の気持ちを汲《く》まなきゃいけないの？』

クロエが口を尖《とが》らせながら言う。

『だって大和《やまと》はすごい遠いところにある小さな国じゃん』

即座にハオランが無言でクロエの頭に手刀をした。

『ぎゃん！』

クロエが叫ぶ。イージュンは責めるようにルイーズを見た。さすがに今の発言をフォローすることは出来ないのか、ルイーズは目を逸《そ》らす。

『いまのはハオランにお仕置きされても仕方ないことを言ったわ。我々は四季の末裔《まつえい》。彼らも四季の末裔《まつえい》。居場所は違えど、四季から同じ至上命令を承った仲間なの。住んでいる国の物差しで考えること自体おかしいわ。あと、普通に最低の発言よ。貴方《あなた》、これ録音されて公開されたらバッシングだけじゃすまないわよ』

『だ、だってぇ……エヴァンのおっさんが……』

『言ってたの？』

こくりと頷《うなず》くクロエを見て、イージュンとハオランは同時にため息をつく。

『差別主義者製造機か？　あいつ？』

ハオランが怒りを滲《にじ》ませる。イージュンは根気よくクロエをたしなめた。

『……自分が言われたら嫌なことを言ってはいけないって習わなかった？』

『でも、事実だから』

『あらそう。じゃあ橋国《きようこく》より大きな国の代行者様《だいこうしや》からお前の国は小さいから言うことを聞くべきと言われたら従うのね？』

『え、えええ！　それはさあ？　違うじゃん』

『何も違わないわよ』

『橋国《きようこく》は負けないもん』

『貴方《あなた》、現人神《あらひとがみ》のくせに戦争でもするつもり？　どうしてそんな考え方しか出来ないの』

『……ち、ちが……戦争反対！　そうじゃなくて……』

――学校の先生になった気持ちだわ。

イージュンの言うことがまだ納得出来ないのか、クロエはルイーズを見る。同意が欲しいのだろう。ルイーズは気まずそうに言う。

『えっと……クロエ、ごめんね。僕も元は違う国をルーツに持つし、そこは小さい国だからクロエの発言はちょっと賛同出来ないかも』

『え……』

『クロエだっていまは橋国人《きようこく》だけどご先祖様は別の大陸じゃん』

『……うう』

『クロエ、僕のルーツの国も見下すの……？』

『しない！　そうだね……確かにアタシも自分のご先祖様の国が否定されたら嫌だ。うちの国のほうが大きいからって虐《しいた》げられるのは……間違ってる、よね……？』

おずおずと尋ねるクロエに、ルイーズは嬉《うれ》しそうに微笑《ほほえ》む。

『うん。そこはちょっと良くなかったよね。でもクロエはすぐ認められて偉い』

『ごめんねルイーズ。嫌いにならないで』

『ならないよ』

思わぬ伏兵。ルイーズが教育的指導をしたので夏主従は内心『いいぞ』と気持ちが上がる。

ルイーズはハオランとイージュンにクロエを庇《かば》うように言う。

『クロエはね、大好きなパパとママといま離れて暮らしてるの。お二人共すごく良い方々だけど、傍《そば》に居ないから……その、発言がエヴァン寄りになるのはクロエが悪いわけじゃない……』

――なるほど。

イージュンはクロエの環境がようやく見えてきた。

懐柔しやすい環境に居る冬の少女代行者《だいこうしゃ》。そして良くも悪くも素直な性格。彼女は彼女なりに頑張って神様をしながら生きている。やはり教育者が良くないのだ。

イージュンは反省モードになっているクロエに畳み掛けることにした。

『相手の立場になって考えてみることが出来たわね。じゃあ今の状況はどうかしら？　あたくし達は無茶苦茶なことを言って大和《やまと》の救出活動を邪魔しているのだけれど……』

クロエは少し沈黙した。言われた通り想像してみているようだ。しばらくしてから言う。

『………確かに、あっちの立場だとさっさとどけよテメーってなるかも』

口汚い表現ではあったが、ちゃんと理解している。イージュンはつい笑みが出てしまう。

『そうよね、さっさとどけよテメーになるわ』

夏の女王が笑ったせいか、クロエも思わず笑った。彼女がそんな言葉遣いをするとは思わなかったのだろう。

『だから、あたくしとハオランは大和《やまと》と解決に当たりたいと思ってるの。あたくし達の気持ちはエヴァン寄りじゃなくて、大和《やまと》寄りだからよ』

『エヴァンにも事情が……』

『みんなそれぞれの事情があるわ。その中で彼だけ独断専行するのは許されない。そもそも、秋を攫《さら》った正道現人神教会《せいどうあらひとがみきようかい》をエヴァンに言われるがままに攻撃して良いのかしら』

『え、それはさ、当たり前じゃん！　だって大和《やまと》の人達襲われて撃たれちゃったんでしょ？　アタシ達がさ、敵《かたき》を取ってあげないと！』

『そうね。でも彼らが代行者《だいこうしや》を誘拐してまでも主張したかった事は何だったか覚えている？　犯行声明が出たでしょう？』

クロエとルイーズはあまり覚えていない様子だったので、横に居たハオランが長い犯行声明を空で言う。

『記憶力良いじゃん』

クロエが素直にそう言うと、ハオランは仏頂面《ぶっちょうづら》を少し緩めた。

『正道現人神教会《せいどうあらひとがみきょうかい》は【神殺し】が行われていると告発しているの。大和《やまと》を巻き込んだのも、それをどうにかして世界に知らしめたかったからなのかも』

ルイーズが腕を組みながら訝《いぶか》しがる。

『テロリストの言うことを信じるってこと？　僕らいつも賊に加害されてるほうなのに？』

『もちろん、すべてを鵜《う》呑みには出来ないけれど、これがもし本当だったとしたら……？』

クロエとルイーズは同時に目を瞬《またた》く。

『悪い人がこちら側に隠れている場合、エヴァンがやっていることは大和《やまと》を足止めして何か企《たくら》んでいるように見えないかしら』

そして黙り込んでしまう。

『あたくし達も大和《やまと》より先に誘拐犯の根城を見つけろとエヴァンに言われていたの。彼、いつもは支部に籠もりっきりで外に出ていかないわよね？　普段のように、命令するだけして自分は自宅に居ればいいのに今回は珍しく現地に来た』

イージュンはみんなの視線を自然とエヴァンに向かわせる。

『何か、現地で消してしまいたい犯罪の証拠でもあるんじゃないかしら？』

少しの脅しが含まれた言葉が、少女神の耳に嫌な残響を与えた。

――エヴァンのおっさんのほうが悪いってこと？

クロエは心の中で否定の材料を探そうとするが、そこでまるでタイミングを計っていたかのようにエヴァンがこちらに振り返った。

イージュンは小さく悲鳴を上げそうになったのを何とか堪えた。

どすどす、と足音を立ててやって来る。その度に背負っている猟銃が揺れた。夏と冬の四人はしおらしくなり、背筋を伸ばす。

『クロエ様』

ご指名は冬の代行者《だいこうしゃ》のようだ。夏には視線すら遣《や》らない。

『埒《らち》が明きません。御力をお借りしても？』

にこやかに微笑《ほほえ》んでいるが、エヴァンの口《くち》の端《は》は痙攣《けいれん》していた。

『な、何するの？　突入することになった？』

『いいえ。大和《やまと》の方々を氷壁で閉じ込めて欲しいのです』

四名とも唖然《あぜん》とする。

『……え』

何でも素直に受け止めていたクロエもさすがに戸惑った。

その非常識さを気にしていないのは目の前のエヴァンくらいだ。

『さあこちらへ。私が合図をしたら行ってください』

エヴァンがクロエの細い手首を摑《つか》む。咄嗟《とっさ》にルイーズがクロエの胴にしがみついた。

『待って！　あ、あのどうしてクロエにそんなことをさせるんですか？』

エヴァンから明らかに苛立《いらだ》ちを感じさせる空気が流れた。

『……』

『賊退治ならわかるけど、大和《やまと》の現人神《あらひとがみ》に攻撃させるなんて……』

小声で、しかし叫ぶように訴えるルイーズにエヴァンは殊更猫なで声を出した。

『ルイーズ、もうこうする他にない。大和《やまと》も我慢が出来ないようだ。うちから牽制《けんせい》することであちらも立場を自覚するはず。国力の違いを……』

クロエは『あっ』と言う顔をする。

今しがたダメだと教え込まれたことをエヴァンが口にした。

『それじゃあ僕達正義の味方じゃなくて悪者ですよね？　エヴァンさんいつも言ってたじゃないですか。冬は一番偉くて、季節のヒーローなんだって』

『最終的にはヒーローになれる』

『途中経過はヴィランじゃん！』

ルイーズは必死に訴えるが、エヴァンは一歩も引かない。

『正道現人神教会《せいどうあらひとがみきょうかい》なんだの言っているが結局は賊だ。大和《やまと》はこの奥に潜んでいる悪人達がどれほど凶悪かわかっていないんだ。無知な彼らを守ってやらねば……。一度防衛戦に勝ったくらいで橋国《きょうこく》の賊の強さを勘違いしてもらっては困る』

『でも……』

『ルイーズ、いつも聞き分けが良いだろう？　クロエ様を説得してくれ』

『……』

促されて、口を開こうにもルイーズの唇からは何の言葉も漏れ出なかった。

——どうしよ。

額からつうと汗が流れる。

——判断、誤ったかも。

実のところ、ルイーズもエヴァンの評判を聞いていないわけではなかった。

ただ、自分達を囲い始めたエヴァンの魂胆をわかりつつも拒絶しなかったのは、それを上回るメリットが多かったのと、彼が自分達に見せる姿が悪い人ではなかったからだ。

——どうしよう、どうしよう。

イージュンとハオランから諭された後では、いつものエヴァンの笑顔も怖く見える。

——クロエさえ無事ならって、僕は。

クロエが新人代行者《だいこうしゃ》ならルイーズも新人護衛官《ごえいかん》。

護衛というよりかは幼年期の心の支えとして採用された彼女は、頭の回転が速い子どもだった。主の身の回りの世話くらいしか役に立たない子どもの護衛官《ごえいかん》。そんな自分が出来る立ち回りと言えば強い庇護《ひご》者を据えることだと赴任した当初から彼女は理解していた。

自分が守れないのなら他の人に守ってもらえばいい。

ルイーズが欲《ほっ》したのは強い兵隊だった。

一番死にやすい季節と言われている冬の少女神を守る為には、多少悪い噂《うわさ》がある男からでも援助が欲しい。長いものには巻かれろの精神でエヴァンに迎合したら、彼はきっちりルイーズの願いに応えてくれた。

おかげで昨年初めて行った季節顕現の旅では二人共死なずに凱旋《がいせん》出来たのだ。

――でもまさか、ここに来て。

縁を繋《つな》いでいたことが、裏目に出るとは。

『……ルイーズ？』

クロエが戸惑った声で自身の護衛官《ごえいかん》を呼ぶ。その間もルイーズは頭がぐるぐると回っている。

――どうすれば。

もしここでエヴァンに歯向かい、今年の季節顕現でエヴァンの私兵の援助を減らされたら？

大和《やまと》に嫌われたとしてもここは従ったほうがいいのでは。

ルイーズの中で保身の気持ちが蠢《うごめ》く。

──でも大和《やまと》に攻撃させたら、クロエってその後どうなっちゃうの？

未来予測が立てられない。こんな事態は予想していなかった。

──他国の現人神《あらひとがみ》と喧嘩《けんか》なんて。

いや、ただの諍《いさか》いでは収まらない可能性だってある。

『ルイーズ、大丈夫だよ』

『クロエ……僕……』

──何も大丈夫では。

『ルイーズは大丈夫』

『……あ、あのさ、やめた……ほうが……』

すぐにエヴァンが睨《にら》みをきかせた。ルイーズは萎縮して言葉が出なくなる。

『……エヴァンのおっさん、アタシがやらないとどうなるの？』

クロエの純粋な質問にエヴァンは答える。

『大和《やまと》は無駄に傷つくことになります。イージュン様の御力を借りることも考えましたが、無力化というよりは明確な加害になってしまう……。あくまで大和《やまと》をここに留《とど》め、我々だけで解決するにはクロエ様の御力が必須です』

『……大和《やまと》と協力することは出来ないの？』

『その結果、大和《やまと》に死人が出たら誰が責任を取りますか？』

『……責任って。そういうの取るのはおっさんでしょ？　その為に居るんじゃないの？』

これにはエヴァンも眉を上げた。

──もっと言ってやれ。

会話に入れず見守っていたイージュンが心の中でそう思う。

権力者の怒りを買うことを恐れぬ言葉。

クロエはそれが言えてしまうのだ。初めて彼女が【冬】らしい娘だと感じられた。

『アタシが今までおっさんに従ってきたのはちゃんとやれば評価してくれるし、その分だけペイバックしてくれる人だからだよ。これ従って、ルイーズに被害出ないの？　ルイーズの家族にも迷惑かかるようなことならアタシは出来ないよ。アタシはルイーズのママとパパから言われてるの。危険なことはなるべくさせないでって』

幼い冬の女王は兎《と》に角護衛官《かくごえいかん》を守りたいらしい。

『これ本当に正義の味方がすることなの？』

そして自分の矜持《きょうじ》を汚す行いではないのか、と疑っている。

だが、相手のほうが一枚上手だ。

『……クロエ様の正義とはルイーズの安全では？』

長く生きている人間は狡猾《こうかつ》に神の心を縛る。

『貴方《あなた》は神となられて護衛官《ごえいかん》を欲《ほっ》した時に仰《おっしゃ》った。友人となり得る者が欲しいと』

今まで散々その無垢《むく》さを利用してきたのだ。

『そういう友達を見繕ってくれるなら何でもすると。私はお眼鏡に適《かな》う者を用意出来たでしょう。違いますか？』

まるで出来上がった料理を示すように、エヴァンはルイーズに向けて手のひらを広げる。

『私は約束を守る男だとおわかりのはずです。大和《やまと》を排除することは大和《やまと》を守ることに繋《つな》がります』

神様の生贄《いけにえ》になった女の子、ルイーズは二人のやり取りを脂汗をかきながら見る。

『クロエ様』

エヴァンはこの冬主従にずっと聞こえの良い言葉だけ与え続けてきた。

『こうした非常事態で全ての誹謗《ひぼう》中傷から貴方《あなた》達を守り切ることが出来るかはわかりませんが、貴方《あなた》が言う通り、責任を取るのは私です。しかし泥は共に被《かぶ》ってもらわねば。冬はそういう立場におられるのですよ。季節の祖、貴方《あなた》が第一位の座の方だ。今まで他の季節より特権を貪り敬われる立場にあったのはこのような事態に他を守らねばならないからです』

自分の息子は育てなかったくせに、役に立つ子どもはしっかりと教育してきた。

ルイーズには利益で成り立つ上下関係を。クロエとは同じく責任を背負う者の孤独と序列の在るべき姿を。ちゃんと叩《たた》き込んできたのだ。

――クロエ、負けないで。

イージュンも背中にびっしょりと汗をかいている。この緊迫感が怖い。

少し離れて見守る神兵《しんぺい》達も、誰も割って入ることは出来ない。

エヴァンがこの場では王である証拠だった。

――お願い。屈したら駄目よ。

イージュンは心の中で祈る。しかし万事休すだ。

『クロエ様、冬としての義務を果たせないと仰《おつしや》るのですか？』

小さな冬の女王はこれまでエヴァン・ベルによる支援で生きてきた。

両親が傍《そば》に居ない中、友達を用意してくれて、兵隊で守ってくれて、孤立から救ってくれたのは目の前の男なのだ。今はそちらの主張が物を言う。

『……わかった』

たとえこの選択が間違っていたとしても。

『でも約束して。ルイーズは何があっても守ってね』

クロエはエヴァンの大きな背中を追ってしまう。

『ルイーズ、大丈夫だよ。そこに居て。危ないからね』

そう言うと、クロエは覚悟を決めた顔つきでルイーズの手を外して歩いていってしまった。

『待って！　待ちなさい！』

『おい待て！』

『クロエ！』

残った三人は制止をするが、クロエとエヴァンは大和《やまと》側へ向かってしまった。

ルイーズはまごついて横を見る。イージュンとハオランは顔面蒼白《そうはく》だ。せっかく説得していたのに、エヴァンの一声で全てが水の泡。二人共一時停止状態になっていた。

ルイーズはイージュンに泣きついた。

『イージュン、さま、ご、ごめん。さっきのごめん！』

イージュンはハッとして硬直状態から戻る。

『謝るから、もう絶対おばさんなんて言わないから……！　クロエ、止めて……ねえ、まずいよね？　これさ、何か起きても僕達のせいにされるよね？』

愚かではあるが馬鹿ではない。ルイーズは自分達の身に訪れる最悪な未来をようやく導き出せた。きっと彼女が危惧する通りになるだろう。エヴァンだけでなく、そもそも現人神《あらひとがみ》教会《きょうかい》自体が隠蔽体質だ。リアムによる撫子《なでしこ》への求婚も代行者《だいこうしゃ》のせいにしたのだから、これもクロエ本人のせいにされてしまうのがオチだ。

『ハオラン！　もう実力行使よ！』

『わかった！』

ハオランが駆け出す。イージュンが上空で待機している鳥を降下させた。

たとえ氷壁と言えど、大和《やまと》に攻撃認定されるようなことをさせるわけにはいけない。

それからの出来事は、怯《おび》えで足が動かないルイーズの瞳にゆっくりとした映像で展開された。

――クロエ！

夏主従の妨害より先にエヴァンの命令が飛んだ。

『クロエ様、お願いします』

荒れ狂う冬の日が人になったようだと称された少女が手のひらを天に掲げた。

ハオランが同時にエヴァンに体当たりする。イージュンの使役した鳥達がクロエの周囲を旋回し視界を奪ったが、彼女の妙技を前にして何の役にも立たなかった。

佳州《かしゅう》の新人冬の代行者《だいこうしゃ》はこと攻撃することに関しては才能があるようだ。冷気が生じたかと思うと、それらはすぐに形を成し、大和《やまと》陣営に向けて展開された。

天から氷壁が降ってきて容赦ない速度で狼星《ろうせい》達を囲う。

すぐに大和《やまと》側から悲鳴が上がった。

クロエの氷壁は地面に突き刺さり高くそびえ立った。

鳥達は驚いてまた上空へ飛んでいく。イージュンはわなわなと震えた。

もう遅い。どう取り繕おうが、これで大和《やまと》から、いや瑠璃《るり》からの信用を失った。

四方八方を氷壁で囲まれた大和《やまと》側は氷の中で騒然としている。

『素晴らしい』

エヴァンはハオランによって地面に倒されながらもほくそ笑む。

『どけ！』

そして自分に覆いかぶさる青年護衛官《ごえいかん》を乱暴に跳《は》ね除《の》けた。ハオランが転がる。

エヴァンは立ち上がり、残された橋国《きようこく》側の神兵《しんぺい》に向かって声をかける。

『聞け！　既に確認されているが、敵はこの先に建設されているセージ・ヴィレッジに潜伏している可能性が高い。相手は大和《やまと》の秋の代行者護衛官《だいこうしやごえいかん》と侍女に銃弾を撃ち込んだ犯罪者だ。秋二人の生存を優先。敵の生死に関しては問わない。行くぞ！』

エヴァンの呼びかけに神兵《しんぺい》達はざわつきながらも進軍準備をする。ハオランが彼らの前に立ち塞がり手を広げた。

『待てっ！　待てって！』

そして大罪を犯したクロエはやってしまった後に半泣きになり、そのまま叫んだ。

『大和《やまと》の皆様！』

予定にはない行動にエヴァンはクロエを見る。

『アタシは冬の代行者《だいこうしや》クロエ！　この場の責任、アタシが取ります！』

それはクロエなりの誠意だった。

『アタシがすべて倒して秋を奪還してきます！』

最初から彼女は大和《やまと》の代わりに賊と戦うと決めてやってきていたのだ。

『どうかお怪我《けが》なさらぬよう、そこでお待ちください！　絶対に、絶対にアタシが助けてきますから！　ごめんなさい！』

　自分がどうなろうと、他の人は助けてあげよう。みんなの為に自分が犠牲になろう。

『絶対にアタシが、アタシが助けます！　そこに居てください！』

　そんな善性を備えているのに、判断は誤っている。

『イージュン様、ハオランを下がらせ、眷属《けんぞく》を先行させてください』

　ずっと無いものとして扱っていたくせに、エヴァンはやっとイージュンに向き合った。

　イージュンはぼうっと氷壁を見る。氷を叩《たた》いている人々の姿がうっすらと確認出来た。

『さっさとしてください。秋を救出に行きますよ。夏が役に立てるのはこの時くらいなのですから貢献してください』

　酷《ひど》い物言いをするエヴァン。必死に神兵《しんぺい》達を止めているハオラン。

　誰よりも先に森林を進もうと歩み出すクロエ。

　置いてけぼりにされているルイーズ。

　それら全てを順に見ていって、視界がぐにゃりと曲がっていくような感覚に陥った。

『……』

　武力行使だけは避けていたのに、もはや暴力に対抗するには暴力でしかない状況にまで追い込まれている。

　イージュンは持っていた扇を振った。

『……うの』

最初の一声はうまく紡《つむ》げず、だが次はちゃんと発音出来た。

『夢過ぎ去りし　夏を歌うの』

唇は【生命使役《せいめいしえき》】の音声術式を組んでいる。逃げた鳥達がまた舞い始めた。

イージュンも彼らと共に踊る。

『貴方《あなた》の瞳に焼き付いている思い出を頂戴　夏の栞《しおり》にしたいから』

エヴァンが異変に気づき、イージュンを止めようとしたがその時にはもうエヴァンの足元から虫が腰まで這《は》い上《あ》がっており、異常な速さで喉元まで登りつめていた。

『あの丘に行きましょう　赦《ゆる》しなんていらない　私が風だから』

エヴァンは体を這《は》う虫達を必死に払《はら》い除《の》けるが、数が物を言う。

『空が色づくまで遊んでね　鳥が囀《さえず》って夕餉《ゆうげ》を知らせる　でも帰らないで』

その光景をみんなが目撃していたが、先程と同じように誰も動かなかった。

『帰らないで　夏を歌うの』

いつも大人で、悠然と構えていたあの夏の女王が。

『夢心地でいましょう。ここで百年過ぎようとも』

詩篇《しへん》を口にしながら呪い殺している。

『貴方《あなた》を思い出にして、夏の栞《しおり》にしたい』

エヴァンの体は蟻《あり》虫や羽虫、様々な虫達に体を侵害された後にゆっくりと倒れた。

保安庁、神兵《しんぺい》、含む全ての者達が彼の悲劇を見たまま棒立ちしている。

イージュンは青白い顔のままその場にへたり込んだ。

そして橋国《きょうこく》にとって良いことか悪いことかはわからないが、クロエによって作られた氷壁がけたたましい音を立てて割れた。

虫まみれの男から視線は氷壁へ。混乱したままの橋国《きょうこく》陣営は目にする。

空中に、氷の刀が数十と浮かぶ様を。


「おい、どうなっている……」


冬の王、寒椿《かんつばき》狼星《ろうせい》が見事氷の牢獄《ろうごく》からみなを解放した。

氷の刀は戦闘態勢を解いていない。いつでも誰かに飛ばすことが出来る状態だ。

木々に包まれてはいるが、彼らが居るのは開けた地形。

狼星《ろうせい》の気分次第では目視出来ている者すべて皆殺しが出来るだろう。

一触即発の事態。

いの一番に動いたのは、ハオランだった。

『冬の代行者《だいこうしゃ》様！　大和《やまと》の皆様！』

進軍を止めていた彼は神兵《しんぺい》達をかきわけて前に出る。

『申し訳ありません！　大和《やまと》と戦争をしたいわけではありません！　違うんです！』

美貌の青年護衛官《ごえいかん》は必死に言い募る。

『エヴァンに命じられ、うちの冬が皆様を閉じ込めました。しかし、あれは、あれは餓鬼でして、ただの子どもで……！　イージュンと俺の制止が間に合わず、いえ、俺の責任です！』

何とかして衝突を回避したいと、しどろもどろになりながらも訴える。

『お目溢《めこぼ》しをして欲しいとは申しません！　ですが、どうか、寛大な措置を……』

詰め寄られている狼星《ろうせい》は、目を瞬《まばた》いている。

『ちょっと待て。佳州《かしゅう》の夏の護衛官《ごえいかん》』

あまりにも距離が近くなったので、凍蝶《いてちょう》がハオランの肩に手を乗せて止めた。

『ハオラン君、だったか？　少し落ち着きなさい』

『これはもう大和《やまと》に宣戦布告だと思われても仕方がありません……！　お願い致します、全ては現人神《あらひとがみ》を導けなかった俺の不徳の致すところ……』

『狼星《ろうせい》、大丈夫だと言ってやれ。あと武装解除しなさい』

『いいのか？』

『ああ、見た限り何が起こったかは把握した』

凍蝶《いてちょう》以外の者達も、ぞろぞろ前に出て橋国《きょうこく》側の惨状を確認する。

まず地面に何かが倒れていることに気づく。虫に集《たか》られた死体のようなものが一体。

そして涙目で地面に膝をつき、立てないでいるイージュン。先程まで自分に賊討伐と秋救出を任せろと言っていたクロエは驚愕の表情で棒立ちしている。論争の中心だったエヴァンが居ないことから、導き出される答えは一つ。内部分裂による組織崩壊だ。

『大丈夫だぞ』

狼星《ろうせい》は言われた通り武装解除してハオランに声をかけた。

あまり感情が入っていない言い方だった。

『これ、イージュン様やったの？　え？　エヴァン・ベル？』

虫まみれの人間に目が奪われて口が開いていた瑠璃《るり》も慌てて言う。妻を守っていた雷鳥《らいちょう》がずかずかと歩いてエヴァンのほうへ向かった。

『殺しました？』

泣いているイージュンに問いかける。イージュンはふるふると首を横に振った。

『本当に？　死んでない？』

『あ、あくまで虫を体に這《は》わせて噛《か》ませただけ、です』

雷鳥《らいちょう》は虫を物ともせずにエヴァンに近づき、呼吸を確認した。

『本当だ』

どうやら、全身を虫に覆われたショックで気絶してしまったらしい。あとは、夏の代行者《だいこうしゃ》の怒気混じりの神威《かむい》に当てられた、というところだろう。

『素晴らしい。ナイスプレイ』

雷鳥《らいちょう》はイージュンに完璧なウインクをした。そして少し前までの張り詰めた声音とは違い、打って変わって元気な調子で自分の護衛陣に声掛けをした。

「これで問題が片付きました。進軍準備しましょう！」

上機嫌でイージュンに手を差し出して立ち上がらせる。

『良い腕してますね。うちの奥さんでもあんな酷《ひど》いことしませんよ』

褒めてるのか褒めてないのかわからないことを言われてイージュンは何と返して良いかわからず泣き声を漏らす。瑠璃《るり》が走ってきて震えているイージュンの手を取った。

「大丈夫？　怖かったね？　イージュン様、あたし達攻撃されたから止めてくれたんでしょう？　ハオラン様のとこ行こ？」

大和《やまと》語ではあったが、イージュンは護衛官《ごえいかん》の名前が出たことから頷《うなず》いた。瑠璃《るり》がちっとも怒っていないのは伝わったのだろう。

「ねえ、あなたもおいで。ほら」

瑠璃《るり》はルイーズにも手招きをする。

『冬の代行者護衛官《だいこうしゃごえいかん》ですよね？　子どもだからと言って傍観してたらダメですよ。まあとりあえず来て。話し合いしますから』

雷鳥《らいちょう》がルイーズの腕を摑《つか》む。ルイーズは途端に叫んだ。

『ごめんなさい！　ごめんなさい！』

叩《たた》かれると思ったのか、それとも起きた出来事に対して言っているのか、兎《と》に角《かく》ルイーズは叫んだ。ルイーズの叫びを聞いて、石化しているかのように直立不動していたクロエが首を動かす。そしてヨタヨタと走ってきた。

『ごめんなさい！　ごめんなさい！　ルイーズをいじめないで！』

ボロボロと涙を零《こぼ》し、雷鳥《らいちょう》の足にすがる。

『ごめんなさい！　アタシが悪いです！　ごめんなさい！』

『僕が悪いです！　クロエを殺さないで！　ごめんなさい！』

『……』

困ったのは雷鳥《らいちょう》だ。ただ誘導してやろうと思っただけなのに虐待と殺害、様々な疑惑をかけられている。閉口している雷鳥《らいちょう》を見て、瑠璃《るり》が慌てて言う。

「あのね、大丈夫だよ。あたしの旦那様、顔は怖いけど根は優しいし。いじめないよ」

「「ごめんなさい！　ごめんなさい！」」

しかし大和《やまと》語なので通じない。瑠璃《るり》もたじろいでしまう。

「いじめないって央語で何て言うのかな？　ねえ、雷鳥《らいちょう》さん」

「糞《くそ》が……」

「え、それ絶対違うよね？」

「……僕、子ども嫌いです」

子ども達の大泣きは続いた。


それから数分後。大和《やまと》と橋国《きょうこく》双方とも混迷を極めつつも代行者《だいこうしゃ》同士で自己紹介は果たせた。


まだ泣いているクロエとルイーズ。

ようやく落ち着いたイージュンとハオラン。

統率者を失い、保安隊員達に囲まれて大人しくしている橋国《きょうこく》側の神兵《しんぺい》達。

全員をなだめている暇はないので狼星《ろうせい》がひとまず一喝した。

『大和《やまと》の総意見として冬の代行者《だいこうしゃ》が言う。先程の攻撃は不問とする。橋国《きょうこく》側は解散せよ。俺達は秋を助けに行く』

彼は先を進みたくて仕方がないという様子だ。解散、と言われた橋国《きょうこく》陣営は雑な対応に戸惑う。そう言われても解散出来ない。代わりに凍蝶《いてちょう》が補足した。

『我々はこれから出来る限り血を流さず正道現人神教会《せいどうあらひとがみきょうかい》と対峙《たいじ》したいと思っている。神兵《しんぺい》側でセージ・ヴィレッジに詳しい者が居れば案内をお願いしたい。ついて来たくないものはこのまま残ってくれ。残った者は、倒れている彼を一応看《み》てやっていて欲しい』

既に虫は退《ひ》かせたが、気を失ったままでいるエヴァン・ベルを指差す。

『ひとまず呼吸しているようだが、持病がないとも限らない。此度《こたび》の一件、誰も死んでいないということが両国の友好な関係に必要なことだ』

これには全員頷《うなず》いた。誰も国同士で諍《いさか》いをしたいわけではないのだ。エヴァンのことをどうにかしたい者はこの中に居るだろうが、犯意を我慢すべきところである。

『あとは代行者《だいこうしゃ》の方々だが……』

凍蝶《いてちょう》の視線が佳州《かしゅう》の夏主従と冬主従に向けられる。

『寒月《かんげつ》様、あたくしついていきます』

イージュンがまだ涙声の状態だが健気《けなげ》に言う。

『お気持ちがまだ落ち着かれていないと思いますが……』

凍蝶《いてちょう》の返事にイージュンは決意を新たに『行きます』とまた言った。

『あたくしが場を乱しました。最後までお供して始末をつけます』

雷鳥《らいちょう》は念《ねん》の為ハオランのほうを見る。彼も頷《うなず》いた。

『夏は同行させていただきたい。イージュン、あまり前に出るなよ。俺の後ろに居ろ。いいな？』

『わかったわ、ハオラン。結局巻き込んでごめんね……』

『……お前は何も間違ってない。あれで良かったんだ』

此処《ここ》で行かねば橋国《きょうこくか》佳州《しゅう》夏の代行者《だいこうしゃ》の面子《めんつ》が廃れる、というところだろうか。そうでなくとも、イージュンは事を荒立てないことにしてくれた大和《やまと》に報いたいのだろう。

『……わかりました。では夏の方々はご一緒していただきます』

凍蝶《いてちょう》は少し迷ったが承諾した。彼女達が即戦力になるのは言うまでもない。同行してもらえるならそのほうがいいだろう。夏主従はこれで方向性が決まった。後は冬の少女主従だ。

『……クロエ様、ルイーズ様はこちらに残っていただけますか』

二人は泣きじゃくったままの顔を凍蝶《いてちょう》に向ける。

『な、何で？　アタシ戦えるよ？　連れてって！』

『僕、僕もちょっとだけど銃の練習してます！　僕らだけ留守番なんて変だ！』

『いえ、そうではなく……』

『餓鬼の面倒まで見ていられるか。残れ』

凍蝶《いてちょう》が話している途中なのに、狼星《ろうせい》がきっぱりと断ってしまった。

「……狼星《ろうせい》」

凍蝶《いてちょう》の苦言混じりに呼びかける。

「ジメジメブリザードマン！」

そしてすかさず瑠璃《るり》が狼星《ろうせい》の背中をリズミカルに両の拳で叩《たた》いた。ドンドコドンドンと狼星《ろうせい》の体も揺れる。優しくしろ、という圧力だ。

「……」

狼星《ろうせい》は面倒になりながらも数日前の瑠璃《るり》の言葉を思い出した。瑠璃《るり》はこう言っていた。

怖い顔をせず、ちゃんと話し合う時間をくれたら馬鹿なことなどしない。ごめんねだって言えると。

「……瑠璃《るり》、やめろ。わかったから」

狼星《ろうせい》が背に手を回して瑠璃《るり》の拳を払った。それからため息をついてから言い直す。

『いいか、お前らがどう言おうが、年端《としは》も行かぬ子どもを誘拐犯との対決には連れては行かない。というか連れて行くほうがおかしい』

『エヴァンはアタシにテロリストと戦えって言ったよ』

『だからそいつがおかしいんだ。虫で失神している奴《やつ》のことは忘れろ』

クロエとルイーズは狼星《ろうせい》が怖いのか、口を尖《とが》らせはするがあまり反論してこない。

瑠璃《るり》がまた背中をリズミカルに叩《たた》き出《だ》したので狼星《ろうせい》は声音を優しくした。

『お前達のことを本当に大事に思ってる大人ならそうするんだよ。此処《ここ》にお前達の両親が居たとして、大和《やまと》についていって危険なことに巻き込まれろと言うのか？』

『パパとママ達がそんなこと言うわけないじゃん……』

『じゃあ俺達が言うことが正しいだろ』

『……』

『お前達はあれだ。ちょっと頭がおかしい奴《やつ》に毒され過ぎてる』

『クロエだよ』

『ルイーズです』

ちゃんと名前で呼んで欲しいらしい。狼星《ろうせい》はまたため息をつきたくなったが我慢した。

『クロエとルイーズは悪いやつに洗脳されすぎだ。いいか、残ることは負けではない。残れ』

力尽くで丸め込もうとする狼星《ろうせい》の戦法は悪くはないがあとひと押しというところだった。

凍蝶《いてちょう》が最後の一手を出す。

『……クロエ様、ルイーズ様、我々が此処《ここ》を旅立った後、何かしら大きな異変を感じたら応援を呼んでいただく為にも待機していただけないでしょうか。長時間戻らない場合、そうした配慮が出来る人間が必要になります。けしてお二人の存在を軽んじて、帰って欲しいわけではありません』

彼は最初から大義名分をクロエとルイーズにあげるつもりだった。

娘二人が肩を縮こませる様子は、まったく姿形が違うのに春主従を彷彿《ほうふつ》とさせる。

——連れて行きたくない。

これは、凍蝶《いてちょう》のごく個人的な感情も入っていた。

『佳州《かしゅう》の冬がしんがりを務めてくださるならこれほど頼もしいことはございません』

凍蝶《いてちょう》のサングラス越しの眼差《まなざ》しは憂いと懇願を含んでいる。

冬主従の説得は寒風と暖風を交互に織り交ぜるものだった。

クロエとルイーズは顔を見合わせた。落とし所をそろそろ決めなくてはならない。

『……わかった。エヴァンの様子も見ていなきゃいけないし。アタシ達、残る。良いよね、ルイーズ?』

『うん……。僕、これからはちゃんと訓練する。こういう時、ついていけるようになりたい』

『助かります。では我々の背中は御二方にお任せしました』

凍蝶《いてちょう》はしおらしい二人に微笑《ほほえ》んだ。

その笑顔があまりにも素敵だったのか、クロエとルイーズは同時に互いの手をぎゅっと握って『わお』とつぶやいた。

「寒月《かんげつ》様、うちの近接保護官《きんせつほごかん》も人員を割いて残します。大和《やまと》側からも守りと、非常事態のバックアップ要員が必要かと」

進軍準備をしていた月燈《つきひ》が凍蝶《いてちょう》に提言する。

「……ああ、夏と冬も若干名残そうか。何が起きるかわからない」

かくして、足止めを食らっていた大和《やまと》陣営と佳州《かしゅう》の夏主従、そして保安隊員、神兵《しんぺい》達は隊編成を見直してから森の中を進軍することとなった。

長い時間をかけて描かれた大捕物は最終局面を迎えようとしている。

大和《やまと》と橋国《きょうこく》が共闘を誓った頃、別勢力の者達も動いていた。

『道が入り組んでいて面倒だな……碁盤の目だったら良かったんだが……』

エヴァンが秘密裏に動かしていた別の私兵達だ。

この時、木々に溶け込むミリタリー服を纏《まと》った者達が既にセージ・ヴィレッジの町中に侵入していた。エヴァンのオーダーである、正道現人神《せいどうあらひとがみ》教会《きょうかい》の人員の殺害をせんと意気込む暗殺者達だ。総勢十三名、彼らは寄せ集めの集団ではなく、エヴァンの神兵《しんぺい》時代の勇姿を信奉している者達だった。クロエと同じく、自分の手足となる者には甘い蜜を与えるエヴァンは彼らにとって生活の保証者でもあり、戦う機会をくれる司令官でもあった。

司令官が現在昏倒《こんとう》していることなど知る由《よし》もない。

暗殺者達の頭領と思《おぼ》しき男がセージ・ヴィレッジ全体の図面を見ながら言う。

『何軒か入ってみたが、もぬけの殻だ。主幹機関となる建物を当たったほうが良さそうだな』

しらみつぶしに調べないと正道現人神《せいどうあらひとがみ》教会《きょうかい》の人間に逃げられる可能性があるが、生憎《あいにく》と町が広すぎた。当たりをつけて捜索することも必要だと現地に来て思い知らされる。

『部隊長、見つけた者は全員皆殺し。本当にそれで構わないんですか？』

部下の問いかけに、部隊長と呼ばれた者がうなずく。

『ああ、少女神と少年神も……まあ、保護が出来るならそうしたほうがいいが、何かの事故で死なせてしまっても問題ないそうだ』

『季節の巡りが悪くなりますが……』

『だが全て正道現人神教会《せいどうあらひとがみきょうかい》の者達の罪として処理も出来る』

『大和《やまと》との軋轢《あつれき》は気にしなくていいので？』

『そこは俺達の知ったこっちゃない。きっとエヴァン様がうまくやるんだろう。あの人は政府内にもコネがあるし。国から大和《やまと》に慰謝料を払って終わりとかじゃないか？』

『……子どもを殺すのは気が引けます』

『橋国《きょうこく》全土を混乱に堕とすよりはマシだろう。少ない命で大勢が楽な生活を出来るのならそれに越したことはない』

『……』

部隊の一人が何とも言えない顔をしたので、部隊長はやれやれと苦笑した。

『おい、感傷的になるなよ。子どもだろうが大人だろうが、全員ターゲット。それで良いじゃないか。みんな、仕事をしよう』

この発言に異を唱える者は居なかった。

彼らは誰かの命でいまの生活を賄っているのだから、エヴァンの指図に何か言えるような立場ではない。部下達は気を取り直して言う。

『部隊長、自分はそろそろ後続の部隊が気になります』

『自分もです。早く見つけないと。立てこもるならやはり中央神殿でしょうか』

『そうだな。あまり時間がない。行ってみるか。一際《ひときわ》でかいから場所が……』

言いかけて、部隊長は眉をひそめた。

他の建物とは一線を画す高さを誇る中央神殿は、彼らの位置からも目にすることが出来る。

神殿自体は人影すら見当たらないのだが、建造物と共に目の端に映った【何か】を部隊長は見逃さなかった。目を凝らして言う。

『おい……』

言ってから、銃を構えた。

『空挺歩兵《くうていほへい》が投入されてないか？　あそこ』

部下達は部隊長の視線の先を見た。豆粒程の大きさのものが視界に映る。

そこには確かに、上空からパラシュートで降りる複数名の存在があった。

『本当だ……』

『先を行かれたか』

『明らかに空から侵入を試みていますね』

『民間のものか？　ヘリが見えます！』

『撃ちますか？　オーダー厳守であれば妨害すべきかと』

『……くそっ！』

私兵部隊の者達は決断を迫られた。

何も秘密があるのはエヴァンだけではない。

大和《やまと》陣営も他勢力に対する秘密を持っていた。

昨日、四月十日深夜時点で瑠璃《るり》とイージュンによる大量の生命使役《せいめいしえき》により、人探しの精度は更に上がっていた。

まず、瑠璃《るり》の眷属《けんぞく》の鳥が見つけた血まみれの女の子が通った道からセージ・ヴィレッジを割り出した。そしてセージ・ヴィレッジの中でも中央神殿と呼ばれる建物にその女の子が運ばれたこと。人間が集中して住んでいることは確認済みだった。ここまでわかれば、突入すべき場所は限定される。以降、問題となるのは情報の取り扱いだった。

この時、夏陣営ではエヴァンが怪しいという話し合いはしているので、それをそのまま彼に伝えるべきではないと彼らは考えた。

結果、エンジェルタウンに居た対策本部の仲間には『恐らく囚《とら》われの姫君はセージ・ヴィレッジの中央神殿に居る。そこに最初から突入すべし』と伝える一方、橋国《きょうこく》陣営には『誘拐犯の根城はセージ・ヴィレッジだと思われる。突入は慎重に』という情報鮮度の誤差を与えた。

それが、この落下傘《らっかさん》に繋《つな》がる。事件発生から既に数日経過している。

その間に大和《やまと》は本国から人を召集し、橋国《きょうこく》駐在の国家外交機関の協力も経て、独自の移動手段をこの地で得ていた。秋を救う為の空からの使者はもちろん誰か決まっている。

「着地成功、待機する」

秋の代行者護衛官《だいこうしゃごえいかん》、阿左美竜胆《あざみりんどう》が筆頭。

その他の人員は白萩《しらはぎ》と秋の護衛陣五名、そして隠し玉だ。

ぶっつけ本番、一回きりの勝負。パラシュートでの潜入作戦など護衛陣と言えど未経験。

風に流されれば終わりだったが、幸いなことに強風はなく、勝利の女神は竜胆《りんどう》達に微笑《ほほえ》んだ。

一瞬、無事に着地出来た安堵《あんど》で息を吐いたが、すぐにハッとして背負っていたパラシュート装備と腹側につけていたリュック装備を外した。リュックのファスナーを開けると、中から出てきたのはこの潜入作戦の【隠し玉】、勇敢な子犬の姿だった。

「……ごめんな、花桐《はなきり》。怪我《けが》しているのに」

花桐《はなきり》の怪我《けが》は主に地面に打ち付けられた頭部と耳部分の外傷で、四肢は問題なく動くという状態だった。普通の子犬であれば数日は絶対安静だが、彼は育ちが違う。

夏の代行者《だいこうしゃ》が手ずから育てた者は彼女達の権能の一部が譲渡されたかのように丈夫に、そして強固な肉体と精神を備えた。

「わん！」

故に、花桐《はなきり》は自ら瑠璃《るり》に撫子《なでしこ》捜索隊への加入を宣言しこの部隊に参加していた。動けたとしても痛みは常時あるはず。それでも花桐《はなきり》は『自分、いけます』という表情を浮かべていた。

「……お前が頼りだ」

立派な秋の護衛陣の一員である護衛犬は撫子《なでしこ》を最速で見つける為に必要だった。彼が居れば撫子《なでしこ》の所在はすぐ割り出せるはず。

竜胆《りんどう》はやきもきしながら花桐《はなきり》と他のパラシュート部隊の集結を待った。竜胆《りんどう》を皮切りに一人、また一人と中央神殿の展望台に降り立つ。

最後に白萩《しらはぎ》が上空の軍用ヘリから落下し、パラシュートを開いた。竜胆《りんどう》と同じく、天性の運動神経の良さを持つ彼は危うげもなく仲間達の元へ向かう。彼も怪我《けが》をしているはずだが、花《はな》桐《きり》共々、主の為に身命を捧《ささ》げた。白萩《しらはぎ》の空中浮遊は途中までうまくいっていた。

突如放たれた銃弾が彼の体をかすめるまでは。

発砲音が厳かな森の王国の中で鈍く響く。

「白萩《しらはぎ》っ！」

竜胆《りんどう》が声を上げる。白萩《しらはぎ》の体がバランスを崩した。銃弾はその後も続き、遂《つい》には白萩《しらはぎ》のパラシュートに穴を開けた。

竜胆《りんどう》は力の限り走り、運良く展望台に落下してきた彼を体当たりで受け止めた。

「大丈夫かっ！」

「……はい！」

白萩《しらはぎ》は動揺はしていたが受け身をちゃんと取れていた。

手足が動くことを確認するとパラシュート装備を外して即時行動出来る態勢に移る。竜胆《りんどう》は人員を確認した。他の者達は竜胆《りんどう》に代わり銃撃の方向を確認している。

「阿左美《あざみ》様！　不審者が下の町から銃を撃ってます！　迷彩服、人数は不明。正道現人神教会《せいどうあらひとがみきようかい》の者かもしれません！　もしくは橋国《きようこく》側の武装工作員です！」

「……了解！」

竜胆《りんどう》は舌打ちをしたくなった。どちらにせよ、こちらから積極的に殺傷するのはまずい相手だ。この戦い、いかに血を流さず【秋】を奪還し、国際紛争にならぬよう諍《いさか》いを最小限にするかが命題だった。

姿勢を低くしながら、竜胆《りんどう》は全員に号令をかけた。

「牽制《けんせい》はしなくていい！　中へ！」

狙撃する準備をしていた竜胆《りんどう》の部下達は頷《うなず》く。全員で屋内へ侵入し、ひとまず銃弾からは逃れることが出来た。

展望台にはエレベーターが設置されている。だが、竜胆《りんどう》達は非常階段を使うことにした。

「全部で五階建てだ。一階ずつ下がって制圧。途中、正道現人神教会《せいどうあらひとがみきようかい》の構成員に接触しても無闇に攻撃するな。投降を呼びかけ、応じなければ気絶させるか足を撃て」

白萩《しらはぎ》は竜胆《りんどう》が言い終わると、抱えていた花桐《はなきり》を渡すよう手を差し出した。

「阿左美《あざみ》様、花桐《はなきり》を。あと、鉄板入りリュックもください。俺が運びます」

「お前怪我《けが》してるのに持てるか？」

「持てます。それに、もう突入しました。後は帰還を考えないと。俺が花桐《はなきり》を、阿左美《あざみ》様が撫子《なでしこ》様を。それぞれ抱えて走るべきです。その、生意気なことを言うようですが……」

白萩《しらはぎ》は既に主を見つけた時を想定している。竜胆《りんどう》は頼もしさに胸が熱くなった。

「わかった。頼む。こいつ防弾ベストを着てるから少し重いぞ」

「大丈夫です。来い、花桐《はなきり》」

この時ばかりは、護衛犬花桐《はなきり》も大人しく白萩《しらはぎ》に従い、嬉《うれ》しそうにリュックに収まった。

白萩《しらはぎ》は花桐《はなきり》に言いつける。

「花桐《はなきり》、俺の言う事が聞けるな？」

「わん！」

「無闇に頭を出すなよ。だが撫子《なでしこ》様の匂いを嗅いだら俺に知らせろ」

「わん！　わん！」

一人と一匹の絆《きずな》は前よりも増しているようだ。

竜胆《りんどう》はやり取りを見て一瞬だけ口《くち》の端《は》を上げたが、すぐに真顔に戻った。

「では、救出作戦を開始する」

竜胆《りんどう》の声掛けと共に、彼らは階段を走り始めた。

事件の全貌はつまびらかにされていき、一人一人の行動が運命の輪を廻《まわ》していく。

その中で。唯一この事件で疎外されていた少年が目覚めようとしていた。

第九章
屠所の羊

じぶんが愛されていないことに、気づくのは残酷だ。

家族にだって嫌われることがあると知った時のように。
どうすることもできない事柄で人に絶望するのはつらくかなしい。
同じように、愛されていない子どもなんてぼくの他にいるんだろうか。
こんな気持ちを味わうなら、生まれてなんてこなければよかった。

なあ、ジュード、そうだろう。

あいつが元はどこかの州の代行者護衛官《だいこうしゃごえいかん》だったってはなしはいつ知ったっけ。
教会でジュードの用事が終わるのを待っていた時だった気がする。
お節介な職員が教えてくれたよ。聞いてもいないのに。ねえ、どうして。
ぼくはそれを聞いて何と反応したら良かったんだろうか。
少なくともぼくはあいつに同情した。主を喪《うしな》ってぼくのもとにきたんだから。
元の主とは兄弟みたいに育ってたんだって。へえ、そうか。
ノアって言うの？　きっとそのひとに愛されて、あいつも愛していたんだろうね。
でも、死んでしまった。
なるほど。ぼくを気まぐれに可愛《かわい》がるのは、死んだその人を重ねてたってわけだ。
妙に納得してしまったことを覚えている。

だってぼくのことを本当に好きならもっと会いにきてくれるはず。
前の主とは一緒に住んでたんだろう？　ぼくの時とは大違い。
段々とお前と仲良くなっていた過程を嬉《うれ》しく思っていたのに。
いまとなっては、ただただ、はずかしい。

『ジュードにとっちゃ、リアム様は所詮二番手だ』

こそこそと話されるかげぐちにぼくがどれほど憤《いきどお》りを感じたことだろう。
どうしてきこえるように言うの。でもまちがいじゃない。
もっと愛されるような、ジュードの前の主みたいなこどもならばよかった。
ぼくはそうでないから、家族にもジュードにも放置されているのかな。
誰にも抗議できない。誰に何を訴えればこの孤独がかいけつするかわからない。
ふれられることすら怖がられるぼくのはなし、誰がきいてくれるの。
だから大和《やまと》の神様に会ったときはおどろいた。
なんだかみんな、ちゃんと二人で一つ。
お互いをしんらいしてるようすが伝わってきた。たぶん、あれが本当なんだ。
ぼくとジュードの在り方が偽物《にせもの》なだけで、あっちが正しい。

がまんをしていれば、ジュードも優しくしてくれるよ。
でもその優しさすら本当はほかの誰かにささげるものなんだ。
嗚呼《ああ》、息苦しい。息が出来ない。
何をしたら呼吸が楽になる。
神様がまちがってしまったんだろうか。
護衛官《ごえいかん》と現人神《あらひとがみ》はひつぜんのように惹《ひ》かれ合うっていうけど、うちはちがう。
あいつにとっちゃぼくは人形みたいなもので、壊れてもいい。
だれかひとりでもいいからぼくに関心をもってくれたらいいのに。
ふしぎだな。人間じゃなくなったっていうのに、人間みたい。

ジュード、ぼくのことを利用してなにがしたいんだ？

大切な主の思い出があるくせに、ぼくの護衛官《ごえいかん》になったこと。命令でもおかしい。
お前が教会にもぼくにもかくれて裏でなにかしているの、ぼくだって気づいてるよ。
ぼくには言えないことなの？　仲間にはなれない？
お前が望むなら、いくらだって力になるのに、お前はぼくをのけものにする。
ジュードの人生にぼくはいらないんだ。

『リアム、黙れ』
お前がだまれよ、なんで大和《やまと》の護衛官《ごえいかん》を撃ったんだ。
『口を閉じていないと、この神様の怒りに巻き込まれて死ぬぞ』
お前を殺してやろうか。ぼくだって神だ。
『リアム！　よせっ‼』
僕に銃を向けたくせに、なんでとめるの。
嗚呼《ああ》、ぼくはわからない。

お前がどうしたらぼくを見てくれるのかわからない。

お前が欲しいのはきっと前の主で、ぼくじゃない。
でもぼくが欲しいのはお前で、一生手に入らない。
お前の優しさにうそがまじるたびに殺してやりたくなる。
ずっとこんな生活なのか。
誰にも寂しいもつらいも言えないままいつか死ぬのか。
いっそのこと、ぼくのほうから捨ててやりたいよ。
お前なんか要らないってさ。

お前、きっと、かなしくもならないだろう？

銃声が鳴っていた。

『リアム、起きたか？　悪いが大人しくしてくれ』

遠くで、酷《ひど》く乱暴な音が断続的に響いている。うつらうつらとしながらも目覚めた少年代行者《だいこうしゃ》に声をかけたのは誘拐犯であり、彼の護衛官《ごえいかん》だった。

『……』

ジュードの腕の中でぐったりしながら移動させられているリアムの顔色は真っ青だった。依然として体調は回復していない。揺れが気持ち悪くて吐きそうになる。

『安全なところに移すから。少しの辛抱だ』

──安全って。

【何処《どこ》が】、【誰が】、という問いがリアムの中で浮かぶ。

この数日間、まともに起き上がれなかったが、短い覚醒は何度かしていた。

その度にリアムはいま起きていることを整理していた。

まず、自分が居る場所が何処《どこ》かもわからない。

どうやら撫子《なでしこ》は生きていて、リアムの体調を安定させる為に色々と手を尽くしてくれていた。

ジュードは撫子《なでしこ》の護衛官《ごえいかん》と侍女を加害したくせに、撫子《なでしこ》を従えている。

そして自分は相変わらず蚊帳《かや》の外で事件の内容を理解していないということだ。


これが、たくさん起きている事柄で少年代行者《だいこうしゃ》が知っていること。

リアムから見た誘拐後の世界だった。

——安全ってどこ。

故に、リアムはジュードへの信頼を著しく失っていた。

もはやリアムの中でジュードの腕の中は安全な場所ではなかった。

説明されていないのだから、度重なる事件の連続で心的外傷を負っている少年がそう感じてしまうのも仕方のないことだろう。何せ、ジュードはリアムの眼《め》の前《まえ》で殺人と傷害、脅迫を行ってしまっている。結局秋の権能により死傷者は出なかったが、【暴力】は確かに行われたのだ。

齢《よわい》七歳の子どもに見せるべきではなかった。

リアムが撫子《なでしこ》の為に身を捧《ささ》げなければこの間に彼と密に話し合い、塔と教会に決別の意思を見せたことに理解を求めることが出来たが、その会話は為されていない。

——いつも、お前は秘密ばかり。

そして過去与えられた疎外感が今になって最高潮に達し悪感情を積もらせる。

ジュードも撫子《なでしこ》には話を聞いて欲しがるのにリアムにはそれをしないからすれ違いが生まれる。彼が病床に伏していたとしても、言える時は少なからずあったはずだ。

リアムへの説明責任から逃げていた事については二つ理由があった。一つはまともな理由だ。

ジュードは主の体調悪化を招きたくなかった。

リアムが生命腐敗《せいめいふはい》の餌食《えじき》になることは想定外。いまより心身の不調が出たとして、こんな環境では最適なケアも出来ない。代行者《だいこうしゃ》は心の不調が身体《からだ》に現れやすい。幼い子どもの現人神《あらひとがみ》を想《おも》えばこそ、伝えないという判断をした。これは、リアムにとっては不誠実ではあるが、守る側であるジュードとしてはある種正しい判断だろう。

もう一つは単純に自分の心を守る為のずるい理由だった。ジュードはもうリアムの人生から消える準備をしていた。事がどう転ぼうとも、今後もジュードがリアムの護衛官《ごえいかん》であり続けることは難しいだろう。きっと新しい護衛官《ごえいかん》がこの小さな秋を守ることになる。なら、深く関わってリアムの心を縛り付けるような真似《まね》はすべきではないと考えた。

そう。幼い子どもは何も知らないほうが幸せだと、押し付けの選択をしたのだ。

これまでと同じように。

『……』

リアムは息を切らして走るジュードを見上げる。いつも綺麗《きれい》だと思っていた金色の髪も、青い瞳も、いまはなんの感慨も浮かばない。

――ジュードはぼくのことが好きじゃない。

他国の使者殺しを見せられたことは、彼に多大なトラウマを植え付けた。

何度思い返しても、心臓がバクバクと激しく鳴って気を失いそうになる。

――みんなぼくのことなんかどうでもいい。

『リアム、大丈夫だ。大丈夫だぞ』

みんな上辺だけの言葉しかくれない。他に大切なものがある。誰の一番にもなれない。

見てもらえない。認識してもらえない。

そういう孤独が、現人神《あらひとがみ》にどんな作用を齎《もたら》すか、ジュードは知らなかった。

思いが錯綜《さくそう》する中、セージ・ヴィレッジは混沌《こんとん》の地と化していく。

エヴァン・ベルの私兵部隊による銃声が響いてから中央神殿内は厳戒態勢が敷かれ、ジュード率いる正道現人神教会《せいどうあらひとがみきょうかい》のメンバー達は最後の仕事に取り掛かることとなった。

ひとまず、中央神殿内三階の美術品展示場に全員で移動をする。その階の大部分を占める展示場はちょっとした美術館と言っても過言ではない規模だった。高価な美術品の数々が既に並べられている。また美術品保護の観点から窓は全面防弾ガラスになっていた。

ジュードがリアムを抱いて辿《たど》り着《つ》くと、彼らが最後だったようで部屋は施錠《せじょう》された。

部屋の中の総人数は三十名くらいだろう。老若男女様々《ろうにゃくなんにょ》だった。

「りあむさま！」

ジュードの右腕的存在であるレオに保護されていた撫子《なでしこ》はリアムを見つけると駆け寄る。

『なでしこ……』

リアムも力無く彼女に手を伸ばした。

『ジュード、リアム様をこちらへ。座れるほうがいいだろう。子ども達は此処《ここ》で守ろう』

レオが美術品展示場に設置されていたベルベット素材の椅子を示してリアムを座らせた。

彼がすぐに椅子から落ちそうになったので、慌ててもう一脚横につけて寝かせた。

撫子《なでしこ》も用意された椅子に腰掛けると、リアムの手を握って言った。

「ジュードさん、りあむさまにマウントエルダーの霊脈から力をかりてげんきをほてんしてもいいですか？　やっぱりうまくなじんでいないみたい……穴があいていて、こぼれてるようなかんじなの」

「撫子様《なでしこ》……何度もすみません、お願いします」

ジュードから許しをもらったので、撫子《なでしこ》は早速権能を使用する。リアムは自分の体がほのかに温かくなっていくのを感じた。

「ごめんなさい、わたくしがりあむさまからげんきを吸い取ってしまったから……」

『……』

「ごめんなさい……本当にごめんなさい……」

リアムは撫子《なでしこ》の言っている言葉が、翻訳機が無くともわかった。

『いいんだよ。なでしこ』

「りあむさま……」

『なでしこはなにも悪くないよ』

撫子《なでしこ》も、リアムが言っていることがなんとなくだがわかった。

純粋な厚意で助けてくれた小さな友達の健気《けなげ》な姿に撫子《なでしこ》の涙腺が刺激される。

此処《ここ》に来てから撫子《なでしこ》は泣いてばっかりだ。いまも、涙が一滴ずつ両目から溢《あふ》れた。

『……』

ジュードは二人の様子に心痛を抱く。

『で、どうする。どのタイミングで放送する？』

子ども達を安全な場所に運びはしたが、それで終わりではない。

レオに問われて、ジュードは考える。

『……人数が多い。今から始めてもいいくらいだ。あちらのほうの準備は？』

『いつでも回線ジャックが出来ると連絡が来ている。映像以外はお前の音声になるから、確認しながらやってくれ。くれぐれも読み間違えるなよ』

『全員ちゃんと読む。館内放送が出来るのは隣だな？』

ジュードは言ってから移動しようとしたが、後ろ髪を引かれ、リアムのほうを見た。

『……』

――これ以降は話せなくなる。

ずっと青ざめ、具合の悪さに呻《うめ》いているジュードの少年神。

彼を守る為にやっていることが、彼を苦しめている。

――だがそれも、もう終わりだ。

主を安心させたくて傍《そば》に寄って膝を折り、リアムの顔を覗《のぞ》き込んだ。

『リアム、もうすぐ全部片付く』

――さよならの準備をしなくては。

『……なに、が？』

リアムが掠《かす》れた声で聞き返した。

『いま君の身に起きていること、理不尽に感じているだろうが、全て君の為なんだ』

『……ぼく、の？』

暗澹《あんたん》としていたリアムの瞳に、少しの光が灯《とも》った。

『……ジュード、ぼくのために、なにかしてるの？』

先程までは恨み節を心の中で吐いていたリアムだったが、彼が自分のことを考えてくれていたのなら話は変わってくる。リアムは希望を持った。

――ジュード。

この護衛官《ごえいかん》が本当は自分を愛してくれている可能性に。

『銃声が聞こえて怖いよな。この場所が攻撃されてる。けど、それも直《じき》に収まる。そうしたら家に帰してやれるから……』

『ぼくの、ためって……？』

せっつくリアムにジュードは言う。

『ああ、そうだ。君の身に危険が迫っていた。それを取り除く為に全部やったことなんだ』

『大和《やまと》の秋のひとたちを撃って……。なでしこを怖がらせたのも？』

無垢《むく》な返しに、一瞬言葉を失ったが、ジュードは言い訳をしなかった。

『その点は本当に申し訳ないと思っている』

『ジュード、なでしこにあやまった？』

『……謝ったよ』

『あのひとたちは無事なの？』

『死んではいない。君のように体調は崩しているだろうが……』

リアムが誰も死んでいないことに少しの安堵《あんど》を得たところで、ジュードは突然彼を崖から突き落とすようなことを口にした。

『此度《こたび》の事件、オレがすべての責任を取るつもりだ』

『せきにん……？』

『ああ、大和《やまと》に酷《ひど》いことをした責任を取る』

『どう、なるの？　せきにん、とってもジュードはぼくのそばにいるだろ……？』

ジュードは返事をしなかった。

沈黙が答えを表しているようなものだ。

『ねえ、ぼくのそばからはなれるのか……？』

リアムの心が急速に痛みを訴え始める。

どれだけ罵ったって、嫌いだと思ったたって。いざ傍《そば》から消えてしまうと知れば動揺する。

『……………離れたくないが、そういう結果にもなると思う』

『や、やだ』

『リアム』

『やだ。やだよ！』

ジュードはリアムの狼狽《ろうばい》ぶりを見て、ようやくこの事件を起こした後悔が湧いた。

――オレだってずっと傍《そば》に居たい。

彼の今にも零《こぼ》れそうになっている瞳の涙を見ると、激情が溢《あふ》れ出《だ》してくる。

――普通の主従だったら良かった。

この小さな主と過ごす未来を、何の不安も覚えない日常をもらえたら、どんなに幸せだっただろう。

——もっと、もっと、甘やかしてやりたかった。

たくさん会いに行って、いや、一緒に住んで、親代わりのようになってあげたかった。

実際の二人は他の現人神《あらひとがみ》と護衛官《ごえいかん》より、ビジネスライクな付き合いで、仕事の時しか会ってきていない。護衛官《ごえいかん》になっても教会から与えられる雑用をこなしながら、正道現人神教会《せいどうあらひとがみきょうかい》として暗躍をしていたジュードは、リアムにとって偶《たま》に会いに来る男でしかなかっただろう。

だと言うのに、こんなにもすがって取り乱す姿を見せてくれる。

この幼い神が愛おしい。

——オレも嫌だと、言えたら。

そんなことは許されない。もう後は転がり落ちるだけだ。

——きっと、次はもっと良い護衛官《ごえいかん》がくる。

まだ見ぬ自分の代わりとなる者には、良い関係を結んで欲しいとジュードは願った。

『君にとって、最後まで不出来な護衛官《ごえいかん》であったことが申し訳ない。リアム、でも……いまオレがしていることが実を結べば、君が置かれている理不尽な状況も全部変わるはずなんだ。もう少しだけ我慢してくれ』

ジュードはそれだけ言うと立ち上がった。

『まって』

リアムは身動きをした。央語がわからぬまま会話を見守っていた撫子《なでしこ》が手を離す。リアムの紅葉のように小さな手はジュードを求めて浮遊する。

『まって、ジュード』

それは違うと。

『まって』

そういうことを望んではいないと、リアムは言いたかった。

——ちがう。

自分を見て。無視をしないで。蚊帳《かや》の外に置かず、話を聞いて欲しい。たくさんの願いを抱えてきた。だが究極的に言えばリアムの欲しいものはとても簡単なことだ。

傍《そば》にいて欲しい。

それだけだ。そして誰でも良いわけではない。いつだってジュードの言うことを聞いてきたのは、そうしなければならない身分だからということもあるが。

『いかないで』

彼のことが好きだからだ。

リアムは好きな人の言うことを聞いてしまうただの子どもだった。

親に、兄弟に、自分に優しくしてくれる誰かに嫌われたくなくて、相手の為に自分を捻《ね》じ曲《ま》げる。そうしたら、相手も愛し返してくれるかもしれないから。

去っていく男に対しても同じ気持ちを抱いていた。

『ジュード』

何処《どこ》にでもいる、ありふれた子ども。

両親に怒られたくなくて、人形のように生きていた撫子《なでしこ》とそう変わらない。

ジュードもかつてはそんな子どもだったはずなのに、今はもう忘れてしまっている。

「……撫子《なでしこ》様、ご無礼を承知でお願いします。リアムの傍《そば》にいてやってください」

最後はリアムではなく、撫子《なでしこ》に声をかけてからその場を去ってしまった。

地続きの部屋へと向かう。

「……りあむさま」

撫子《なでしこ》はどうしていいかわからず、リアムを見る。彼は伸ばした手をぎゅっと握ると、撫子《なでしこ》のことすら視界に入れるのをやめてうずくまった。すぐに泣きじゃくる声が聞こえる。

撫子《なでしこ》は央語会話がわからなかったので、リアムが何故《なぜ》泣いているのか、それをどう慰めて良いのか分からず、ひとまず彼の丸まった体を撫《な》でた。それから周囲を見回す。

目に入ったのはジュードの右腕の男、レオだった。

撫子《なでしこ》は緊急事態に備えて銃を手にしたまま立っているレオの服を引っ張る。

「ジュードさんはなにをしようとしているの……？」

異国の少女神に話しかけられたレオは困った。

『……ええっと』

彼はちっとも大和語《やまと》がわからない人間だった。

──大和語《やまと》なんて話せないぞ。

恐らく状況が知りたいのだろうとレオも推測は出来る。だが二人を介する言語がない。幼い子どもに此処《ここ》は橋国《きょうこく》なのだから央語を話せなどとはとても言えない。

『あ！』

そこでレオは何かを思い出し、部屋を出ていこうとした。その場に居た仲間達は止めたが、すぐ戻ると言って姿を消す。そして一分も経《た》たずに戻ってきた。

『レオ！　死ぬ気か！　馬鹿レオ！』

『何考えてるんだ！　馬鹿野郎！』

『誰が来てるかわからないんだぞ！　保安庁でも即射殺してくるかもしれない！　二度と外に出るな！』

レオは仲間達に喧々囂々《けんけんごうごう》と怒られながら撫子《なでしこ》の元へ戻る。彼が手に持っていたのは透明な袋に入れられた物品だった。

「……あ！」

今度声を上げるのは撫子《なでしこ》だ。そこには撫子《なでしこ》の翻訳機が収められていた。

恐らく血で汚れていたはずだが、綺麗《きれい》になっている。

レオは人が好さそうな笑顔を浮かべて撫子《なでしこ》に言う。

『撫子《なでしこ》様、これ……。撫子《なでしこ》様の服のポケットに入っていたんです。俺の車の運転が荒かったせいか、壊れてしまっていたんですよ。ですが、仲間の技術屋が直してくれました。充電してますからすぐお使いいただけます。撫子《なでしこ》様、これって俺達と喋《しゃべ》れるやつですよね？　いま使えますか？』

翻訳機を指さして身振り手振りをした。撫子《なでしこ》も身振り手振りで意思を伝える。レオから翻訳機を受け取り、起動させた。双方向通訳の状態にしてから喋《しゃべ》る。

「わたくし、なでしこです。ちゃんと聞こえていますか？　央語になっていますか？」

撫子《なでしこ》の声が翻訳される。レオが破顔して喜んだ。

『ああ……撫子《なでしこ》様。俺のことはレオとお呼びください。色々とご迷惑おかけしております。いま、大変危険な状況にありまして、こうして此処《ここ》に隠れていただいています。可能な限り、ご質問にお答えしますのでどうぞ』

撫子《なでしこ》はリアムを一瞥《いちべつ》してから言う。

「レオさん。りあむさまにも、わかるように教えて欲しいです。わたくしたちはこれからどうなってしまうの？　何がおきていますか？」

まるで死んでしまったかのように横たわっているリアム。しかし耳は外の世界の音を拾っているはずだ。撫子《なでしこ》はリアムに疎外感を与えたくなくてそう言う。レオは頷《うなず》いてから話す。

『現在の状況は……ここ、セージ・ヴィレッジに何者かが潜入している模様です』

「！」

『わかる範囲でお伝えしますと……どうやら二つの勢力が来ているようです。一つは地上から、もう一つは上空から中央神殿に接触を図ってきました。俺も途中までは監視システムで外を見ていたんですが……正直誰が何の派閥なのかわかりません』

「り、りんどう！」

『りんどう？』

「わたくしの護衛官《ごえいかん》のりんどうがきているのではないかしら……」

『ああ……』

レオは途端に気まずそうな表情になる。

『どちらも少人数の特殊部隊のようでしたので、大和《やまと》がそのような部隊をお持ちでしたらいらっしゃる可能性はあるかと……。しかしその……俺が貴方《あなた》の護衛官《ごえいかん》を撃ってしまっていますので……果たして回復されていたとしても可能でしょうか……？　リアム様でさえこんなにお辛《つら》そうなのに……』

撫子《なでしこ》はハッとした。そう言えば彼は愛する護衛官《ごえいかん》に銃弾を撃ち込んだ人なのだ。

「……」

と同時に、橋国《きょうこく》全土の現人神《あらひとがみ》を守る為にいま仲間と共に死ぬ覚悟をしている人でもある。

それぞれが代行者《だいこうしゃ》の遺族であったり、元護衛官《ごえいかん》であったりと立場は様々だ。

現人神《あらひとがみ》殺しの全貌を暴こうと動いた動機はみな復讐《ふくしゅう》心だろう。

だが、未来に続く者達への救命も切に願っていることも事実。

彼らは過去と未来、すべての現人神《あらひとがみ》の為に行動を起こしているのだ。

「………」

いまだ、巻き込まれたことへの複雑な気持ちは消化出来ない。

だが、ジュードの時と違ってレオを責める言葉もすぐ出てこない。

――みなさん、このあとどうなってしまうの？

事情を知った後では、激情が湧くままに気持ちをぶつける気にはなれない。

撫子《なでしこ》の唇は、しばし閉ざされていたが、開いた時には恨みの言葉ではなく、現状の把握を優先する言葉を紡《つむ》いだ。

「銃声がなっているのは建物にこうげきされているからですか？」

『……』

レオは撫子《なでしこ》が敢《あ》えて違う話に変えたことに気づき、何とも言えない顔になった。

だが、彼も気持ちを切り替えてより真摯に撫子《なでしこ》に説明する。

『いえ、それが地上の勢力が空中の勢力に攻撃したようです。別々の所属組織の部隊と考えて、一つは人間を排除することに躊躇《ためら》いがないということから、俺達は此処《ここ》への籠城《ろうじょう》作戦にすぐ切り替えました。元々、予定していたことでもあります』

撫子《なでしこ》はむむむと考えてから機転を利《き》かせる。

「わたくしが外に出てご説明するのはどう？　ふたつも部隊がきているなら、どちらかはきっと、わたくし達を保護してくれるひとたちのはず……。わたくしがせきにんをもってみなさんを傷つけないようお願いするわ」

『……仰《おっしゃ》る通り、推測するならば一つは大和《やまと》陣営、もう一つは橋国《きょうこく》陣営ではないかと俺も思っています。何でドンパチやっているかは謎ですが……想像だけで言うなら……地上の勢力は空からの勢力に先を越されては困るのではないでしょうか』

「……りょうほうとも、目的がおなじでは……ない？」

撫子《なでしこ》はてっきりどちらも自分を助けに来た人達だと思っていた。

『はい。両国が足並み揃《そろ》えて俺達のアジトを見つけ、突入したというならこうはならないでしょう。仲違《なかたが》いをしてそれぞれ救出作戦を決行したとして、相手の国の部隊を撃ちますか？』

さすがにそれがどれほどますいことかは撫子《なでしこ》でもわかる。

「……そんなこと、してはだめだと、おもうわ」

『そうですよね。地上の部隊は恐らく起きている事実ごと俺達を掃討したいのだと思います。

この事件に関するものすべてを』

「ひ、人も？」

『……ええ、人も。ただ、安心していただきたいのは……これらの予想が当たっていたとしても撫子《なでしこ》様やリアム様は無事に保護される可能性が高いということです。お二人に危害など加えればそれこそもっと大きな問題になる……』

レオの予想と反して、私兵部隊は子ども達の命も抹殺の視野に入れているのだが、彼が知る由《よし》はない。

『……きっと、俺達は簡単に殺されてしまうでしょうが』

撫子《なでしこ》は思わず胸のあたりを手でぐっと押さえた。

眼の前《まえ》の人から吐き出された言葉の重さが伸し掛かる。

——どうしよう。

幼い少女神は現在の状況が思ったより救いがないことにようやく気づいた。

『リアム様』

レオは撫子《なでしこ》からリアムに視線を移す。突然レオに呼ばれ、リアムの身体《からだ》がびくっと反応する。

『あいつは極力お耳に入れたくなかったようですが、俺は言います。俺達はいま、たくさんの現人神《あらひとがみ》様達がこれまで私利私欲により殺されてきた事実を世に知らしめようとしているのです。貴方《あなた》と撫子《なでしこ》様を攫《さら》ったのも、国内だけでなく、国外にも注目を浴びせる為です』

『……』

リアムは何も答えない。レオはリアムの反応を待たず話し続ける。

『だから、全てを揉《も》み消《け》す為に、見境なく関係者を殺害しようと目論《もくろ》む者も出るはず、という先程の話に繋《つな》がります』

リアムの代わりに撫子《なでしこ》が問いかけた。

「だれが？」

『……それは、俺達も測りかねています。俺達が知る限り候補者はたくさん居るので。ただ、パッと思いつくのはジュードの父親のエヴァン・ベルですね』

「え……」

『撫子《なでしこ》様もお会いしたことがあるはずですよ。教会で御身と会談を……』

「あ、あの方、ジュードさんのお父さまなの！」

撫子《なでしこ》は驚いて思わずリアムを見る。リアムは少し反応している様子があったが、依然として顔は隠している。鼻水をすする音が聞こえた。

『はい。親子です。色々複雑な家庭でして……家族仲は良くないです……』

「ジュードさんのお父さまは、悪いひと、ということ……？」

レオは苦笑いをした。

『人の親のことをどうこう言うのも失礼ですが、口が裂けても善人だとは言えませんね』

「お父さまと敵たいすることになっても、ジュードさんはかまわないのね……」

『むしろ、対立上等、という感じですよ。これからジュードがしようとしていることも、奴《やつ》の親父《おやじ》を含めた関係者への更なる挑戦状です。あとは、俺達の命の保険ですね』

「ほけん……？」

『最初に行った犯行声明と同じく現人神《あらひとがみ》教会《きょうかい》と橋国《きょうこく》政府、各報道機関にもう一度メッセージを出します。その上で、俺達を全員殺すような命令を出す者、もしくはそれを実行する者達がいれば……司法の場では確実に事の隠蔽と見なされるはずです』

撫子《なでしこ》は胸に当てたままだった手をぎゅっと握って頷《うなず》く。

『罪から逃げおおせる算段をつけて皆殺しをしようとしてくる、ということもあるでしょうが、何にせよ、やれるだけのことはやらねばなりません。俺達としては、このまま籠城《ろうじょう》を続け、大和《やまと》陣営が来たら貴方《あなた》がたを引き渡す。それまでに生きていられたらこちらの勝利という図を描いています』

「大和《やまと》がきたほうがいいのね」

『ええ、御身とリアム様は確実に安全に保護されますし……あとは、あちらからすると此度《こたび》の事件、橋国《きょうこく》政府並びに塔と教会に物申したいはずですから、無闇に俺達を射殺することはないはずです。俺達は犯罪者でもありますが、現人神《あらひとがみ》殺しの事件に関しては色んな証言や証拠の提出が出来る者達です。それらを掃討してしまうと大和《やまと》も困るでしょう』

レオは淡々と語っているが、話している内容は彼らの命の有無だった。

そして運命のダイスは、どうやら撫子《なでしこ》とリアムの手にある。

『御身の護衛官《ごえいかん》、並びに侍女頭様を傷つけた上で……意地汚く、生きる術を模索して申し訳ありません』

「……」

小さな秋が背負うには過酷すぎるものだが、撫子《なでしこ》はこの場面では泣かなかった。

『撫子《なでしこ》様、すぐにでも外に出たいでしょうが……いましばらく此処《ここ》に居ていただけないでしょうか……』

本当は不安で泣き出してしまいたいが、レオからの願いが涙を押し留《とど》める。

――みなさんが危ない。

自分という人質が居るから無闇に攻撃されないという命の担保があるのだ。

彼らを守れるかどうか、撫子《なでしこ》の今後の振る舞いに懸かっていた。

緊張した面持ちで窺《うかが》うように視線を向けるレオに、撫子《なでしこ》は大きく頷《うなず》いて見せた。

「もちろんです。わたくし、現人神《あらひとがみ》として橋国《きょうこく》の民のみなさまをお守りします」

きっぱりとした言い方だった。

「お聞きしたこと、わたくしのなかだけでとどめておくこともいたしません」

今まで見てきた先輩現人神《あらひとがみ》の毅然《きぜん》とした態度がこの時にこそ、撫子《なでしこ》の中で思い出された。

「無事にすべておわったら……りあむさまのおともだちとして、現人神《あらひとがみ》のひとりとして、なすべきことをします」

『……撫子様《なでしこさま》』

「そのうえで、りんどうやさねかずらさんを傷つけたこと、二人にあやまってください」

撫子《なでしこ》の小さな願いに、レオは罪悪感で胸が苦しくなった。

『……はい。もちろんです。その件に関しては無かったことにせず、お二人に謝罪し、きちんと法の裁きを受けます』

「あの二人なら……きちんとお話ししたら……ゆるしてはくれなかったとしても、どうしてレオさんがそうまでしなくてはいけなかったのか、理解してくれるはずです」

『……いいえ、理解など』

撫子《なでしこ》は会話を見守っていた、他の正道現人神教会《せいどうあらひとがみきょうかい》のメンバーにも視線を向けた。

「みなさま、もしお外から誰かがはいってくるようでしたらまずはわたくしを前におだしください。怖いひとだった場合、わたくしがひとまず元気を吸ってしまいます。そして大和《やまと》を待ちましょう」

現人神《あらひとがみ》は善性を備えている、とジュードが言っていた言葉がレオの中で思い出された。

それと同時に、彼が過去大事にしていた人物の姿が鮮明に脳裏に浮かんだ。

『………………撫子様《なでしこさま》、ありがとうございます』

レオはくしゃくしゃな笑顔を見せた後、眉間あたりを指でつまんで涙を堪えた。

『……撫子《なでしこ》様、……その、唐突にお伝えしますと……俺はむかし護衛官《ごえいかん》をしていまして、主は春の代行者《だいこうしゃ》だったんですよ』

「まあ」

『可愛《かわい》らしい女の子でした』

レオの言葉は過去形だった。

『貴方《あなた》と同じくお優しい方でした……。嫌ですね、時間が経《た》つとそういうことも忘れがちになる……。撫子《なでしこ》様のお言葉で、思い出しました……』

「……」

『身勝手かもしれませんが、主の無念を晴らした上で、牢屋《ろうや》に入りたいです。俺はもう、それさえ出来れば残りの人生に未練はありません』

「レオさん……」

撫子《なでしこ》は胸が張り裂けそうになった。

——かみさま。

どうしてこんなことになってしまったのだろう。

人間達の世界は獣と同じく弱肉強食。

主を守れなかったレオが悪かったのか？

撫子《なでしこ》はけしてそうは思えなかった。

――かみさま、りんどう、かみさま。

何故《なぜ》、誰もが苦しまない、傷つけ合わない世界にならないのか。

保身や利権、そういったものに囚《とら》われず、すべての人がほんの少し他者を思いやれれば。

そうしたら罪という言葉すらないだろうに。

現実はそうではない。

『御身のお優しさは有《あ》り難《がた》く受け取りますが、ひとまずは俺に守られてください。けして窓や扉には近づいてはいけませんよ』

悲劇は起きる、突然に。人が人である限り争いが発生し、憎悪が日常を覆い尽くし、そのせいで善き人であっても過去の日々を忘れる。

この青年も、義憤の為に、私利私欲の為に竜胆《りんどう》を撃った。

そして撃った手でいまは撫子《なでしこ》を守護しようとしている。

だが、彼は悪人なのか？

撫子《なでしこ》は彼を憎むべきなのか？　考えても答えが出ない。

――秋のかみさま、おたすけください。

撫子《なでしこ》は祈らずにはいられなかった。いま彼女に出来ることはそれしかない。

罪も悪も善も、すべてを巻き込んで、とにかく全員で無事に帰りたい。

撫子《なでしこ》がそう願った時、部屋の中に設置されている館内放送用のスピーカーが音を立てた。

ジュードが最後にやろうとしていることとやらが始まったらしい。

レオが携帯端末を取り出して操作する。

撫子《なでしこ》に無言で画面を見せた。

報道媒体をジャックして現在進行系で流れている映像は写真のスライドショー動画だった。

他の者も、展示場に置いてある映像媒体を起動させて同じ物を観《み》る。

個人が特定出来ないよう画像処理されている写真の動画だった。

雰囲気や、どれくらいの年齢かは察せられる。

『ミア　ルーカス　ジョセフ』

動画と共に、ジュードの音声が乗った。

彼は何の説明もなしに誰かの名前をつぶやいた。

恐らくはミアという女の子の走る姿、ルーカスという少年が夕焼けを見ている背中。ジョセフという青年がガールフレンドと思《おぼ》しき娘と手を繋《つな》いでいる様子。

それらが、ゆっくりと映し出されている。

『チャールズ　マデリーン　ベネット　テオ』

チャールズは飛行機を指さしている。マデリーンはクッキーを作っていた。ベネットは花畑の中で飛び跳ねていた。テオは腰の曲がった老人の背中を撫《な》でている。

名前が呼ばれる度に、室内に居る誰かが嗚咽《おえつ》を漏らした。

『サイラス　アンナ　ブルックス』

サイラスは雪景色の中で海を見ていた。アンナは両腕に小さな子どもたちをぶら下げて共に遊んでいる。ブルックスは書斎のすみっこで本を読んでいた。

―あ、これ。

撫子《なでしこ》は途中まで観《み》てこれが何かわかった。

―これ、亡《な》くなってしまったひとたちなんだわ。

正道現人神教会《せいどうあらひとがみきょうかい》の面々が自分の主、自分の家族を見つけてはその人の名前をつぶやく。

―みんな、もういない。

かつてはこの世界の何処《どこ》かに居た。だが今はもう存在しない人達。

そして彼らは精一杯生きて寿命を全うしたのではなく、ある日突然命を奪われた。

何故《なぜ》、どうして。

その謎を突き止めたいが為に、大切な人を失った者達は立ち上がった。

『……』

リアムがうずくまっていた状態から顔を上げ、ジュードが何をしているか見た。

撫子《なでしこ》が戸惑っていると、レオがリアムの為に震える声で言った。

『現人神《あらひとがみ》殺しで亡《な》くなったと思われる子ども達の名前と写真です』

レオの主の名前が呼ばれたのか、それから彼も涙を零《こぼ》した。

『アリーヤ　イーライ　ナタリー　トーマス』

ジュードは一人一人、丁寧に名前を読み上げていく。

『マヤ　リリアン』

その数の多さに、撫子《なでしこ》の感情が先程より更にかき乱された。

『……ノア』

最後の一人が呼ばれた時、映し出された映像は誕生日パーティーだった。

見る者が見ればわかる。ノアと思《おぼ》しき少年の隣に居るのは今よりも若いジュードだった。

リアムは口を開けてその写真を見た。

幼い頃から背が高くて、大人に見えた彼。しかしこの時は、いや、今でさえまだ子どもだ。

誕生日パーティーの主役になっている。彼にとっては初めての誕生日祝い。

かつてあった、黄金のように輝く日々が、そこにはあった。

『彼らは全員死んでしまった。現人神《あらひとがみ》が死ねば金が入る。ただそれだけの理由で』

愛されていた人々も写真の中では、永遠に失われることなく残り続けている。

人々の為に季節を齎《もたら》す現人神《あらひとがみ》。重責を担《にな》った少年少女たちが、市井《しせい》に生きる人々とそう変わらないことがよくわかる。

主を亡くした青年、ジュードはすべての人々に願いを込めてスピーチをした。

『我々、正道現人神教会《せいどうあらひとがみきょうかい》は現人神《あらひとがみ》殺しを告発する。多額の弔慰金《ちょういきん》目当てにこの数十年、どんな残酷なことが行われてきたか貴方《あなた》達は知らない。季節の塔、現人神教会《あらひとがみきょうかい》は賊に情報提供することで多額の金をせしめてきた。これは事実無根の話ではなく、確たる証拠がある。このスピーチをしている時点で、報道各社に我々が集めてきた犯罪の記録の一部を送信している。報道の道に立っている者は、圧力があったとしてもぜひ我々の告発を外に出してもらいたい。……もし、貴方《あなた》達が何もしなくても、我々の一族は今後も貴方《あなた》達に季節を授けるだろう。我々はそのことについては何も思わない。きっとそうなった時には我々もまた消えた少年少女と同じように命を絶たれている。死んだ後のことはどうにも出来ない。なので我々は最後に貴方《あなた》達の良心に訴えかける。事実を直視して欲しいと切に願う。季節が巡る度に感じて欲しい。今年も誰か何処《どこ》かで死んでいるかもしれないと。そして、その死が人生を勇敢に戦った末に授けられた自然の眠りではなく、私腹を肥やしたいが為に現人神《あらひとがみ》の情報をテロリストに売り渡したものであるなら、到底許されることではないと、共に憤《いきどお》って欲しい。貴方《あなた》の村に、町に、春の香りは届く。貴方《あなた》の畑に、田んぼに、夏の日差しは顔を見せる。貴方《あなた》の部屋に、家に、秋の風は吹く。貴方《あなた》から見るすべての景色に美しい冬の雪は降る。貴方《あなた》にとってそれが大したことがない出来事だとしても、貴方《あなた》達に心を向けて欲しい』

そこでスピーチは終わった。

撫子《なでしこ》は知らなかったが、この放送ジャックは橋国《きょうこく》全土に届けられていた。

いま人々がこの告発をどう感じているのかは、遠い遠い山奥に居る当事者達にはわからない。

もしかしたら大して反響もなく、みな自分達の生活に戻っていってしまっているかもしれない。季節を届ける者達のことなど知らぬと。

——でも。

そうだとしても、少なくとも撫子《なでしこ》の心には響いた。

ジュード達が、自分達の人生を棒に振りながら伝えたかったことが伝わった。

「……りあむさま」

撫子《なでしこ》はリアムのほうを見る。彼は自身の護衛官《ごえいかん》のことをどう思っただろうと気になった。

「りあむさま？」

彼の反応は、撫子《なでしこ》の想像しているものと違った。

『……』

リアムは、感動も共感もしていなかった。

まるですべてに絶望したかのように、すとんと感情が抜け落ちていた。

『ジュードは、やっぱり、前の主がだいじなんだ』

ぽつりとそうつぶやく。

その声音が、あまりにも仄暗《ほのぐら》さを纏《まと》っていたので、撫子《なでしこ》はぞっとした。背筋が凍るような、見てはいけないものを見てしまった気がした。

——なにか。

リアムの何かが変わった。

——りあむさま、なにか違う。

先程までのリアムは理不尽な運命に泣きじゃくる子どもだった。

今のリアムは、心と身体《からだ》がバラバラにされてしまったように、無表情になっている。

『あの子のためにぜんぶやったんじゃないか』

少し気が強くて、だが照れ屋な可愛らしい少年。

『ぼくのためじゃない』

そんな様子は一匙《さじ》も残っていない。

撫子《なでしこ》は焦《あせ》って周囲を見る。みな、ジュードのスピーチに感動したまま誰もリアムの異変に気づいていない。

「りあむさま、あの」

『ぼくのためじゃない』

「あの、りあむさま。おちついてください」

『……ぼくのことは、利用してただけじゃないか』

「ちがいます。ジュードさんは、りあむさまを思って……」

撫子《なでしこ》は翻訳機を通して必死に言う。だがリアムは虚《うつ》ろな目でぶつぶつと喋《しゃべ》り続ける。

きっと、彼の状態は他人から見れば突然の豹変《ひょうへん》に見えたことだろう。

しかし、リアムからしてみれば積もり積もったものがただ表面に現れただけだった。

彼の喉元まで【枯葉】は溜《た》まっていた。

それでもリアムは我慢していた。頑張って自制していた。わがままを言い続けたらジュードに嫌われてしまうと。限界になってしまったのは、ジュードとのすれ違いのせいだ。

起きた物事を俯瞰《ふかん》して見れば、ジュードがどれだけリアムの未来を考えていたかわかる。

たかが十七歳の青年がこんな事件を起こしたことの理由は、前の主への忠誠心故にであるのは確かだ。しかし契機となったのはリアムの護衛官《ごえいかん》に赴任したことだ。

この小さな命を守りたいという願いがここまでの行動力を備えさせた。

だというのに、ジュードは自分の苦しみも悲しみもリアムには預けなかった。

彼の中では、精一杯尽くしたという記憶が、リアムには気まぐれに優しくされて、ほとんどは冷たく突き放されてきた記憶となっている。

そしてとどめを刺したのは先程のスライドショーだ。

いくら現人神《あらひとがみ》の為、リアムの為でもあると言われたとて、あの誕生日祝いの風景を見ると全て崩れ去る。

リアムとジュードにはあの日々は無い。

無かった。

『誕生日、いっしょにいてくれなかったじゃないか』

喉から手が出るほど欲しかったものが最初から無いならまだ良かった。

『ぼくにはいつ生まれたかも教えてくれなかった』

まだ我慢出来た。

『前のあるじには秘密じゃなかったんだ』

しかし、かつてはそこにあった。今は無い。リアムにはそういったものはくれないのだ。

他の人とは愛に溢《あふ》れた時間をちゃんと過ごしてきたという事実がリアムの心を破壊する。

大義名分に現在を生きている自分の守護を振りかざされても砕けた心は戻らない。

『みんなみんな、じぶんかってだ。いらない』

現人神《あらひとがみ》は【神】ではあるが、【人】でもある。

護衛官《ごえいかん》に支えられることで、なんとか神の役目を全うしながら生きていく。

「りあむさま、ジュードさんも事情があって……」

理性を保つ為には愛情が必要だ。倫理観も、道徳も人と人の交わりで学ぶ。

『ぼくはジュードにだまされてたんだ』

「そんなことありません！　レオさん、レオさん……」

だが、機能不全な【家】の中に居るとそのどれもが欠落していく。

『撫子様《なでしこ》？　どうしましたか』

「ジュードさんを呼んできて。りあむさまに、ちがうって言って！」

人間のほうに近づけなくなった現人神《あらひとがみ》は神に近づくしかない。

リアムはずっとそちら側を歩いていた。愛情が足りず、叫んでいた。

あと一歩のところまで、進んだ。

誰かが背中を押せば、みんな諸共《もろとも》落ちていくだろう。

『わかりました。でもいま立て込んでいるから、あちらに行ったほうが……』

レオがそう言った直後、部屋の外で銃声がまた響いた。

今度は先程より近い。人間の怒鳴り声も聞こえてくる。

撫子《なでしこ》はその声の中の一つが、知っている人のものだと気づく。

「……りんどう！」

閉ざされた部屋の外では、戦闘が始まっていた。

時は少し戻り、竜胆《りんどう》達が中央神殿に潜入した後、五階から四階、四階から三階へと順に部屋をあらためながら降りていった。護衛犬花桐《はなきり》が反応を見せたのは三階に到着してから。

「わん！」

彼が撫子《なでしこ》の残り香を嗅ぎ分けて、大きく吠《ほ》えた。

「花桐《はなきり》！　右か左か、右なら二回吠《ほ》えろ！」

「わんわん！」

白萩《しらはぎ》の問いかけに花桐《はなきり》が答え、大和《やまと》陣営は探索を進めていく。美術品展示場前の廊下まで辿《たど》り着《つ》くのはそう時間がかからなかった。

だが、このセージ・ヴィレッジへの侵入者は彼らだけではない。同じく地上から中央神殿に潜入したエヴァンの私兵は、謎の空挺《くうてい》歩兵部隊を妨害することを優先したのか、物音がする三階まで駆け上がってきた。

彼らと遭遇したのは、竜胆《りんどう》達がちょうど美術品展示場のドアノブに手をかけた時だった。

『待てっ！』

「誰だ⁉」

刹那、読み合いが生じた。

エヴァンの私兵部隊は竜胆《りんどう》達を大和《やまと》人から構成された部隊であることに気づき、竜胆《りんどう》達はどこの誰の差し金かわからないが、白萩《しらはぎ》を撃ち落とそうとした者達だと確信する。

竜胆《りんどう》が先に前に出て央語で怒鳴った。

『我々は大和《やまと》国秋の里秋の代行者《だいこうしゃ》護衛陣！　そちらの所属を名乗れっ！』

竜胆《りんどう》達の身分を聞いた私兵部隊は顔色が悪くなる。

『……』

名乗れ、と言われても名乗れない。隠密《おんみつ》の暗殺部隊が名乗る名はない。

『うちの隊員に発砲したことについて、後々に罪を問う必要があるが……まずは此処《ここ》に居る目的を言え！』

彼らは答えない。じりじりと睨《にら》み合《あ》うだけとなる。

戦うべきか、戦わず交渉をすべきか、その決断を最初に下したのは竜胆《りんどう》だった。

「迎撃開始っ！」

返答がないのであれば、この場には必要ない第三の勢力だ。竜胆《りんどう》が腰に下げていた刀を抜刀して相手側に斬りかかる。

『撃てっ！』

私兵部隊の部隊長が応戦して号令を下した。

だが、竜胆《りんどう》の判断が早かったせいか接近戦に持ち込まれ、銃声が鳴り響くも人には当たらず真新しい壁に傷を作るだけで終わった。広い廊下ではあるが味方も居る中で銃の撃ち合いをすればフレンドリーファイアで死人が出る。私兵部隊側も仕方なく近接格闘術で応戦する。

撫子《なでしこ》達はこの銃声を聞いていた。

中では現人神《あらひとがみ》一名が不安定な状態に陥り、外では乱戦。地獄絵図だ。

秋の護衛陣は竜胆《りんどう》を含めると七名と一匹。そしてエヴァンの私兵部隊は十三名。数で押している私兵部隊は数名が竜胆《りんどう》達が入ろうとしていた部屋への潜入を試みる。

『鍵がかかっています！』

『やはりこの中に人質も誘拐犯も居る可能性があるな。蹴って開けられるか？』

数度蹴りを入れたが、扉はびくともしなかった。

『ショットガンを使おう』

ドアノブ近くに銃口を当て、撃った瞬間に再度蹴りの一撃が入る。中に居た者達は押し入ってきた男達に悲鳴を上げた。もちろん、その中には撫子《なでしこ》も居た。

私兵部隊は閃光弾《せんこうだん》を足元に転がす。大きな爆発音と僅かな煙が流れた。

しかし、爆発の衝撃は精々一秒、現正道現人神教会《せいどうあらひとがみきょうかい》、元護衛官《ごえいかん》の面々は閃光弾《せんこうだん》など物ともせず、扉に向かって走り防衛戦を始めた。

「だめ！」

『撫子《なでしこ》様！　こちらへ！』

「だめ！　誰もけがをしないでっ！」

撫子《なでしこ》が私兵部隊に向かって手を伸ばす。彼女の周囲の空気がざわりと変わり、稲妻が駆け巡るように衝撃波のようなものが室内を走った。

それらは撫子《なでしこ》の見えざる手であり、昨年よりも更に磨かれた生命腐敗《せいめいふはい》の権能でもあった。

標的にされた私兵部隊の男達は銃を撃ちながらひっくり返り、その場に倒れる。

その銃弾で正道現人神教会《せいどうあらひとがみきようかい》側に複数名被害者が出た。誰かの耳が飛び、腕がえぐれた。

中には額に銃弾を受け、即死する者も居た。

「そんな……！」

撫子《なでしこ》は悲鳴を上げる。

「撫子様《なでしこ》！　リアム！」

ジュードが隣の部屋から出てきた。と、同時に揉《も》み合《あ》い状態で大和《やまと》陣営と私兵部隊の者達が中へ乱入する。私兵部隊側が無差別に銃乱射をして悲鳴が上がる。また死者が増えた。

『非戦闘員は退避！　それ以外は代行者《だいこうしや》を守れ！』

ジュードの号令で戦えぬ者達は別室へ、戦える者達は撫子《なでしこ》やリアムの前に立ち、彼女達を守ろうとする。その逃げる背中を私兵部隊が撃って殺した。

「みんな、だめ」

混戦に混戦を重ねた戦闘の中で、撫子《なでしこ》は誰をどうしていいかわからない。自分が動くことで戦いを乱す可能性も出てきてしまう。

銃が邪魔だ。とにかくあれを取り上げたいがそんな権能を撫子《なでしこ》は所有していない。

「みんな、みんなしんじゃう！」

だが鎮圧なら出来る。

——全員、きぜつさせれば。

撫子《なでしこ》は人間の防壁を押し避けて前に出た。

こうなったら自分以外の人間全ての生気を吸ってでも戦いを止めなくてはならない。撃ち合いになって大勢死人が出るよりマシだ。

『撫子《なでしこ》様！　いけません！　今は撃たれます！』

レオが銃弾から守る為に撫子《なでしこ》を後ろから抱えて止める。

「待って！　わたくしが！　わたくしが！」

撫子《なでしこ》は足をジタバタさせて暴れた。

『いけません！　隠《かく》れてっ！　あいつら全員殺す気です‼』

「みんなしんじゃうっ！」

撫子《なでしこ》が叫んだその時。大和《やまと》陣営が室内に入ってきた。すぐに私兵部隊の乱暴狼藉《ろうぜき》を止めようと殴り合いや撃ち合いが始まる。撫子《なでしこ》は彼らが自分の里の者だとすぐわかった。

「大和《やまと》がきた！　大和《やまと》がきたわ！」

撫子《なでしこ》はレオに言う。レオも撫子《なでしこ》の言っている意味を理解した。

「わたくしに行かせて！　みんなを守る！」

——りんどう。

撫子《なでしこ》が死ぬ前に一度で良いから会いたい人物。

——りんどう。

嫌われていたとしても愛されたくてすがってしまうたった一人の初恋の相手。

——りんどう。

彼もまた、大勢の中で撫子《なでしこ》を探し、目を動かした。そして見つける。


「……撫子《なでしこ》っ！」

「りんどう‼」


長い旅路を経て、ようやく囚《とら》われた姫君の元に王子様が辿《たど》り着《つ》いたのだ。

届くはずのない距離で、二人は必然のように互いに手を伸ばした。

激しい暴力の渦に阻《はば》まれてとてもではないが近づけない。

レオも判断に迷っている。いま撫子《なでしこ》を手放せば彼女は簡単に死ぬ。

私兵部隊がとにかく正道現人神教会《せいどうあらひとがみきょうかい》を抹殺せんと銃を乱射しているからだ。

——此処《ここ》でも神殺しをするつもりか！

心の中でレオは叫ぶ。しかし大和《やまと》が来たということは勝利条件に入る。この状況下で撫子《なでしこ》がどこまで正確に相手を選別し生命力を吸えるかわからないが、もうそれに賭ける他にない。

レオは機を狙って撫子《なでしこ》を抱えて前に出た。

『撫子《なでしこ》様！　今です！　お力をお振るいください！』

自分を肉の壁にした捨て身の作戦。その時はもう、翻訳機など介してはいなかったが撫子《なでしこ》は理解した。手のひらを掲げて意識を集中させる。見える者達を判別して生命を吸うのだ。

——みんな。

加減が出来そうにない。でも、やらなくては。

——みんなを、助ける。

全員を救いたいという願いが、撫子《なでしこ》の中を駆け巡る。

『みんなしんだらいい』

だが、その無垢《むく》なる思いに冷水を浴びせるような言葉が騒乱の中でつぶやかれた。

花桐《はなきり》が何かを警戒してか大きく吠《ほ》える。

——なに？

撫子《なでしこ》の手は空を切り、闇に呑《の》まれるような感覚に陥った。自分の背後から押し寄せる凄《すさ》まじい神威《かむい》。異国の秋が作り出す空気に慄《おのの》きながら振り返る。

いつの間にかジュードに抱かれていたリアムの瞳が、らんと光った。

「みんなでしんだほうがましだ」

間を置かず、部屋自体が崩落した。

第十章 夢の直路

人間でありながら神である現人神《あらひとがみ》。

善性を兼ね備えていると他者に言われるようなその者が、理性を失うほどの状況に追い込まれた時、どんな事が起きるかというと、その身に宿された権能が暴走する。

かつて花葉雛菊《かようひなぎく》が賊のアジトを崩壊させた時のように。

もしくはジュードの元主、ノアが賊諸共《もろとも》全てを凍らせ自身も死んだ時のように。

人知を超えた力が発動し周囲を巻き込む。

これを【神様になりすぎてしまった】と例える者達も居る。

本来であれば現人神《あらひとがみ》の理性喪失は滅多なことでは起こらない。

そういった事態になれば、大体は現人神《あらひとがみ》自身も肉の器が耐えきれぬほど神通力《じんつうりき》を過剰使用し、死に導かれることがほとんどだからだ。

すぐ壊れるような人間は神の代行者《だいこうしゃ》に相応《ふさわ》しくない。だが、稀《まれ》に耐え難《がた》き苦痛を与えられ、起きてしまう事がある。

佳州《かしゅう》の秋の代行者《だいこうしゃ》リアムは度重なる精神負荷の中、耐えに耐えて、耐えて、耐えて、耐えて、そしてもう耐えられなくなり人であることを手放した。

結果、まだ四季降《しきお》ろしもしていない神の半人前でありながら身体《からだ》に神痣《かみあざ》が駆け巡り、生命腐《せいめいふ》敗《はい》の権能が最大解放された。
これにより起こることは、生命体への生命力吸収ではなく、腐食と破壊だった。
中央神殿は神殿の形状をしてはいるが、現代的な建築仕様であり、鉄筋やコンクリートも素材に使われている。
それらすべてに秋の権能は届き、材質に多大なる損傷を与えた。

——あ。

撫子《なでしこ》はレオの腕の中で手を伸ばす竜胆《りんどう》を見る。

——これ、しってる。

彼女は自分が初めて神となった時のことを思い出した。

——みんな、おち、る。

両親にマンションの部屋を腐食させて怒られたのだ。

だが現在起きていることは彼女がしたようなごく小規模な損壊ではなく、リアムを中心にその場を崩落させるような大規模なものだった。

床がメキメキと音を立てて崩れ、人々の身体《からだ》は浮遊して落下した。

「撫子《なでしこ》っ‼」

三階から二階へ。二階から一階へ。この世を呪い破壊する死の力は伸びていき、人々を犠牲にする。美術品展示場に開けられた大穴は主に正道現人神教会《せいどうあらひとがみきょうかい》の者達を吸い込んでいき、彼らのほとんどを落下死させた。

「阿左美《あざみ》様っ！」

崩壊した床ギリギリの所で竜胆《りんどう》の身体《からだ》を摑《つか》んで転落を阻止したのは白萩《しらはぎ》だった。

怪我《けが》をした痛みで呻《うめ》きながらも、鍛えた腕で竜胆《りんどう》を持ち上げそのまま横に倒れる。白萩《しらはぎ》はすぐにハッとして叫んだ。

「花桐《はなきり》っ！」

白萩《しらはぎ》の愛犬は先程までは彼の背にあったリュックに入れられていたが、見事に自分で危機回避し、リュックを飛び出し着地していた。

安堵《あんど》も束《つか》の間《ま》、落下から免れた者達はぽっかりと開いた大穴を見て恐怖に陥る。

竜胆《りんどう》率いる護衛陣とエヴァンの私兵部隊、そして正道現人神教会《せいどうあらひとがみきょうかい》の者達、敵味方関係なく、起きた事態に慄《おのの》いた。

「……撫子《なでしこ》」

竜胆《りんどう》は這《は》って穴に近づこうとするが、白萩《しらはぎ》に止められる。

「阿左美《あざみ》様！」

「……撫子《なでしこ》！」

「しっかりしてください！　阿左美《あざみ》様！　あの方は生命腐敗《せいめいふはい》の神です！　まだ死んだとは限りません！　下に、下の階に行きましょう！　助けに行かないと！」

「……っ！」

竜胆《りんどう》は白萩《しらはぎ》の喝を受けて、何とか立ち上がる。

手から離れていた刀を拾い上げ、茫然自失《ぼうぜんじしつ》しているエヴァンの私兵部隊達に切っ先を向ける。

怒りで、絶望で、手が震えたが狙いは定めた。敵で立ち上がっている者は三名ほどしかいなかった。もう、手段は選んでいられない。彼女を救うこと以外はどうでもいい。

足を撃とう、昏倒《こんとう》させよう、国際問題にならないように。これまで前提としてあったものはすべて竜胆《りんどう》達の中から消し飛んだ。

『殺す……』

竜胆《りんどう》はその内の一人を問答無用で斬った。

『ああっ！』


更にもう一人を斬り、降伏しようとしていた三人目の首を斬りつけた。

正道現人神教会《せいどうあらひとがみきょうかい》の面々から悲鳴が上がる。

鬼神の如《ごと》きその様。もう以前の竜胆《りんどう》ではなかった。

——撫子《なでしこ》。

殺人で手が震えていた彼は既に居ない。

——撫子《なでしこ》。

優しい彼は死んでいた。

そんなもの何の意味があるのだろう。

彼らは銃弾を人々に浴びせていた。その中に撫子《なでしこ》も居た。

——撫子《なでしこ》、俺の、撫子《なでしこ》。

主を加害した。だから殺すべきだった。

「……はぁっ……はぁ……」

竜胆《りんどう》は荒い息をしながらやっと仲間達を見る。秋の護衛陣は竜胆《りんどう》が目視で確認した限り、怪我人《けがにん》は居ても死人は出ていない。

彼らは竜胆《りんどう》が斬った三名の内、息がある残党二名に向けて銃の照準を定めていた。

竜胆《りんどう》は冷たく言う。

『所属を言え』

竜胆《りんどう》の言葉に青ざめる私兵部隊二名は斬られた箇所を手で押さえ呻《うめ》いている。

どのみち殺すにしても聞いておきたかった。

『言えないならお前らの首を飛ばす』

苦痛の中に居ながらも一人が口を開いた。

『わ、我々はある方の依頼で来たが、貴方達《あなた》大和《やまと》陣営に危害を加える気は……』

彼は私兵部隊の部隊長をしていた男だった。

まず言い訳をして命乞いをしたいという魂胆が見えて、竜胆《りんどう》の殺意は更に増していく。

竜胆《りんどう》は射殺さんばかりの視線を向けて怒鳴った。

『うちの白萩《しらはぎ》を撃っただろうが、どの口が言うっ！　所属を言えっ‼』

『エヴァン・ベルだ！　エヴァン・ベル！　あ、あれは威嚇のつもりだった！　我々はエヴァン・ベル様から正道現人神教会《せいどうあらひとがみきょうかい》の面々を貴方達《あなた》が来る前に殺害する依頼を受けていた！

貴方達《あなた》を足止めしたいが為だ！』

――エヴァン・ベル？

竜胆《りんどう》は憤怒《ふんぬ》のあまりそれが誰かすぐ思い出せない。ややあって、現人神教会《あらひとがみきょうかい》の幹部だとわかった。なら目の前の彼らはエヴァンを中心に行われた隠蔽工作の証拠となる。

――生かしておいたほうがいいのは明白だが。

正直どうでも良いと竜胆《りんどう》は思った。撫子《なでしこ》がもし崩落して死んでいたら、全員殺すだろうし、そうでなくとも殺してしまいたい。

竜胆《りんどう》の手が震えて、刀もカチャカチャと音を立てる。

物凄《ものすご》い剣幕で殺意を振りまく竜胆《りんどう》に白萩《しらはぎ》が言う。

「阿左美《あざみ》様、話している暇ありません、殺しましょう」

白萩《しらはぎ》が銃のトリガーを引こうとする。もう一人の私兵部隊隊員が涙声で叫んだ。

『依頼は放棄する！　我々を離脱させてくれ！　こんな状況では貴方《あなた》達も危ないぞっ！』

私兵部隊の者達の台詞《せりふ》は酷《ひど》く自己本位だったが、崩落の可能性に関しては正しい主張をしていた。いま崩れていないだけで、竜胆《りんどう》達の足場もじわじわと腐食が続いている可能性がある。

「確かに時間はない」

竜胆《りんどう》はそう言うと、残りの二名に関しては刀の柄頭《つかがしら》で殴って昏倒《こんとう》させた。

運が良ければ彼らは助かるだろう。竜胆《りんどう》が殺す手間をかけるまでもない。

「白萩《しらはぎ》、そいつらの武器取れ」

「わかりました」

竜胆《りんどう》達は素早く彼らの武装を解除させた。

一つの脅威は取り除いた、あとはもう一つ。

『正道現人神教会《せいどうあらひとがみきょうかい》の者達だな』

彼らの内、生き残った者達はその場にへたり込んでいた。

ジュードが非戦闘員と呼んでいた者達。彼らは押し入られた扉からも、現人神達《あらひとがみ》からも離れていたので助かった。

残された者達の構成は女性や老人ばかり。

主に現人神《あらひとがみ》の遺族だ。仲間達が銃弾で斃《たお》れ、おまけに大穴に落ちていく様を見て、戦意を失うどころか気絶しかねない青ざめぶりだった。

『聞け、まずは外に出ろ。怪我《けが》をしている者を助けて階段で外に脱出するんだ』

竜胆《りんどう》は彼らがどんな身分の者かわかっていなかったが、明らかに戦闘員ではない様子が窺《うかが》えたので、忠告だけはするべきだと感じた。

『逃げたいなら何処《どこ》にでも行けっ！　俺達は追わない。動けない者に関してはそのまま死なないことを祈れ。やがて保安庁とうちの国の捜索隊がやって来る。保安庁の対応次第では救出してもらえるだろう』

彼らは誰も返事をしない。しくしくと泣いている。今まで頑張ってやってきたこのレジスタンス活動の最後がこれでは、誰も報われない。

周りは死体と重症者だらけ。無惨《むざん》な結果だった。

「……」

——構ってる暇はない。

竜胆《りんどう》は振り切るように残った護衛陣の面々を見た。

「……一階に向かう！　状況を確認、撫子《なでしこ》の捜索を続ける！　お前達も、崩落に巻き込まれたくないなら逃げろ。俺は……俺は最後まで撫子《なでしこ》を諦めない！」

叫ぶように言う竜胆《りんどう》に、護衛陣も怒鳴り返した。

「ふざけないでくださいっ！　絶対に探します！」

「阿左美《あざみ》様だけで探せるとお思いですか？　下に行きましょう。撫子《なでしこ》様が待っています！」

「あんただけの主じゃないんですよっ!!」

「ここまで来て逃げろって言わないでくださいっ！」

「いいから行きますよ！　白萩《しらはぎ》、花桐《はなきり》を持て。何処《どこ》か崩れるかわからんがこいつが頼りだ。安全に運ぶぞ」

彼らもまた、この状況に挫《くじ》けそうになってはいる。

だが、部隊のボスに啖呵《たんか》を切るくらいの元気は残っていた。空元気とも言える。

竜胆《りんどう》は少しだけだが救われた。もしこの後、撫子《なでしこ》の死体を見つけて首をくくることになったとしても、最後まで良い仲間が居たという記憶は慰めになるだろう。

「……行こう」

竜胆《りんどう》達は死体をまたいで階下へ向かった。

崩落した地面と共に落ちた者達の命運は分かれた。

全身を打ち付けて死んだ者。生きてはいるが虫の息の者。

瓦礫《がれき》の下敷きになり気を失っている者。生きている者のほうが少ない。

一階は正面玄関、玄関ホール、受付所など一般的なホテルとそう変わらない内装をしていた。

その中で、玄関ホールにずらりと並んだ高級長椅子にぶつかった者達が生存者だった。

まだビニールシートが被《かぶ》ったままのそれらが落下の衝撃を多少なりとも吸収し、打撲骨折で済んだ。後はみな死んでいる。

静かな死者の間でうめき声が響いている。

王子様に会えたはずのお姫様。祝月撫子《いわいづきなでしこ》はレオの腕に抱かれたままぴくりとも動かない。

レオが最後まで抱きかかえて守ってくれたが、幼い彼女の身体《からだ》は衝撃に耐えきれなかった。

『……』

そしてレオは頭を打ち付けて即死している。

少し離れたところで、リアムを抱えたまま落下したジュードは運良く生きていた。

ソファーに落ちた幸運な者の一人だ。

『…………り、あ』

全身が痛い。とてもじゃないが身動きが出来ない。

だが、腕の中に居る柔らかい生き物の生死を確認したい。

ジュードは何とか腕を動かして、リアムの顔を見る。

『……リア、ム？』

彼の顔から、神痣《かみあざ》がちょうど消えていくところだった。

ジュードはうまく働かない頭の中で事を理解する。突然の地盤沈下。自然災害か、施工《せこう》不良かと思ったがこの惨劇を引き起こしたのは彼の主だった。

『……リアム、リアム？』

ジュードの呼びかけにリアムは僅かながらに瞼《まぶた》を開いた。

『リアム、無事か、リアム』

『じゅ、う、ど』

口の中が血まみれだ。喋《しゃべ》ると吐血した。

『リアム、待ってろ、いま……いま、外に連れ出して……』

ジュードは主を救う為に少しずつ身動きをする。先程まではまったく動けなかった身体《からだ》に力が湧いた。彼だけは助けなくてはいけないという使命感がジュードを突き動かす。

『……い、い』

だが、リアムがそれを止めた。

『リアム？』

『も、いい……』

震える声で、言う。

『も、しに、たい』

『……リアム……』

『しに、たい……もう、やだ……しに、たい……』

そう言って泣きながら血を吐く。

『死なない、君は死なない。オレが助ける。リアム、大丈夫だ。お父さんとお母さんも待っている。死なない、そうだろう？』

リアムは首を動かせないのか、唇を結んで、否定の表情を見せる。

『まって、ない』

『待ってるよ。オレが死んでもお前は助ける。その為にオレは……』

『うそ……』

『嘘《うそ》じゃない、君の命を守る為に……なのに、何で……』

『のあ、さま』

『……え？』

『のあさ、ま、の、ため、だろ……嘘《うそ》つく、なよ……』

リアムの口からその名前が出て、ジュードは唖然《あぜん》とした。

──誰から聞いた？

幼い秋がもうずっと前からその事実を知っていることを彼は知らない。

『……もう、しに、たい……』

リアムは只々《ただただ》、つぶやき続ける。

『……しにたい、よお……』

『リアム……違うんだ……』

『……』

『リアム、聞いてくれ。ノアは……ノア様のことは……確かに復讐《ふくしゅう》だったが……』

『……』

『それだけだったらこんな無謀なことをしなかった。いや、出来なかった。君が居たからやったんだ。いつか君も殺されてしまう未来が来たら、耐えられなくて……』

『……』

『リアム……？』

『……じゅうど』

『リアム、どうした？　オレは此処《ここ》に居るぞ？』

『……また、ひとりに、しないで……じゅうど……』

──嘘《うそ》だろ。

『リアム、オレは此処《ここ》だ。傍《そば》に居る』

――やめてくれ。

『…………どうして、さいごまで、いっしょに……』

――オレからもう奪うな。

『リアム！　おい！　リアム！』

――リアムまで奪われたら、オレは。

ジュードが怒鳴るように呼びかける。

リアムは目の焦点が合っていなかったが、少しだけジュードを見た。

大きな瞳には酷《ひど》い顔をしたジュードが映っている。

リアムは、一度見えなくなった彼が傍《そば》に居るのがわかって、微笑った。

『じゅうど、そばに、いて』

きっとその時には自分が犯した大罪も、彼にされてきたことも、自分の身に起きた様々な悲しい事柄も覚えてはいなかった。

いつもは傍《そば》に居てくれない護衛官《ごえいかん》が、今日はちゃんと近くに居て、自分を見てくれていた。

リアムにとって、それが何より望んでいたことだった。

『……リアム？』

叶《かな》って良かった。安心したのか、リアムはそれきり口を閉ざしてしまった。

もう何も言わなかった。

『リアム……』

我儘《わがまま》も、恨み節も、甘えた言葉も、何もかも。

必要がなくなったのかもしれない。

いま地上にいる人々が何時かは行《ゆ》くような、そんな場所に彼が旅立つならもう未練は不要だ。

『……リアム、リアム、リアム……』

ジュードはリアムを揺らす。リアムと違ってジュードの世界はまだ続いている。

彼が目を覚まさないと、ジュードの人生など何の意味もないのに。

『あああ、あ、あ、あ、あ、あ』

やってきたこと全てが無駄だ。

『あ、あ、あああ、あ、あ、ああ、ああああああああっ！　ああああああっ！』

秋の神様は腕の中で息を引き取ろうとしている。
やがて呼吸が止まり、脈が止まり、体温は奪われ、石のように固くなるだろう。
そしてジュードがいつも宝物だと思っていたリアムの魂も消えていく。
ジュードを独りぼっちにして、彼だけは先に逝《い》ってしまう。
――神様。
ジュードは祈った。
困難に居る人々が、誰しもそう願うように。
――神様。
願った。泣きながら、祈る。
――神様、神様、神様。
それは何の神なのか。ジュードも自分でわからない。
――神様、お願いです。リアムを助けて。
ただそう願うしかない。
――神様。
たくさんの間違いを犯した罪人に神様は応えてくれない。
そもそも、神は何処《どこ》に御座《おわ》すのか。

すっかり腕の中の命が冷たくなってしまうと、神の救いを知らぬ人の子は懐《ふところ》の拳銃を探った。

『待って、リアム。オレも逝《い》く』

その時、全知全能ではないとある神様は闇の中を浮遊していた。

□□は酷《ひど》く疲れて、夢を見ることしか出来ない。

──なんだか、ぜんぶが遠い。

□□がよく見る夢だ。

──出口はどこ。

此処《ここ》ではない何処《どこ》か。本来あるはずのない場所に自分が居る。

──□□□□はどこ？

この夢を見る時は、いつも彼が導いてくれたのに今は居ない。

——□□□□？

夢の中でも嫌われてしまっただろうか。

——□□□□。

もしそうなら、自分はどう生きていけば良いのだろう。

——□□□□。

涙が零《こぼ》れ落《お》ちる。それは暗闇の中で蛍火のように光りやがて地面に落ちた。

するとどういうことか。光る涙は足元に水たまりを作り、今度は川の如《ごと》く流れていく。

気がつくと彼女がいつも山で感じているような霊脈と似た姿と変わり、それは一本道になって前方へ伸びていた。

□□は不安に思いながらも進む。それしか出来ることがない。

歩いて、歩いて、歩いて、たくさん歩いてもうヘトヘトで動けない、となったところで突如眼《め》の前《まえ》に扉が出現した。

「撫子《なでしこ》」

扉を開くと、あの夢の中の秋離宮だった。

魚やお菓子、本来ならあり得ない者達が浮遊している摩訶不思議《まかふしぎ》な世界。

撫子《なでしこ》が竜胆《りんどう》と現実ではない何処《どこ》かで出会うところ。

いつものように竜胆《りんどう》はそこに居た。

「撫子《なでしこ》、また来たんですね。さあ、おいで」

何だか、前に会っていた竜胆《りんどう》よりずっと大人の雰囲気がした。

姿形は変わらないのだが、纏《まと》う空気や声音の深みが違う。

「……」

ひとまず撫子《なでしこ》は竜胆《りんどう》のほうへ駆けていく。彼が手を広げてくれたので、撫子《なでしこ》も手を伸ばし、
二人はぎゅっと抱擁した。

先程も泣いてしまったが、また涙が溢《あふ》れる。

「………りんどう？」

「はい、俺のお姫様」

竜胆《りんどう》は光り輝くものを見る目で撫子《なでしこ》を見つめ返す。

撫子《なでしこ》も自分の光である彼を見つめた。

「どうして泣いているんですか？」

どこから取り出したのか、絹の手巾《ハンカチ》で竜胆《りんどう》は撫子《なでしこ》の涙を拭った。

拭っても、拭っても、撫子《なでしこ》の瞳から涙のしずくは溢《あふ》れ、海を作ろうとする。

「りんどう、りんどう」

「何がありました？　俺に聞かせて。撫子《なでしこ》」

その優しい声が、温かな手が、この数日間どれだけ恋しかったか。

撫子《なでしこ》は力一杯彼に抱きしめてもらってから、ようやく問いかけることが出来た。

「りんどう、だい、じょ、ぶ？」

嗚咽《おえつ》混じりなのでうまく言葉が紡《つむ》げていない。

竜胆《りんどう》は撫子《なでしこ》がたまらなく愛《いと》しいと言わんばかりに微笑《ほほえ》んだ。

「俺は大丈夫です。むしろ、貴女《あなた》に会えて嬉《うれ》しいことばかりだ」

「りんどう、わたくしと会いたかった……？」

「ええ、もちろん。お小さい貴女《あなた》と会うのは久しぶりだ」

言われて、撫子《なでしこ》は自分の姿を確認した。

――あれ、大人じゃない。

夢の中では成長した撫子《なでしこ》なのに。今日は違った。

どうやらこの夢は不安定のようだ。夢なのだから当たり前なのだが。

「あのね、ちがうの」

「何が違いますか、撫子《なでしこ》」

「だいじょうぶって聞いたの、ちがうの。いま大変なことが起きたから……それで、わたくし、それで……」

「今度はなんでしょう」

「こんどって……？」

「……すみません。そうですね、今の撫子《なでしこ》は一つしかない。何でしょう？」

撫子《なでしこ》はさめざめと泣きながら言う。

「わたくし……死んでしまったかもしれないの」

「は？」

竜胆《りんどう》は撫子《なでしこ》を腕に大切に抱いたまま固まった。

「りんどうも」

「……」

「もしかしたら、助けにきてくれたみなさんも。はなきりも」

「……………」

「レオさんはだいじょうぶかしら。りあむさま、ジュードさん、他のみなさんも」

その面子《めんつ》の名前を聞いて、竜胆《りんどう》は反応を示す。

「……撫子《なでしこ》、今は黎明《れいめい》何年？」

前にも尋ねかけられた問いかけだ。どうして現在時間を尋ねるのか疑問だったが、撫子《なでしこ》はうーんと考えた。

「いまは、黎明《れいめい》、二十一年……？」

撫子《なでしこ》はやはり年表が得意ではない。

「黎明《れいめい》二十一年……では春のことですね」

「そうよ」

「貴女《あなた》は、大変なことになった」

「そう」

「……黎明《れいめい》二十一年、春。そうですか……」

「夢だから、りんどうはだいじょうぶだったって、聞いても、いみがないかもしれないけれど」

竜胆《りんどう》は撫子《なでしこ》の頭を撫《な》でる。少し彼女が落ち着くのを待ってから尋ねた。

「……撫子《なでしこ》は此処《ここ》が夢だと認識していますか？」

いつもならすぐ頷《うなず》けたのだが、今回ばかりは考えてしまう。

「……前はそう思ってた。でも、いまははしんだあとにいく場所だと思うわ」

言ってから、深みのある切なさや悲しさが湧いてくる。

先程までは暗闇から脱出することに必死だった。自分が何であるかもあやふやだった気がする。だが、最愛の人に抱きしめてもらったことでやっと実感が出てきた。

「わたくし、死んでしまったのね」

罪を贖《あがな》う時がこんなにも早く訪れてしまったなんて。

――もっと生きたかった。

彼に愛の告白をすることも叶《かな》わなかった。

初恋が実ることも玉砕することもなく終わりが訪れた。撫子《なでしこ》はそう思って泣いたが、竜胆《りんどう》は撫子《なでしこ》の顔を上げさせて言った。

「いいえ、貴女《あなた》は生きています」

きっぱりと。あまりにも潔《いさぎよ》く断言するので、撫子《なでしこ》は反論が遅れる。

「でも竜胆《りんどう》が居るわ」

「俺も死んでいません」

「みんなでどこかに落ちたの」

「俺は落ちませんでした」

「まあ……」

撫子《なでしこ》は止まらない涙を流し続ける。

「……わたくしだけ、さきに……」

竜胆《りんどう》は『いやいや』と首を横に大きく振る。

「撫子《なでしこ》、貴女《あなた》は本当に死んでいないんです。俺が知っている」

「……でも」

「貴女《あなた》は大変な目に遭ってはいますが、現時点では亡《な》くなっていません。しかし、予断を許さない状況ではあります。そして、貴女《あなた》以外にもたくさんの人が困ったことになっています。放っておけば、死者は増えるばかりでしょう」

竜胆《りんどう》はまるで見てきたかのように物を語った。

「……」

撫子《なでしこ》は驚いて目を瞬《またた》く。ぽたぽたと落ちる涙が頰を伝う。

「……誰か、たすけにきくれる？」

「俺が助けようとしています」

おかしなことばかり言われているのに、撫子《なでしこ》は彼の言葉を否定出来なかった。

――りんどうが、いまもたすけようとしてくれている。

何故《なぜ》なら、彼は撫子《なでしこ》にとって何度でも助けに来てくれる王子様だからだ。

二人だけのごっこ遊び。だが、撫子《なでしこ》にとってはそうではない。

「りんどう、たすけて」

彼が自分を守る人で居てくれることが、彼女の人生にとって唯一の救いだった。

夢の中の彼に言ったところで無駄かもしれない。だが言いたい。

もう怖いことを終わりにしたい。

辛《つら》いこともたくさんあった。

「りんどう、たすけて、たすけて……」

竜胆《りんどう》の元へ帰りたい。今すぐに。

「もちろんです、俺のお姫様。俺が必ず貴女《あなた》を助ける」

彼は撫子《なでしこ》がいま一番欲しい言葉をくれた。

再び泣きじゃくる撫子《なでしこ》の額に、やわらかな口づけをしてから竜胆《りんどう》は言う。

「撫子《なでしこ》、もう少しだけ頑張って」

「うん……うん……」

「頑張れそうですか？」

「がんばったら、りんどうに、夢じゃなくても会える？」

「……はい。しかし、貴女《あなた》が命を繋《つな》いでくださる必要がある」

「つなぐって……？」

「命をです。貴女《あなた》だけでなく、その場に居るたくさんの命が貴女《あなた》に救命されるのを待っています。既に何名か死んでいるのを見てしまいましたね？」

撫子《なでしこ》はこくりと頷《うなず》く。何名どころではない。彼女が介入したことで途絶えた命もあった。

あれもきっと撫子《なでしこ》の殺人の内に入るだろう。

「撫子《なでしこ》にしか出来ないことが待っています」

「なにをすればいいの……？」

「ご説明いたします」

竜胆《りんどう》は撫子《なでしこ》の涙を手で拭ってから、彼女を地面に降ろした。

そして片手を横に振る。

「わ……」

すると、それまで摩訶不思議《まかふしぎ》な秋離宮だった風景が一瞬で変わった。

周囲は淡い光雲と闇の渦、そして極彩色の星屑《ほしくず》が散りばめられている。じっと眺めていると、うっすらとセージ・ヴィレッジの全景が見えてきた。

【天】から【地】を見ているような心地。

まったく違う次元で事件現場の中央神殿を眺めている。

――これ、あれにちかい。

撫子《なでしこ》は生命腐敗《せいめいふはい》の力を使う時に、霊脈を探る光景と似ていると思った。

「撫子《なでしこ》、宝石のように輝いている球体と、そうでない球体があるのがわかりますか？」

竜胆《りんどう》に問われて、撫子《なでしこ》は目を凝らす。

確かに中央神殿の中にそのようなものが見えた。

「あれが人です。光っているのは生者、そうでなく黒い闇を纏《まと》っているのが死者です」

言われて確認したが、圧倒的に死者が多かった。

撫子《なでしこ》は不安気な顔で竜胆《りんどう》を見上げる。

「これらをどうしたら良いと思いますか？」

「ど、どうするって……」

「全員救うにはどうすればいいか、考えるんです」

突然の無理難題に、撫子《なでしこ》は頭が大混乱になる。

「貴女《あなた》が救い出されるまでに時間を要する。一つずつ考えましょう。まず生きている人です。助け崩落はどんどん広がり、三階に留まっていた人達も階下に降りられなくなっていきます。助けが来たとして、彼らをあの崩落した神殿から脱出させるのは至難の業です。すると、いま生きている人達はどうなるでしょうか？」

怪我《けが》をして、身動きが出来ない者。治療が必要なもの。

その未来がどうなるかなど明らかだ。

「……みんな……しん、じゃう……」

撫子《なでしこ》はこれから訪れる悲劇に胸を突かれたように心痛を覚える。

「そうですね。そして死者も……まだ死んでから時間はそれほど経《た》っていませんから、貴女《あなた》なら手を尽くせば助かるかもしれないのに……」

「りんどう……わたくし、亡《な》くなったかたをたくさん生き返らせることは出来ないわ。一度に、あんな数のひと、無理よ」

「撫子《なでしこ》、ゆっくりなら？」

「ゆっくり……？」

撫子《なでしこ》は返しに困った。ゆっくりと治療する、蘇生《そせい》する、ということは今までやってきたことがなかった。救命措置は時間との勝負なはず。

「貴女《あなた》が居る場所は橋国《きょうこく》でも随一の霊山、マウントエルダーです。この地の霊脈なら、全回復とまで行かずともある程度までいけるはず」

「そうだとしても、わたくしが出来ることは少ないわ。だって、助け出してもらえるまでみなさんの死をくいとめ、蘇生《そせい》もしなくてはならないでしょう。でも治療できるのはわたくしだけなのよね……？　りあむさまは？」

「彼も貴女《あなた》の助けを待っています」

「……そんな」

「俺と真葛《さねかずら》さんの命は彼のおかげでなんとかなりましたね。お救いしなくては」

「それはそうなんだけれど……」

撫子《なでしこ》はうんうんと唸《うな》りながら考える。

——とにかく救助をまたなきゃ。

撫子《なでしこ》が治療したところで、瓦礫《がれき》の中ではみなどうすることも出来ない。彼女は治療することと、生命の力を吸い取ること以外は出来ない。建物を腐食させることも可能だが、それは二次災害を増やすだけ。兎《と》に角《かく》、撫子《なでしこ》が出来るのはみなの延命しかない。

しかしいつ来るかわからないものを、どれだけ待てば良いのだろう。

その間に絶望して死んでしまう者も出るはず。

救助まで全員をなんとか生かすことが出来れば、この戦いの勝ち筋もあると言うのに。

──それまでたえることができたら。

「あ……」

突如、撫子《なでしこ》の中に天啓が降りた。

かつて何処《どこ》かの春の少女神が選んだ戦法が、秋の少女神にも授けられた。

耐え忍び、戦機を待つ。

「仮死」

撫子《なでしこ》はぽろりと言葉が口から出た。

「仮死じょうたいに、みんなしてしまえば、いいのかも……」

撫子《なでしこ》はこの考えはどうかと竜胆《りんどう》を見る。竜胆《りんどう》は微笑《ほほえ》みを深くした。

「いま、みんな危険よ。わたくし救命のおべんきょうでならったわ。血がでてるひとにたくさん血がでてるって言うとそのかたはショックで亡《な》くなってしまったりするの」

「ええ、そうですね」

「いきているひとは、長い時間たすけをまっていたら悲しくてしんでしまうかも」

「それはいけない」

「みんな仮死でいるほうがいい。でも、しんでいると思われるとたすけてもらえないかもしれないから……怪我《けが》をなおしてから限りなく仮死に近いものにしなきゃ……」

「さすがです、撫子《なでしこ》」

撫子《なでしこ》は不思議に思う。

「そして今の貴女《あなた》の力量なら出来ます」

彼は撫子《なでしこ》がこの答えを出すことを知っているようだった。

「仰《おっしゃ》る通り。全員が生き残るには生かさず殺さずの状態で気絶させておくのが一番なんです」

「うん……」

「死者も、全快ではなく魂の呼び起こし前で留《とど》められれば貴女の負担も少ない」

撫子《なでしこ》は元気良く頷《うなず》きかけたが、動きがぴたりと止まった。

「……わたくしも、そう思ったのだけれど、やっぱりむずかしいわ」

「そうですか？」

「うん。魂にかえってきて、と言って反応がもらえないと、そのまま亡《な》くなってしまうはずなの。そもそもあんな大勢のかた、とてもひとりじゃむりよ……」

撫子《なでしこ》は死者を蘇生《そせい》することは出来る。瑠璃《るり》も真葛《さねかずら》も蘇生《そせい》させた。

しかし彼らの肉体損傷を治療した後に魂の呼び起こしまでするのは本当に一苦労なのだ。

治療だけなら、この霊山の力を借りてなんとか出来るかもしれないが、それ以降のことはお手上げだ。

――途中まで、なら。

そう、途中までなら出来る。

「いくら霊山があるからって……」

「出来ますよ」

「どうしてそんなことが言えるの？」

「撫子《なでしこ》、貴女《あなた》は生と死を司《つかさど》るものです。そしてそれは……言い換えてしまえば【時】を司《つかさど》るとも言えるのですよ」

「……時？」

竜胆《りんどう》は撫子《なでしこ》に柔らかな声音で語りかける。

「撫子《なでしこ》、貴女《あなた》は病気は治せない」

「うん」

「しかし肉体に入った弾丸は取り出すことが出来る」

「わたくしがやっているんじゃないわ。怪我《けが》を治していたら異物は自然とでるの。でも血はもどらないのよ」

「肉体から出たものと肉体の中とは時間軸が違うんです。貴女《あなた》はあくまで対象の時間を操作している。病気が治せないのもそのせいです。貴女《あなた》は病気の原因を消すことは出来ない。それはもうご存知ですね？」

「うん……」

延命は可能だが、病を持ったまま長い時間を生きさせる羽目になる。

竜胆《りんどう》の父親、菊花《きっか》が正に恐れていたことだ。

「貴女《あなた》は時を操作出来る。ですから、貴女《あなた》の技術次第では生者と死者を仮死に近づけ、そのまま保管することも可能なはずなんです」

こうやって整理されると、確かに自分がやっていることは治療でもあるのだが、時間を操作しているとも言える気がしてきた。

「貴女《あなた》はこれまでたくさんの困難をくぐり抜けてきた。今の力量なら出来ます」

「でも……そうできたとしてあとは？」

「後のことは後で考えれば良いんです。今は全員で助かるにはどういう決断をしたら良いか。それをお考えください」

ざっくりとした回答に撫子《なでしこ》は困ってしまう。

「なんだかいまのりんどう、てきとうだわ」

「そんなことはないです。ただ歳を重ねるとそういう思考にはなってしまいますね」

「……？」

「大丈夫、俺も此処《ここ》に居ます。少しずつやりましょう」

「え、でもわたくし夢のなかよ。みんなにふれることも出来ない」

「直接人間に触れる必要はありません。貴女《あなた》の練度なら霊脈を辿《たど》って治療出来ます」

「そうなの？」

「今だって、貴女《あなた》は無意識下で権能を使用しています。既に現実の貴女《あなた》はマウントエルダーの霊脈を辿《たど》り、自己防衛で自分の身体《からだ》を限りなく仮死に近い状態にして生存しておられるんです。貴女《あなた》が導き出した答えは、もう貴女《あなた》が選択した答えなんですよ」

説得力があった。撫子《なでしこ》はもう知っているからだ。

自分が無意識下で行った殺人で生きながらえた生命であることを。危機に落ちた自分が、生存本能で自分を守っている。そして、意識がない状態でそれが出来るなら、夢の中で撫子《なでしこ》が何かすれば、それも現実の撫子《なでしこ》の行動に反映される可能性は高い。

何故《なぜ》なら現人神《あらひとがみ》は、心で奇跡を起こす。

「……わかった。わたくしやってみるわ」

「頑張って、撫子《なでしこ》。貴女《あなた》なら出来る。俺はすぐ傍《そば》で見守りましょう」

撫子《なでしこ》はそれを聞いて胸を撫《な》で下《お》ろした。夢の中の竜胆《りんどう》に見守ってもらえるなら何とか出来そうだ。竜胆《りんどう》は撫子《なでしこ》に扇子を渡した。見知らぬ扇子だったが、手に馴染《なじ》む。

「さあ、歌って撫子《なでしこ》」

竜胆《りんどう》は撫子《なでしこ》と違い、何の不安もないようだ。

――竜胆《りんどう》はわたくしが出来ると信じている。

それが幼い少女神に勇気をくれた。

貴方《あなた》が傍《そば》にいて、視線をくれる。ただそれだけで存在が肯定される心地になる。

それが今の撫子《なでしこ》には必要だった。

――りんどうが居れば。

貴方《あなた》が居れば何だって出来る。

「秋の狂い咲き、とくとごらんあれ。金風吹かせ黄泉《よみ》の国、戻る者にはご用心」

撫子《なでしこ》は扇を開いて蝶《ちょう》の浮遊の如《ごと》く舞った。

同刻、セージ・ヴィレッジ。

大和《やまと》陣営と橋国《きょうこく》陣営、共同チームとなった一行は突然の地響きに耐えていた。

「地震⁉」

「瑠璃《るり》、離れないで」

それは中央神殿を目前としていた彼らだからこそ感じた揺れだった。

正にこの時、橋国佳州《きょうこくかしゅう》の秋の代行者《だいこうしゃ》は人から神に近づき過ぎて権能が暴走していた。

しばらくすると、揺れは無くなり、残されたのは不安だけだった。

「……おさまったな」

狼星《ろうせい》がぽつりとつぶやく。

「地震というよりかは、建物が倒壊した音に聞こえたが……あれを見ろ」

凍蝶《いてちょう》が前方を指差す。中央神殿は建物こそ崩れていなかったが、窓は割れ、そこから砂埃《すなぼこり》が蔓延《まんえん》していた。

「中で何かあったようだ、急ごう」

冬が先陣を切る。全員で建物に近づき、周囲を警戒してから中へ。

だが入ろうとした瞬間、上から瓦礫《がれき》が落ちてきた。リアムが作った大穴は最初こそ部屋の一部分だけで留まっていたが、時間が経《た》つにつれ崩落が増えていき、両陣営が辿り着いた時には一階は瓦礫《がれき》の山と化していた。それこそ大人の背丈ほどの瓦礫《がれき》が目の前を塞いでいる。とても内部を進める状態ではない。

三階から一階までノンストップの床ぶち抜き。しかも広範囲への腐食攻撃。

中央神殿は崩れかけていた。

『……誰か居るかっ⁉』

ハオランが声をかける。すると瓦礫《がれき》の向こう側から声が返ってきた。

「誰か！　誰かいますか！」

大和《やまと》語の反応があった。凍蝶《いてちょう》が声のするほうへ言う。

「こちら冬の代行者護衛官《だいこうしゃごえいかん》、寒月凍蝶《かんげついてちょう》！　その声は……白萩《しらはぎ》君か？」

少しの間の後に声の主、白萩《しらはぎ》が返事をする。

「寒月《かんげつ》様？　中に入って来ないでください。倒壊の危険性があります！」

瑠璃《るり》が声を上げた。

「撫子《なでしこ》ちゃんは⁉　竜胆《りんどう》さまは⁉」

「撫子《なでしこ》様は見つけましたが、保護する前に瓦礫《がれき》の落下で分断されました！　俺も……いま瓦《が》礫《れき》の下敷きです……。保安庁を通じて救助隊を呼んでください。建物は三階より下が徐々に崩れています！　皆さんは外に出て！　危険です！」

「そんな……！」

瑠璃《るり》はみんなを見る。雷鳥《らいちょう》が瑠璃《るり》を引っ張った。

「此処《ここ》を離れましょう」

「ダメダメダメ！　いま！　いま何とかしないと！」

「瑠璃《るり》！」

「これは命令です！　全員で知恵を出して、この状況を何とかするの!!」

瑠璃《るり》に仕えるようになってから、初めて出された主からの命に雷鳥《らいちょう》は驚いて動きが止まる。

彼も神の下僕。現人神《あらひとがみ》が人を救わんとしている時に自分の意見を押し通せない。

瑠璃《るり》は狼星《ろうせい》を見た。狼星《ろうせい》も瑠璃《るり》を見ていた。それから瑠璃《るり》はどうしたら良いか立ち尽くしているイージュンの手を取る。現人神《あらひとがみ》三人が顔を突き合わせる構図を取った。

「狼星《ろうせい》、建物の崩落、上のほうだけでも凍らせてどうにか出来ないかな？」

「俺もそれを考えていた。建物内の温度が下がることで重症者に影響が出ないか心配ではあるが……この建物自体が崩れるよりマシだろう。問題は瓦礫《がれき》だ。俺が氷結で建物を維持し続けるとして瓦礫《がれき》をどうどける？　イージュン、お前も案を出せ」

央語まで頭が回らない狼星《ろうせい》に代わって、同行していた月燈《つきひ》が素早く通訳する。

『……どうしましょう、鳥も駄目、虫も駄目、動物もこれでは役に立ちません。この件で夏は役に立ちません……嗚呼《ああ》、どうしましょう。あたくしが出来ることは……』

「あたし達は……あたし達は使役した眷属《けんぞく》で生存者がどれだけ居るか把握出来る！　位置がわかってるだけでも救助の早さが変わるよね？　イージュン様、どうかな」

『そうですね、それは確かに必要かも……。あと、あと……嗚呼《ああ》！　どなたか保安庁本部に連絡をしていますか？　橋国《きょうこく》政府にドクターヘリと消防隊を即時投入してもらわないと』

「凍蝶《いてちょう》！　凍蝶《いてちょう》！　保安庁に誰か連絡してるか⁉」

凍蝶《いてちょう》はちょうど携帯端末を持って会話しているところだった。神が何とかしろと言ったのだから、彼らはそれを助けるべく様々な機関に要請をかけるしかない。

「……ひとまず、俺は上を氷で固める。お前達は先程言った通り助け出せそうな範囲で人間が居るか調べてくれ。秋の護衛の声は聞こえていても場所がわからん。位置さえわかれば、近いところの瓦礫《がれき》は男達を総動員させてどけさせる」

「わかった！　イージュンさま、やろう！」

『はい、共にお願いいたします！』

集まった者達は大捕物をするはずが、一転して災害救助活動をする羽目になった。

彼らが力を合わせてこの困難を乗り越えようとしている中、白萩《しらはぎ》以外の秋の護衛は駆けつけた者達の会話を聞いていた。

声を出せずとも、救出活動に感謝する者。意識を失って倒れている者。

もうすぐ生命が尽きようとしている者。

その中で阿左美竜胆《あざみりんどう》は声も出せず倒れている者だった。

——声が、出ない。

三階から一階へ駆け、玄関ホールまで辿《たど》り着《つ》いた後、崩落はすぐ起きた。

竜胆《りんどう》が地に伏している撫子《なでしこ》を見つけて、走って近づいた途端の出来事だった。見知らぬ男に抱きかかえられるように守られていた彼女に触れようとした時。

二階のフロアが崩れて瓦礫《がれき》の下敷きになった。

——声が。

一瞬気絶したのだが、すぐに目覚めて撫子《なでしこ》を探す。動かせるのは視線のみ。瓦礫《がれき》の下は夜闇のように深い暗闇が作られていたが、幸いなことに撫子《なでしこ》の小さな手だけは見えた。

——撫子《なでしこ》。

竜胆《りんどう》はその手に触れたくてどうにか腕を動かそうとするが、うまくいかない。下手に身動きすれば危ないことはわかっている。

——撫子《なでしこ》、撫子《なでしこ》。

それでも竜胆《りんどう》は精一杯、指先を伸ばす。そしてやわらかい手のひらにほんの少しだけ触れることが出来た。

——まだ、温かい。

つまり生きているはず。

そうだ、死んではならない。彼女だけは生かさなければ。

——撫子《なでしこ》、俺の生命を吸え。

竜胆《りんどう》は祈る。

——撫子《なでしこ》、お前なら出来る。やるんだ。

無意識による権能使用。彼女なら出来るはずだった。

遠くで救助活動をする者達の声は聞こえているのだ。彼らが諦めず、此処《ここ》に辿《たど》り着《つ》いてくれればまだ生き延びられる可能性はある。

——撫子《なでしこ》。

だが、撫子《なでしこ》の手のひらは竜胆《りんどう》の指先から生命力を吸収することもなく、ぴくりともしない。

——もう、死んでしまったのか。

竜胆《りんどう》の瞳から涙が溢《あふ》れた。

この身体《からだ》では涙を拭うことすら出来ない。呼吸が苦しくなるだけなのに、塩辛い感情のしずくは頰を伝っていく。

——じゃあ、俺も連れていけ。

竜胆《りんどう》は投げやりにそう思った。

——俺も連れていけ。

主の居ない世界。こんな幼い少女神一人守れない自分。

どちらも要らない。

――撫子《なでしこ》、待ってくれ。俺も供をする。

段々と竜胆《りんどう》の意識が霞《かす》んできた。

――撫子《なでしこ》、俺もいくよ。

視界も歪《ゆが》んでいく。

――撫子《なでしこ》。

竜胆《りんどう》は瞼《まぶた》が強制的に下がっていく中で、最後に不思議なものを見た。

――何だ、あれは……。

不思議なものは二つあった。

一つは撫子《なでしこ》の手が淡い光を帯びたことだ。何かしら神通力《じんつうりき》を使用したと考えるのが妥当だが、竜胆《りんどう》の身体《からだ》が生命力を吸われて干からびることはなかった。

そしてもう一つは闇の中を蠢《うごめ》くものだった。

カサカサと、瓦礫《がれき》の隙間を動く何かがある。それは最初虫だった。

次に鼠《ねずみ》だった。

そして次に……。

【それ】は竜胆《りんどう》の頬をくすぐると、けして離れないとばかりに身体《からだ》に巻き付いた。

――嗚呼《ああ》、神様。

竜胆《りんどう》は自然とそう心の中でつぶやく。

そこで意識が途切れ、まるで絶命したように動かなくなった。

最後に見たものは、本来なら此処《ここ》に居ないはずのものだった。

ほんの僅差で、撫子《なでしこ》の手のひらが竜胆《りんどう》の指先をぎゅっと握ったのだが、彼は気づかないまま眠ってしまった。


事件は同時並行で様々な展開を見せていた。

夢の中の竜胆《りんどう》から啓示を受けた撫子《なでしこ》はマウントエルダーの霊脈を辿《たど》り、生命腐敗《せいめいふはい》で続々と怪我人《けがにん》と死者を仮死に近い生存状態へと引き上げていた。

狼星《ろうせい》は生命凍結《せいめいとうけつ》の力を用い、建物の崩落を防いでいる。

瑠璃《るり》とイージュンは生命使役《せいめいしえき》でありとあらゆる瓦礫《がれき》の隙間から眷属《けんぞく》達を投入し、何処《どこ》に人間が倒れているのか把握をしていた。

そして、此処《ここ》に至るまで語られていない存在もまた、この運命の盤上にようやく現れ、チェックメイトを決めようとしていた。

「自分は姫鷹《ひめだか》さくら、四季の代行者護衛官《だいこうしゃごえいかん》。そしてこちらにいらっしゃるのが花葉雛菊《かようひなぎく》様。

大和《やまと》の【春】であらせられる」

「花葉《かよう》、雛菊《ひなぎく》、と、申します」

大和《やまと》の春が、橋国《きょうこく》に参上していたのである。

第十一章 光芒

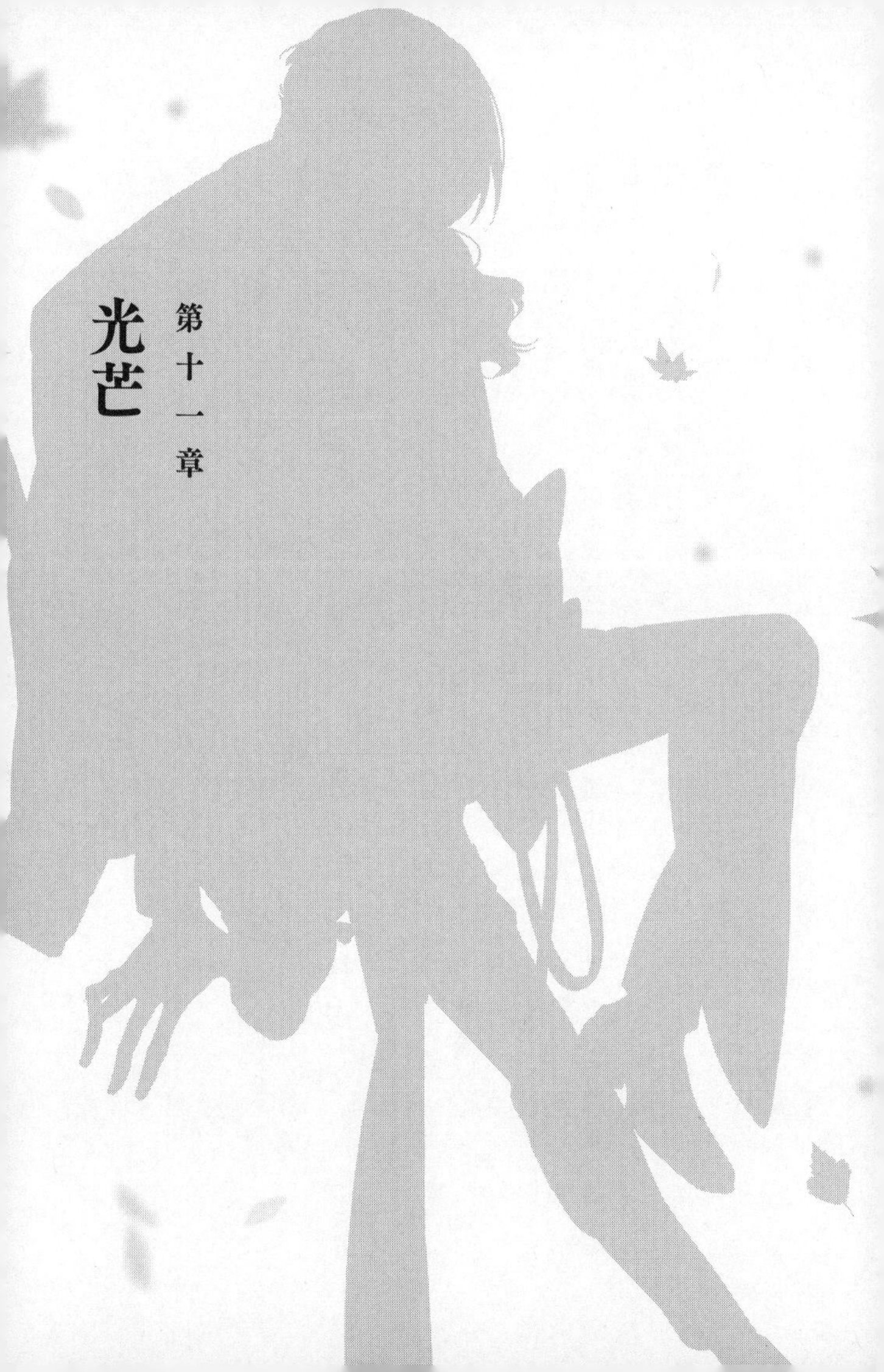

時間はまた遡る。

大和《やまと》陣営が橋国《きようこく》へ飛び立ったのは大和《やまと》時間で言うと四月五日のことだった。

『狼星《ろうせい》さま、も、瑠璃《るり》、さま、撫子《なでしこ》さま、も、さっき、いってくるね、めーる、くれました。ひこうき、たいへん、なんだってね……』

『ええ、十時間ぐらい飛行機に乗って……それからホテルへ移動だそうですから、大変だと思いますよ。狼星《ろうせい》から次の連絡が入るのは明日以降でしょうね。あいつ、時差があることわかっているかな……。いや、さすがに凍蝶《いてちょう》が注意するか……』

『じさ、どれ、くらい？』

『確か約十六時間ほどだと。いま大和《やまと》は朝ですから、橋国《きようこく》に着くのはこちらの時間帯で言うと夕方頃。しかし橋国《きようこく》では日付をまたいで深夜になります』

『わ……ぜんぜん、ちがう、ね』

『はい』

このような会話が繰り広げられ、彼女達は彼女達で春の季節顕現に勤《いそ》しんでいた。

それから日にちは過ぎて四月十日。

大和《やまと》陣営が帰還したという知らせはないまま日々は過ぎていた。

それどころか、冬からの連絡も少なくなっていく。

四月十日。この日はさすがに冬主従どちらも電話をくれるだろうと雛菊《ひなぎく》は思っていた。

何故《なぜ》なら、愛する護衛官姫鷹《ごえいかんひめだか》さくらの誕生日なのだ。

エニシの最後の季節顕現を早朝に行い、見事全日程を終了した春主従は解放感に溢《あふ》れた状態で空港へ向かう。

これで一安心。今年の春はすべて贈ることが出来た。

冬主従もそろそろ連絡をくれて良いはずだが、さくらが連絡をもらったと雛菊《ひなぎく》に教えてくれることはなかった。

時差があるのだから仕方ない。だが、雛菊《ひなぎく》は妙に感じた。

「ねえ、さくら、凍蝶《いてちょう》、お兄さま、から、連絡、きた？」

車の中で雛菊《ひなぎく》は尋ねる。

隣に座っていたさくらは一瞬何とも言えない顔をしてから目線を下にした。

「……狼星《ろうせい》からは日付が変わってすぐ電話が来ていましたよ」

「え、そう、なの？」

「はい。何だか慌ただしいのか、すぐ会話が終わりましたが」

「凍蝶《いてちょう》、お兄、さま、は？」

「……」

さくらの唇が、つんと尖《とが》った。

「……別に、来てません。あいつは忙しいんでしょう」

雛菊《ひなぎく》の最も愛おしい女の子が、盛大に拗《す》ねている。

「え、えええ！」

雛菊《ひなぎく》は雷に打たれたように衝撃を受けた。

――凍蝶《いてちょう》、お兄さま、が。

ぶるぶると手さえ震える。

――さくら、に、お祝い、でんわ、してない。

さくらより、雛菊《ひなぎく》のほうがショックな顔つきになってしまった。

異常事態である。天変地異である。

少なくとも雛菊《ひなぎく》からするとそうだった。

というのも、凍蝶《いてちょう》はさくらと連絡のやり取りを再開してから、事あるごとにすぐ電話をしてきていたからだ。

さくらが『メールで良い』と言っても『声が聞きたい』と電話を入れる。

それが寒月凍蝶《かんげついてちょう》という男だった。

その彼が、恐らくはこの世で最も大切にしているさくらという花に誕生日祝いの電話を入れないなんて。大和《やまと》の春の女神も驚いて口を開けたままぽかんとしてしまう。

百歩譲って、忙しいにしてもメールはするはず。

いや、やはり狼星《ろうせい》が電話をしたのに凍蝶《いてちょう》がしていないということがおかしい。凍蝶《いてちょう》であればさくらに事前に電話をしていいか確認した上で日付が変わった瞬間、一番に電話してきてもおかしくはないのだ。

せめて朝など、始業前の時間を狙ってだとか、何かしらさくらの一日の動きを考えてコンタクトを取るだろうに。もうすぐ昼になってしまう。

──おかしい。

雛菊《ひなぎく》は、驚いた後に妙に鋭く思った。

──なにか、おきてる。

女の勘、というか雛菊《ひなぎく》の勘は当たっていた。大事件はとっくに起きていた。

大和《やまと》と橋国《きようこく》の秋誘拐事件だ。

この大和《やまと》時間四月十日で何が起きていたかと言うと、正道現人神教会《せいどうあらひとがみきようかい》から犯行声明が出て、夏主従が車を走らせてマウントエルダーに向かっていた。

春主従はこれまでの出来事を何も知らずにいたのだ。

雛菊《ひなぎく》は車内の他の人間に橋国《きょうこく》の動向を尋ねてみることにした。

相手は運転席に居る霜月《しもつき》と、助手席に居る藤堂《とうどう》だ。

雛菊《ひなぎく》は彼らの表情を窺《うかが》いながら質問をした。何か隠していることはないかと。

春の女神から、突然このような疑いをかけられて内心二人はぎくりとした。

冬主従から春の警護を任されている彼らだけは現在の橋国《きょうこく》騒動を知っていた。

二人は白を切った。そうすることが護衛としての務めだった。

狼星《ろうせい》と凍蝶《いてちょう》からも言いつけられていた。

くれぐれも春主従に心的負担がかかるような情報は入れるなと。

――「『絶対に隠し通さなくては』」

二人は心でそう思い、頑《かたく》なに口を割ることを拒否した。

雛菊《ひなぎく》による優しい尋問は車内でずっと続く。

それでも情報を引き出せなかった雛菊《ひなぎく》は、空港に着いた瞬間にさくらの手を取って『橋国《きょうこく》に、行く！』とその場から逃げて走り出す騒ぎを起こした。

絶対に絶対におかしい、と譲らなかった。何かが隠蔽されている。その自信があった。

雛菊《ひなぎく》がこうもムキになることはほとんどない。もはや隠し通すのは無理だと判断した藤堂《とうどう》と霜月《しもつき》は最終的に白状した。橋国《きょうこく》で起きている事件の数々を。

ふらり、と立ちくらみがした雛菊《ひなぎく》をさくらが支えた。

「……雛菊《ひなぎく》様、夏にご連絡をしましょう」

それまで傍観者というか、一歩引いたところで主が自分の誕生日でやきもきしているのを見ていたさくらは、すぐさま護衛官《ごえいかん》の顔になった。

大和《やまと》にあやめと連理《れんり》が残っていることは知っていたので、まずは彼らに相談した。

案の定、夏もこの騒動を知らされておらず、何かおかしいと感じていたらしい。

『昨日も旅行の景色の写真とかもらってたんですよ。許せないわあの二人……気遣いなんでしょうけど……嗚呼《ああ》っ！　でも許せないっ！』

「あやめ様、現地に行かれますよね？」

『もちろんです。姫鷹《ひめだか》様、足はどうされますか』

「うちはいま季節顕現が終わったばかりで、空港に居ますからこれから乗れる最短のやつを取ります。まずエニシから帝州《ていしゅう》空港に行かねばなりません」

『了解です。橋国《きょうこく》に到着したら合流したいので、ご連絡しても？』

「ぜひお願い致します！」

こうして、弾丸で橋国《きょうこく》行きが決まったというわけだ。

さて、此処《ここ》からは時差との戦いだ。

大和《やまと》時間、四月十日正午の場合、橋国《きょうこく》時間では四月九日午後八時になる。

春主従と夏夫妻がどれほど最速で動いても、橋国佳州《きょうこくかしゅう》に到着出来たのは橋国《きょうこく》時間でいうと四月十一日朝方になった。この時点では祝月撫子《いわいづきなでしこ》の消息はマウントエルダーにありと報告が上がっている。大和《やまと》陣営も橋国《きょうこく》陣営もあらゆる手段で現地に向かっていた。

春主従はあやめと連理《れんり》と現地空港で合流。既にあやめが大和《やまと》政府及び現地の外交機関を通じで橋国《きょうこく》の軍用ヘリをチャーターしていた。

ほぼ寝ていない一行はヘリのプロペラの音も意に介さぬほど熟睡。

マウントエルダー登山口付近に辿《たど》り着《つ》くと、そこで出会う。

「自分は姫鷹《ひめだか》さくら、四季の代行者護衛官《だいこうしゃごえいかん》。そしてこちらにいらっしゃるのが花葉雛菊《かようひなぎく》様。大和《やまと》の【春】であらせられる」

「花葉《かよう》、雛菊《ひなぎく》、と、申します」

待機を命じられていた幼い冬の主従に。

『え、え？　アタシは冬の代行者《だいこうしゃ》クロエ。橋国佳州《きょうこくかしゅう》の【冬】だよ……です』

『大和《やまと》も橋国《きようこく》も大集合じゃん……僕はルイーズ。クロエの代行者護衛官《だいこうしやごえいかん》です』

此処《ここ》では連理《れんり》が通訳で活躍してくれた。というか、道中は彼の独壇場だった。

藤堂《とうどう》と霜月《しもつき》も簡単な央語会話くらいなら可能だが、流れるように会話をするということは経験に乏しい。

『お初にお目にかかります。俺は夏の代行者《だいこうしや》の夫……一応、護衛官《ごえいかん》見習いのようなものをしております、葉桜《はざくら》連理《れんり》です。こちらは妻のあやめ。大和《やまと》の【夏】です』

「初めまして、クロエ様、ルイーズ様。あやめです。お会い出来て光栄です」

『央語は不得手ですが、僭越《せんえつ》ながら俺が代表して通訳を務めさせていただきます。そして、あの……あちらにいらっしゃる方々は……』

みんなの視線が一斉に一方向へ向けられた。

連理《れんり》が言っているのは、神兵団《しんぺいだん》のことではなかった。

一際《ひときわ》異彩を放つ二名の男女が居たのだ。

『大和《やまと》も橋国《きようこく》も大集合、ということはつまりそういうことでしょうか？』

連理《れんり》の問いかけを受けて、彼らも自己紹介をした。

光り輝くブロンド。白磁の肌。丹花《たんか》の唇、黄金の薔薇《ばら》が人の形を成したような美少女がまず一人。恐らく十三歳くらいか。山には不釣り合いな繊細なレースで施されたドレスワンピースを着ている。そして隣には執事のような格好をしている色艶が深い中年男性がもう一人。

少女は口を一度開けたが、何も言わず閉じ、そっと執事の背に隠れた。

『……』

『すみません。うちの主は極度の恥ずかしがり屋でして喋《しゃべ》りません。こちらは橋国佳州《きょうこくかしゅう》の春の代行者《だいこうしゃ》ダフネ。そしてボクは彼女の護衛官《ごえいかん》をしております。ロバートです』

ロバートの声は一声聞いただけでゾクッとするほど良いバリトンで、彼の見た目にぴったりだった。

「さくら、お、おんなじ、春、だって……」

「ええ、驚きましたね……。雛菊《ひなぎく》様よりお小さいです」

「というか佳州《かしゅう》の代行者様《だいこうしゃ》、みんなお小さくありません？　お若い方ばかりなのかしら」

異国の現人神《あらひとがみ》との邂逅《かいこう》に慣れていない大和《やまと》の春と夏は出会いの連続に少々気圧《けお》されてしまう。

その間に、クロエがぺちゃくちゃと喋《しゃべ》った。

『ダフネちゃん、こっちおいでよ』

クロエが手招きするが、ダフネは動かない。ダフネが動かないのでロバートも動けない。あまり仲の良くない人達が絶妙な距離感を取っている、というような状態が続く。

クロエはため息をついて雛菊《ひなぎく》達に言った。

『ダフネちゃんはさ、マジで喋《しゃべ》らないから。無理して喋《しゃべ》らせないほうがいいよ』

『クロエ、四季会議《しきかいぎ》でダフネ様を追いかけ回して泣かせたことあるんです。あの方、本当にシャイで、無理してコミュニケーション取ろうとすると、びっくりするくらい泣きますよ』

ルイーズがすかさず補足する。

『あ、あれはさ～！　おしゃべりして欲しくて話しかけてただけだもん！　意地悪言ってないよ！　多分！　それに謝ったもん！　ダフネちゃん、アタシ、謝ったよね？　あの後さ、クッキー贈ったけど食べてくれた？』

『……』

『すみませんクロエ様。クッキーは食べていましたよ。ダフネ……御礼くらい言えないかい？』

『…………』

ダフネはやはり護衛官の背中から出てこなかった。

『ありがとうと言っています』

絶対に言っていないのだが、とりあえずロバートがフォローした。

クロエががっくりと肩を落とす。

佳州《かしゅう》の複雑な代行者《だいこうしゃ》相関図についてはあまり触れないほうが良い。

そう判断した連理《れんり》はさくっと話題を変えた。

『我々はこれから大和《やまと》陣営に加わろうと思います。皆様方は？』

この問いにはルイーズが説明した。ダフネとロバートも現地に来て説明を受けている途中だったようで、共に清聴する。

まず、まだ床に転がっているエヴァン・ベルという男の正体。これまでに起きたこと。

自分達が留守番をしていることを含めて、正直に話した。ここで見栄《みえ》を張って嘘《うそ》をついてもどうせ後でバレる。

『ダフネ様達は、他の四季の代行者《だいこうしゃ》が移動していることを知って、季節顕現を切り上げて来てくれたんです。多分、心配してくれたのかなと思うんですけど……』

ルイーズの視線がちらりと男女歳の差主従に向かう。ロバートが頷《うなず》いた。

『佳州《かしゅう》のエンジェルタウンで一部桜の木が秋になって、大騒ぎになっていましたから、動向は注目していたんですよ』

『ではロバート様。俺達と一緒に向かわれますか？　危険があるかもしれませんが……』

『ご一緒させてください。ダフネの力で何か手伝えることがあるかもしれません。彼女もそのつもりで最初から来ています』

『了解です。神兵団《しんぺいだん》の方にもお供してもらいましょう。クロエ様、ルイーズ様はどうされますか？』

　クロエはお供したいという顔をしたが、すぐに諦める。

『……アタシ達、此処《ここ》に居てあのおっさん見てなきゃいけないんだ』

　反省しているのかしおらしい。だが、ルイーズが思いついたように言った。

『ねえ、エヴァンのおっさんさ、氷壁の中に入れておけばよくない？』

『え……』

『寒いだけだからよくない？　あいつが言い出したことだしいいでしょ』

　クロエはルイーズの発言に慄《おのの》いたかと思いきや、目を輝かせた。

『ルイーズ！　めっちゃ頭良いじゃん！　天才！』

『でしょでしょ。僕って冴《さ》えてる！』

『大和《やまと》の人達！　ダフネちゃん、ロバートさん、ちょっと待ってて！　アタシも一緒に行く！』

　そう言うと、クロエはウキウキで氷壁を出現させ気絶しているエヴァンを囲ってしまった。

　あやめと連理《れんり》は唖然《あぜん》とし、ダフネとロバートは特に驚きもせず黙っている。

　雛菊《ひなぎく》とさくらは顔を見合わせる。

「冬のひと、どこも、おつよい、ね」

「身近過ぎて忘れていましたが、彼らは基本的に好戦的な狩人《かりゅうど》なんですよね」

　なんやかんやと時間を取られたが、彼らもまたセージ・ヴィレッジに向かうこととなった。

そして到着するのだ。大惨事になっている中央神殿前に。

「……ひな?」

瓦礫《がれき》を運ぶ作業を護衛陣と混ざりながらやっていた狼星《ろうせい》が、春の存在に気づいた。
何か見た訳では無い。風から春の香りがした。
春の代行者《だいこうしゃ》特有の体質。彼女達は花のかぐわしい匂いがするのだ。

「ひな」

狼星《ろうせい》は中央神殿から出て外を見た。
豆粒大の大きさで人影が見える。足は勝手に動いた。
汗水垂らして行う救出作業。手から血が滲《にじ》んでいて、酷《ひど》くボロボロの格好をしている。普段の狼星《ろうせい》なら身綺麗《みぎれい》ではないことを気にするが、今の狼星《ろうせい》は走って彼女達の元へ向かった。

「ひな!」

「狼星《ろうせい》、さま!」

雛菊《ひなぎく》も駆け出す。途中でつまずきかけて、慌ててさくらが腰を抱いて転倒を防止したのだが、狼星《ろうせい》が突進してきたので今度は後ろに倒れて尻もちをついた。

「おい狼星《ろうせい》っ！　危ないだろう！」

さくらが怒って一喝し、くどくどとお説教をしようとしたが。

「……ひな、さくら……お前ら、何だ……来たのか……」

狼星《ろうせい》が一瞬だが、泣き笑いにも似た笑顔を見せてから二人ごとその手で抱擁したので驚いて声が出なくなった。狼星《ろうせい》は自分でしたくせに、すぐにハッとして両手を上に挙げた。

「すまん。ついお前らに会えて嬉《うれ》しくて……今のはけしてふしだらな気持ちでは……」

その仕草が面白くて、雛菊《ひなぎく》は照れながら微笑《ほほえ》み、さくらは呆《あき》れた。

「……というか、どうして来た？　まさかあいつらバラしたのか、いま起きてること」

狼星《ろうせい》が後方を見る。藤堂《とうどう》と霜月《しもつき》がスッと視線を逸《そ》らしている。

後で事の顚末《てんまつ》を聞けば許す他なくなるだろう。春の女神様に脅されて勝てる者は少ない。

「さくら！　雛菊《ひなぎく》様！」

遅れて凍蝶《いてちょう》がやってきた。彼もジャケットを脱ぎ捨てて救出作業スタイルになっている。

凍蝶《いてちょう》はズボンで汚れを拭ってから倒れている女性陣に手を差し出した。そして言う。

「…………来てしまったか」

まるで血を吐くような声音だった。

常に余裕のある彼らしからぬ様子だ。

「何が来てしまったかだ！　馬鹿凍蝶《いてちょう》」

さくらは渋々凍蝶《いてちょう》の手を借り、狼星《ろうせい》が雛菊《ひなぎく》を起こした。

「寒月様《かんげつ》、うちの瑠璃《るり》と雷鳥《らいちょう》さんあっちですか？」

「……寒月様《かんげつ》、その、俺が本来は色々止めるべきだったのかもしれませんが、女性陣に勝てませんでした。すみません」

あやめと連理《れんり》もやきもきしながら会話に口を挟む。

「嗚呼《ああ》、あやめ様、連理《れんり》君……。ええ、夏主従はあちらにいらっしゃいます。あやめ様、どうかお怒りをお鎮《しず》めください。全員で知らせないという決断をしたんです……。それに、我々はいま皆様のお怒りを受け止められる状況ではなくて……」

言ってから凍蝶《いてちょう》は彼の春の花を見つめた。

「さくら……」

さくらは見つめられてたじろぐ。

「本当にお前なのか。幻覚を見ている心地なのだが」

「凍蝶《いてちょう》。お前それ似たようなこと前も言ってたぞ。疲れてるだろう」

身体《からだ》を起こす手伝いをしたまま握っていたさくらの手を、凍蝶《いてちょう》はぎゅっと握ってみる。

柔らかな感触が確かにあった。しかし疑問を持ってしまう。

「凍蝶《いてちょう》、おい……」

さくらは気恥ずかしくなって繫《つな》がれた手を外そうと揺らした。しかし凍蝶《いてちょう》が離さない。

手を繋《つな》いでいることを周囲に示すだけになってしまう。

「おい！」

「ああ、すまない。失礼した」

ようやく凍蝶《いてちょう》はさくらを解放した。そして真剣につぶやく。

「……幻覚の可能性がやはりごく僅かだがある」

さすがの冬の代行者護衛官《だいこうしゃごえいかん》も、この心労続きで限界が来ているようだった。

「凍蝶《いてちょう》、お前相当やばい」

「やばいか……だが現時点で起きている出来事のほうが酷《ひど》いぞ……聞いたらお前の心も折れるかもしれん」

秋は拐《かどわ》かされ、誘拐犯のアジトに着いたと思えば後輩護衛官《ごえいかん》共々倒壊した瓦礫《がれき》の下敷き。

こんな山奥に災害救助のプロが来られるのは何時間後になるのかわからない。

ずっと悲しみを堪えながら瓦礫《がれき》をどかすしかなかったのだ。

――もしかしてかなりまずい状態なのか。

凍蝶《いてちょう》がこれほどまでに憔悴《しょうすい》している。その事実をさくらは重く受け止めた。

さくらは他の者達に視線を向けてから言う。

「凍蝶《いてちょう》、我々も手伝う。助《すけ》っ人《と》も連れてきた。クロエ様とルイーズ様はもう知っているな。あちらは佳州《かしゅう》の春の代行者《だいこうしゃ》ダフネ様と護衛官《ごえいかん》のロバート様だ」

狼星《ろうせい》と凍蝶《いてちょう》は姿勢を正して挨拶をした。

それから、中央神殿で作業をしていた他の者達にも追加の現人神《あらひとがみ》参戦の報が届けられた。

「皆様方！　応援に来てくださったんですか⁉　大和《やまと》から？」

月燈《つきひ》が感極まった様子で出迎えてくれた。

「雛菊《ひなぎく》さま、さくらさま……！　お姉ちゃん！」

「瑠璃《るり》、貴方《あなた》顔色真っ青よ……大丈夫なの？」

「……連理《れんり》くん。僕はまた何も出来ませんでした。無能です」

「雷鳥《らいちょう》さんどうしたの。らしくない！」

全員が集結したところで情報共有は速やかになされた。

撫子《なでしこ》達が居た建物が一部倒壊、中にはたくさんの人が残されているという簡単なあらましだったが、それだけで十分と言えば十分だった。

此処《ここ》で春が投入されたことは大きな戦力だ。彼女達に動いてもらう他ない。

「……ダフネさま、雛菊《ひなぎく》、ふたり、で、やる？」

雛菊《ひなぎく》がダフネに声をかける。

「生命《せいめい》、促進《そくしん》、蔓草《つるくさ》、で、がれき、どける。きっと、できます」

月燈《つきひ》と連理《れんり》が通訳に入った。ロバートが代わりに返事をした。

『ダフネは花葉《かよう》様ほど熟練の域に達しておりません。足を引っ張るかもしれませんが……』

「雛菊《ひなぎく》、まだ、春の代行者《だいこうしゃ》、二年生、です」

『ご謙遜を。御身のお噂《うわさ》は聞いております。雛菊《ひなぎく》様の手ほどきを受けてでしたら可能かと。先に御身に歌舞を披露していただき、その神通力《じんつうりき》の道筋に沿ってクロエも植物を操る。そういう形でもよろしいでしょうか？』

「だいじょぶ、です。さいしょ、ちょっときんちょう……するけど」

ロバートは雛菊《ひなぎく》の言葉に優しく返す。

『うちの主も緊張しております。ですが、やる気はある子ですのでどうかよろしくお願いいたします』

そう言うと、ロバートはダフネをすすすと前に出した。

みんなの視線が集まると、ダフネは途端に顔を真っ赤にする。

涙がじわじわと瞳に浮かんできた。

だが、ロバートが優しく『頑張れダフネ』と囁《ささや》くと、それを機に口を開いた。

『ダフネ、がんばります』

やっと聞けた声は、鈴の音のように愛らしかった。

さあ、いざやいざや、春の饗宴《きょうえん》である。

瑠璃《るり》とイージュンの生命使役《せいめいしえき》で要救助者の場所は特定出来ていた。
雛菊《ひなぎく》は彼女達の神通力《じんつうりき》の痕跡を辿《たど》って草木を這《は》わせる。

「梅の花笠《はながさ》　夢見草　花の狩人《かりゅうど》は数え歌う」

花を、蔓草《つるくさ》を、この山野なら生命促進《せいめいそくしん》で使えるものはなんでもある。
春の女神が歌って舞えば、手折ることの出来る野花も岩を砕き、瓦礫《がれき》を持ち上げる。

「星羅の如《ごと》く　草木は揺れる」

そうして竜胆《りんどう》は見るのだ。

「揺蕩《たゆた》う　その様　笑み漏れる」

彼が体感している時の流れより、瓦礫《がれき》の下に居る時間は長かった。

「野掛けに行こう　貴方《あなた》とふたり」

撫子《なでしこ》に仮死のいざないをかけられた竜胆《りんどう》が最後に見たのはこの光景だったのだ。

「雪が降っても　私が解かす」

春の草花が自分の身体《からだ》を見つけ、守るように身体《からだ》に巻き付いた。

「恋ひ恋ひて　待ち焦がれていた」

コンクリートの残骸に花が咲く。

その度に、息も出来ぬほど押し潰されていた者達が救われていく。

「冬の君　貴方《あなた》と駆ける　この旅を」

これぞ春。雪を解かすほどの愛を持つ者達のみ、操ることが出来る神の御業だ。

竜胆《りんどう》とジュード、彼らが窮地で呼んだ【神】への嘆願は確かに聞き届けられていた。

それから大和《やまと》、橋国《きようこく》、両陣営は目にする。

煌々《こうこう》とした光を身に宿したまま眠っている撫子《なでしこ》と、彼女の傍《そば》で倒れている竜胆《りんどう》を。

代行者《だいこうしや》達が、撫子《なでしこ》が現在進行系で神通力《じんつうりき》を使用していることを指摘すると、それまで死体と思われていた者達が瀕死《ひんし》状態で生存していることがわかった。

何名か掘り出してもみな同じ状況なので、これは撫子《なでしこ》の意思によるものだろうと推測。

救出された者達は駆けつけたドクターヘリにより速やかに運ばれていく。

目立った外傷もなく気絶しているだけの者に関してはエルダーシティの病院へ。

救命活動に終わりの目処《めど》がついたのは、その日の夜になってからだった。

代行者《だいこうしや》達は後日知ることになるが正道現人神教会《せいどうあらひとがみきようかい》が暴露した現人神《あらひとがみ》殺しについて、橋国《きようこく》では大きな議論を巻き起こすニュースとなっており、世論はこの犯罪を見過ごした者達を批判。

殺しに加担した者達の退路は断たれ、日を追うごとに逮捕者が出た。

そして、眠り続けた撫子《なでしこ》には知り得ないことだが、マウントエルダーで起きた事件を聞いた橋国《きようこく》中の秋の代行者《だいこうしや》が集まり、ずっと仮死に近い状態のまま保管されていた者達の魂の呼びかけがなされていった。

黎明《れいめい》二十一年、春のことだった。

第十二章

雲外蒼天

引き金を引いた時、確かにそれを見た。


恐らく走馬灯と呼ばれるもので、圧縮された思い出達が脳内を駆け巡るのを確かに見た。

不思議と悲しい記憶は再生されず、子どもの頃のことが多かった。

母親とクッキーを作ったこと、自転車に乗れるように特訓したこと、給料が入ったからと馴《な》染《じ》みの料理屋でたらふく飯をご馳走《ちそう》してもらったこと。

遊園地の回転木馬で手を振りながら世界の素晴らしさを知ったこと。

辛《つら》く苦しい人生だったが、母に愛されていた瞬間はあった。

忘れてはいけなかった思い出の数々を、本を読むように紐解《ひもと》いた。


母との記憶を浴びた後に訪れたのは突然の静寂で、どぼんと水中に沈んだ。


どんどん深淵《しんえん》に呑《の》まれていくのがわかった。

今度は悲しい記憶が蘇《よみがえ》った。

すべてノア様のことだった。

『ジュード、助けて』

あの悲鳴が忘れられない。

そうかこうした責め苦か、と自分が味わうべき地獄を理解したが、理解した途端に今度はただの日常の記憶が溢《あふ》れた。

あの方の寝顔。あの方の靴を潰して歩く悪癖。寝癖を何度も直してさしあげたこと。

それはとても優しい日々で、辛《つら》いこともあったが良《い》いこともたくさんあったと誰かに言われているようだった。

『ジュード』

最後に記憶にない形で名前を呼んでもらえた気がするが、幻かもしれない。

その後はもう彼の人の声が聞こえることはなかった。

長い長い落下の後。最終的に自分という存在がコンと音を立ててどこかに行き着いた。

水底だ、と感じた。

そこは地獄にしては随分と穏やかなところだった。
真っ暗闇の深海で泡が弾《はじ》けていくのをただひたすら眺める。そういう地獄。
気が狂う人もいるだろうが、自分にとっては安寧だった。
もう誰かを憎む必要性もない。
──何故《なぜ》って此処《ここ》には人が居ないから。
もう誰かを愛する苦しみを持つこともない。
──何故《なぜ》って愛した人達と自分とでは魂の行き場が違うはず。
もうどう死ぬか考えることもない。
すべては鉛玉で終わらせた。
このまま泡になるまで待とう。
この孤独が罰というのなら受け入れよう。
いずれ心も死んで何も感じなくなるだろう。
早くそうなりたいと思った。心など無くなってしまえと願ったことは何度もある。
生きている限り、傷つき苦しむことは終わらない。
石のようになれたらどれだけ生きやすいことか。
もしくは、誰かを傷つけることに良心の呵責《かしゃく》を感じない悪人になれたら。
父のようになれたらきっともっと人生は楽だった。

——死んでしまった後に考えても仕方がない。

後悔ばかりの人生だった。

——次、という概念はあるんだろうか。

わからない。こんな水底に居るということはそうしたものはないのかもしれない。

あまりにも長い時間一人で揺蕩《たゆた》うしかなくて、意識は勝手に身の程知らずなことを考えてしまう。例えば、もし【次】があるとしたらどうしたいか、と。

——幸せにしたい。

最初に、そう思った。幸せになりたいではなく、幸せにしたいと。

明確に相手が浮かんで、それが人生の最後に抱きしめていた人のことだと気づいて泣きたくなったが自分に目玉があることすらわからない。

此処《ここ》は水底。自分はただの塵芥《ちりあくた》。

もうすべてはどうにも出来ないのだ。

リアム、と意識の中で呼んでみたが、声は返ってこなかった。

代わりに小さな手が伸びてきて、水面に引き上げられる感覚を得た。

茜色《あかねいろ》に照らされた輝雲《きうん》と沈む夕陽《ゆうひ》がこの世の終わりのように美しかった。

秋の代行者護衛官《だいこうしゃごえいかん》であったジュードは久しぶりに外の景色を見ていた。

彼の背後には灰褐色の建物がひっそりと立っていた。

そこは非公開の刑務所で、ジュードのように世に出ぬ者が閉じ込められるところだった。

関係者以外立入禁止。犯罪者の家族も面会は出来ない。

てっきりこのまま牢《ろう》の中で壁を見て人生が終わると思っていたのだが。

―そうではなくなったらしい。

突然妙な時間に牢《ろう》から出され、用意された服を着て、夕焼けを観《み》ることを許されている。

『……』

ジュードは手をさする。手の拘束があった場所が痛い。一緒に歩いてきた警備員に、そのまま門前で待機するよう言われたが、次は何処《どこ》に行くのだろう。

―殺されるのだろうか。

隠密《おんみつ》に処刑されるということはあり得た。

四季の末裔《まつえい》は一般人とは違う世界で生きているし、これまでも私刑は多くあった。

ジュードを生かしておくことで得られる利益というものも特に無い。事件の重要参考人ではあるが、他に捕らえられた者でもその役目は果たせる。

――撫子様《なでしこ》も、どうしてオレも生かしたのか。

あの中央神殿で自死してから、ジュードは絶望に抱かれていた。

優しい秋の神様、祝月撫子《いわいづきなでしこ》が自分を蘇生《そせい》していたからだ。

おかげで、生きながら犯した罪や、腕の中で冷たくなっていったリアムのことをいつまでも思い返しては懺悔《ざんげ》する日々だった。

――嗚呼《ああ》、何でもいい。

早く何もかも終わってくれたら楽になれる。

――早く終わりたい。

ジュードは上を見るのをやめて、地面を見た。コンクリートの道を蟻《あり》が歩いている。

自分がこの蟻《あり》なら潰されてすぐ終わりなのに。なぜ、今ものうのうと生きているのだろう。

――レオ、死んだのだろうか。

撫子《なでしこ》と共に大穴に落ちた仲間を思う。

――あいつはどうなったんだろうか。

そして、父親と呼ぶべきかどうかも迷う相手の顔を頭に浮かべた。

目覚めたら健康体で生かされていたジュードは、自分が暴いた犯罪の数々が結局どうなったかほとんど聞かされていない。

レオはジュードと同じく保安庁に捕まって別の施設に居る。

ジュードの父親、エヴァン・ベルは心配せずとも蘇生《そせい》された私兵部隊の者達共々保安庁により捕らえられているのだが、やはりそれを教えてくれる人は居ない。

——もっと酷《ひど》い目に遭うと思っていたのに、事情聴取ばかりだった。

ジュードが想像していたような乱暴な取り調べはなく、保安庁の重要参考人への聞き取りは正しく行われた。彼らは、ジュードの情報収集能力の高さに驚いていた。

何せ正道現人神教会《せいどうあらひとがみきようかい》なんてものは個々に何らかの資質があったところで小規模な人間の集まりに過ぎない。

素人《しろうと》の集団が出来るような犯罪ではなかったのだ。

これに関しては、ジュードは口にしてはいない秘密があった。

——情報屋は売れない。

彼に手助けしてくれる者が居たのだ。

ある日、ジュードのメールアドレスに【伏竜童子《ふくりようどうじ》】と名乗るものから連絡が届いた。

彼は橋国《きようこく》で起きている現人神《あらひとがみ》殺しを把握しており、これに対して義憤を覚えるという旨《むね》を綴《つづ》っていた。怪しい相手からの連絡など、普段は相手にしないのだが、【伏竜童子《ふくりようどうじ》】は人の心にするりと入り込む魅力を持っていた。

結果的に、彼は犯罪を暴《あば》く為の様々な方法を教授してくれたので、話す価値がある人物だった。そして、情報屋と名乗ってはいたが彼はジュードに金銭を要求しなかった。

——変な奴《やつ》だった。

ジュードの計画を聞いても止めることもなく、むしろそうすることを勧めた。

彼は彼で世直しをしているらしい。

遠く離れた場所で頑張る貴方《あなた》を応援する、と最後のメールは終わっていた。

不思議なことにジュードがやった訳では無いのにそのメールもいつのまにか消えてしまっていたので、ジュードは彼のことをイマジナリーフレンドか何かだったのではと疑っている。

此処《ここ》に至るまでの間、ジュードの精神は日々じわじわと摩耗していた。

あまりの精神負荷でそんなものを作り出してしまった自分を否定出来ない。

——有り得なくはない。

もしくはもっとファンタジックなものか。

何にせよ、言っても信じてもらえないだろうから彼の存在はジュードの中だけで秘めておくつもりだ。

『……』

蟻《あり》はいつの間にかジュードの前を通り過ぎてしまい、視界から消えた。

どれだけここで待ちぼうけしなくてはならないのかわからない。

射殺する気なら今すぐして欲しいとジュードは思う。

——リアム。

早くして欲しい。

ジュードにはあの世で謝らなくてはならない相手が居るのだ。

もしかしたらジュードの身分では彼に会えないかもしれないが、それでも望みをかけたい。

——リアム。

あの小さな秋のことを考えると、どんな時でも涙が滲《にじ》む。

最後に見たリアムは腕の中で死んでいく姿だった。

ノアに続いて二人目。

ジュードはまた現人神《あらひとがみ》を救えなかった。

——現人神殺《あらひとがみ》しなんて、オレのことを言っているようなものだ。

こんな自分が何故《なぜ》護衛官《ごえいかん》に選ばれていたのか。

その理由については一生知らないほうが良いだろう。

父親が早く息子が殉職することを願って危険な職に追い込んだなどという事実は彼の人生に不要だ。もう十分傷ついた。まだ二十歳にもなっていない青年にしては、既に一生分の悲しみを味わったと言っても過言ではない。

たとえ家族と言えどわかり合えない者達は居る。

ジュードは偶々《たまたま》そういう星の下に生まれてしまったのだ。

そしてそれを悔やみ固執するよりは、忘れてしまったほうが楽になることもある。

ジュード自身も、エヴァンで心の内を満たすより、逝《い》ってしまった最愛の神様のことを想《おも》っていたかった。

――リアム。

コンクリートに涙の跡がついた。

――死んで会いに行きたい。

涙が出ると、自分もまだ子どもなのだと実感する。

――オレに涙なんか要らない。

そういうものは、泣いても赦《ゆる》されるような人間だけが流すものだと思った。

自分では地面に汚い染《し》みを作るだけだ。

『十三番、迎えが来た。車に乗れ』

警備員に言われて、ジュードは顔を上げた。

気がついたらジュードの目の前に黒塗りの車が走ってきていた。

――豪華な霊柩車《れいきゅうしゃ》だ。

自分の行く先が処刑場だと信じて疑わないジュードは皮肉ではなくそう思う。

車は停車すると、勢いよくドアが開いて中から人が出てきた。もう黄昏時《たそがれどき》に近く、顔の判別はつかない。その人は軽やかに動くと、ジュードめがけて走ってきた。

ドンッとぶつかった小さな影が、あまりにも柔らかくて驚く。

『……』

最初、ジュードは自分が刺されたのかと思った。そうあるべきだと感じたからだ。

しかしどれだけ待っても小さな影が抱きついている腹辺りに鈍痛は来ない。

「…………」

ジュードはその人がしがみついたまま離れないので、どうしたら良いかわからずまごついた。

やがて、彼は薄暗闇の中で知る。

『ジュード、帰ろう』

小さき人の正体を。彼はうつむいていた顔を上げ、ジュードに語りかけた。

ジュードの小さな秋。

『帰ろう。もう帰っていいって』

彼の最後の神様。

『お前を出してもらうために、ぼく、たくさんいろんなひとにお願いをしてたんだ』

最後まで愛情を欲《ほっ》していた子ども。

『それで……前よりふじゆうな生活ってやつになるらしいんだけど、でも、お前それでもいいよな……？』

ジュードの宝物の少年が確かに存在していた。

『リアム……？』

『……だめって言っても、きまったんだ』

『リアム、君が、どうして……』

わなわなと震えながらジュードは尋ねる。何故《なぜ》、此処《ここ》に居るのか。リアムは答える。

『撫子《なでしこ》が生かしてくれた。あと、お前のことをどうするかもぼくが決めて良いって大和《やまと》は言ってくれた。そのかわり……もうぼくはいっさい大和《やまと》とはかかわらない……。というか、ぼくは今後……季節はもたらすけどそんざいしないあつかいになるんだけど……』

『……何で、君が』

『あれだけのことをしたから。悪魔ってみんなにいわれた。でも、お前も悪いにんげんだし、おそろいで良いよな……。良いって、言ってよ……』

秋の神様の申し出はある側面で言うと残酷だった。ジュードはもうリアムから逃げられない。一生、彼と共に居るしかないだろう。だが、迷える人の子からすると救済だ。

彼は一度もこの少年神と離れて暮らしたいと思ったことがない。

ジュードぽたぽたと涙を零《こぼ》した後に、リアムを抱きしめた。

抱きしめて頰にキスをしてそれでも信じられず子どもらしく泣いた。

『傍《そば》に居てくれ、リアム。これが夢じゃないなら消えないで』

ジュードが懇願するようにそう言うものだから、リアムの中でぽっかりと開いていた穴は簡単に塞がってしまった。彼の秋は、ようやく欲しい者が手に入ったのだ。

『いいの？』

だがすぐに不安になって尋ねる。

『お前、きっとくろうするよ』

『……いくらでも背負いたい』

『あのさ、あとで言うのひきょうかもだけど……。お前、十七歳だからさ、しかも四季のまつえいだから裁くのむずかしいんだって。ぼくとのことをことわったら、ちがう未来もあるらしいんだけど……』

『…………要らない。君以外欲しくない』

『ほんとにほんとにぼくでいいか？』

『君の傍《そば》に居たい』

『ここでうんって言ったら一生になっちゃうんだぞ』

『うん』

『ぼく、【秋の悪魔】だなんて言われちゃってるんだ。お前、秋の悪魔の護衛官《ごえいかん》だよ』
『称号なんてどうでもいい。君と居られればなんでもいい』
『……』
あまりにもポンポンと欲しい台詞《せりふ》を言ってくれるものだから、リアムは困ってしまう。
それから、泣き続けるジュードをなだめてから彼を車に乗せた。
『家へ』
運転手にそれだけ指示して終わる。リアムの一生はこれからとても制限される。
【家】か【季節顕現】かそのどちらかしかなくなるだろう。
――前とあんまり変わんない。
寂しい生活は慣れっこだ。ジュードを手元に戻す条件としては軽すぎる。
これからも、きっと両親とはあまり会えない。
もう一緒に住むことも厳しいだろう。
兄弟達と電話で口を利《き》くことすら無理かもしれない。
『リアム、迎えに来てくれて、ありがとう』
それでも良いと思えるほど、この男が欲しかった。

終章　秋の舞

黎明《れいめい》二十一年、晩春。

春の代行者《だいこうしゃ》が齎《もたら》した夢幻のように美しい季節はもう終わりに近づいていた。

東洋の桜と謳われる大和《やまと》では、春の終幕を惜しむ人々の声に溢《あふ》れている。

大和《やまと》に春が戻ってまだ二年目。花逍遥《はなしょうよう》はいくらしても足りない。

この季節をずっと愛《め》でていたい民が多いのだ。

秋の代行者祝月撫子《だいこうしゃいわいづきなでしこ》は、橋国《きょうこく》騒動があってからというもの、秋の里でずっと謹慎状態だった。

「はなきり、もうボールは飽きたの？」

こうして本殿の一角で勇敢な愛犬と遊ぶくらいしか許されていない。

「わんっ」

此度《こたび》の事件に関しては、昨年の暁《あかつき》の射手《しゃしゅ》事件とは違い、撫子《なでしこ》に瑕疵《かし》はまったく無いのだが、二度目の誘拐があったということで厳重警備の措置が取られている。

そのせいで、撫子《なでしこ》は他の現人神《あらひとがみ》達と会うことも難しい。

大和《やまと》だけでなく、佳州《かしゅう》の神様達とも、電話で連絡しているところすら隠れてしないとまずいような事態だ。

橋国《きょうこく》で起きていた現人神殺《あらひとがみごろ》し。

これは橋国《きょうこく》のみならず世界中の現人神界隈《あらひとがみかいわい》に震撼《しんかん》を齎《もたら》した。

連続殺人事件の全貌が明かされたようなものなのだから、反応は推して知るべしだ。

犯罪に加担されていたと思《おぼ》しき者達は保安庁に連行され、現在進行系で取り調べを受けている。そして、佳州《かしゅう》のみならず橋国《きょうこく》全ての州の現人神教会《あらひとがみきょうかい》と季節の塔が監査対象となった。

世界現人神信仰公正委員会《せかいあらひとがみしんこうこうせいいいんかい》は人手不足で大変らしい。

「撫子《なでしこ》様、少しお庭に出ますか？」

撫子《なでしこ》の救命措置により回復した者達は、幸いなことに全員復帰している。

「真葛《さねかずら》さん、いいの？」

「ええ。警備をつけたら良いとやっと許可を取れました。白萩《しらはぎ》君に頼みましたから、花桐《はなきり》のお散歩がてらいきましょうか。夏になったらこの時間帯を歩かせるのは厳しいので、今のうちだけでも……」

「はなきり、お散歩うれしい？」

「わん、わん！」

「うれしいって」

満面の笑顔の真葛《さねかずら》に連れられて、撫子《なでしこ》は本殿の廊下を歩く。

途中で白萩《しらはぎ》も合流した。

「撫子《なでしこ》様、花桐《はなきり》の毛、そろそろ刈り時ですね」

帰国してから白萩《しらはぎ》は花桐《はなきり》の世話を前よりもっとするようになった。

白萩《しらはぎ》は瓦礫《がれき》の下でも花桐《はなきり》を抱えて守っていた。彼に敬意を感じたのか花桐《はなきり》の中で白萩《しらはぎ》のランクが格上げされ、スーツをよだれでびしょびしょにされることはなくなっている。

「とりまーさん、お呼びしなくちゃね」

「はい。夏が来ますし、スッキリさせたいですね」

自分のことを話されていると理解している花桐《はなきり》は、みんなの足元を嬉《うれ》しそうにうろちょろと歩き回る。三人と一匹は談笑しながら本殿を出てすぐの大和《やまと》庭園へ向かった。

そんな彼らを、本殿の別の部屋から見守る者が居た。


「撫子《なでしこ》様、お元気そうで何よりだな……」

竜胆《りんどう》の父親、阿左美菊花《あざみきつか》。

「用事が済んだら帰ってくれ……」

そしてその息子、阿左美竜胆《あざみりんどう》だ。

橋国騒動《きょうこくそうどう》が収束してから、竜胆《りんどう》は何だかんだと菊花《きっか》とはすれ違っており、ちゃんと話をするのはこの時が初めてだった。

「お前な、親に言っていい台詞《せりふ》かそれは」

「俺はちゃんと時計を見て言ってる。母さんと待ち合わせしてるはずだろ。夜には俺も家に顔を出すけど……久しぶりの帰国なんだから妻を大事にしたらどうだ」

親子仲は前よりも少しだけ良くなった、というくらいだ。世間的には十分仲が良い。

菊花《きっか》は『あと少しくらい大丈夫だ』と言ってその場に留まる。

「それで、撫子《なでしこ》様のご両親は。さすがに会いに来たか？」

「……来た」

「何だって？」

「…………撫子《なでしこ》さえ望むのなら、帝州《ていしゅう》で新しい居を構えて一緒に住むという話をしてきた」

「ほお」

「ただ、そうなると警備の観点から秋離宮並みの邸宅を建てなくてはならない」

「そうだな」

「それがステータスになるから申し出ているんじゃないかと俺は疑った」

「……そんなにあれなのか」

竜胆《りんどう》は大きく頷《うなず》いた。

「そんなに酷《ひど》い親なのか、ということなら答えは是だ。現に、撫子《なでしこ》の見舞いに来たのも大和《やまと》に帰ってほとぼりが冷めてからだしな。そして話す内容が邸宅のことばかりだったので、俺はそう判断した」

「それでも、少しくらい心配はしていただろう？」

「そういう素振りは最初に見せたが、後の会話の九割はどんな御殿が良いかだよ」

菊花《きっか》は口を開けたまま呆《あき》れた。おもむろに言う。

「ちょっとうちの一門の若いの連れて俺が脅しに行くか？」

さらっと怖いことをそそのかす父親に、竜胆《りんどう》は首を横に振った。

「この件はもう片付いている。撫子《なでしこ》が両親に手切れ金として成人するまで入る給与を全部やると言った。それを対価に縁を切るそうだ」

菊花《きっか》はまた口を開けた。

「何だそれっ！」

「成人後は別に後見人を立てる」

「いやそうじゃなくて！　撫子《なでしこ》様、ご自分でそんなことを言ったのか⁉」

「ああ。帰国後に自分の働いたお金について聞かれてな。あの子もあの子なりに色々考えていたんだろう。多分……見舞いの日が最後だったんだ」

竜胆《りんどう》は庭で花桐《はなきり》を追いかける撫子《なでしこ》をじっと見て言う。

「ここでも、駄目だったら、もうこの人達とはオサラバしようと決めていたんだよ」

事件の連続の後で、家族と最後の日を過ごした撫子《なでしこ》の心境というものはどういうものだったのか。それは今もこうして父親と話している竜胆《りんどう》には推し量ることも難しい。

「……齢《よわい》八歳が……」

「撫子《なでしこ》の精神年齢はもっと大人だと思う。偶《たま》にすごく大人びたことを言うから……」

菊花《きっか》は【精神】という言葉を聞いて、何かを思い出した。

「そう言えばお前、撫子《なでしこ》様が話されていたこと……俺以外に言ったか？」

竜胆《りんどう》は撫子《なでしこ》に注いでいた視線を菊花《きっか》に向けた。

「いや……言ってないが」

菊花《きっか》は安堵《あんど》の様子を見せる。

「良かった。ならしばらくは誰にも言うな。というか基本的には胸の内にしまっておけ」

「そんなにまずい事象だったのか？」

「まずいというか……規格外すぎる、というか」

菊花《きっか》は頭をボリボリと手で掻《か》いてから言う。

「もう一度確認するが、撫子《なでしこ》様は夢の中のお前がまるで未来を語るが如《ごと》く話してくれたことにより、窮地を脱したんだな？」

竜胆《りんどう》は頷《うなず》く。それは二人共意識を取り戻した後に交わされた会話により判明した。

『あのね、りんどう。ありがとう』

中央神殿脱出後の病院にて。撫子《なでしこ》は突然竜胆《りんどう》に感謝を告げたのだ。

橋国《きようこく》の取り計らいで、隣同士の寝台で寝かされ絶対安静を言いつけられていた。

撫子《なでしこ》と竜胆《りんどう》は雨降って地固まるというか、あまりにも色んなことが起こりすぎて、道中あった気まずさなどすっかりなくなり、元の二人の関係に戻っていた。

『撫子《なでしこ》、ありがとうとは……』

こうして話せることが嬉《うれ》しい。しかし、感謝を言われること自体謎だった。結局自分は撫子《なでしこ》を助けることは出来ず、逆に彼女の類まれなる神通力《じんつうりき》の御業で助けられたのだから。

瓦礫《がれき》から救ってくれたみんなにも感謝しているが、長時間瓦礫《がれき》に挟まれていても死んでいなかったのは撫子《なでしこ》のおかげだ。

『撫子《なでしこ》……俺は、貴女《あなた》に感謝される身分では……』

『そんなことない……りんどうはたくさん助けてくれたの……。もちろん、わたくしを救うためにあそこにきてくれたこともそうだけど、夢のなかでね……』

そして語られたのが【夢の中の竜胆《りんどう》】という謎の存在だった。

驚くべきことに、撫子《なでしこ》は今までも彼と会っていたらしい。

会える頻度は決まっていないが、大抵撫子《なでしこ》の身で何か起きた時に夢で出会い、悩み事を聞き、時には解決方法を提示してくれると。会う度に雰囲気が違う。しかし見た目は竜胆《りんどう》なのだと。

――何だそれ。

竜胆《りんどう》はその話を聞いた時、背筋が凍った。何か、人の理に存在しないものが、例えば悪鬼やら悪霊《あくりょう》やらそういったものが自分になりすまして撫子《なでしこ》に語りかけているとしたら。

――お祓《はら》い案件だろ。

困った挙句、菊花《きっか》に相談していたのだ。

出来れば里ではないところで内密に撫子《なでしこ》の厄払いをしたかった。

「あれな、多分本当のことを言ってるぞ」

その伝手《つて》を今日教えてくれるのかと思いきや、菊花《きっか》は深刻な顔で言う。

「お前に言われてから、妙に引っかかって……大和《やまと》のみならず他の国の秋の代行者様《だいこうしゃ》の資料を取り寄せて閲覧してみたんだ。そうしたらな、似たような事例があった」

「悪霊《あくりょう》、悪鬼、夢魔の類の取り憑《つ》きか！」

「違う」

菊花《きっか》は冷静に否定する。

「そうじゃない。撫子《なでしこ》様の言うことは恐らく本当で、あれはお前と喋《しゃべ》っているんだ。それも、現在じゃない未来のお前だ」

「は……？」

竜胆《りんどう》は耳を疑った。

「秋の権能は生死を操る。しかし、それは究極的に言えば時間操作をしているのではないかという論文は昔から存在するんだ。ただ、この時間操作に関してあまりにも局地的なので暴論過ぎないか、では時間の概念とは、という果てしない論争にも結びついていて……」

竜胆《りんどう》は長くなりそうなのでその話は止めた。

「撫子《なでしこ》が夢の中と言っている場所は、実は未来だと？」

「実際に行っているのかどうかは謎だ。いくつか仮説を立てた。たとえば未来の撫子《なでしこ》様が居るとして、過去の撫子《なでしこ》様が精神と時空を捻《ね》じ曲《ま》げて飛んでいき、未来の撫子《なでしこ》様に乗り移って会話している可能性がまず一つ」

「……」

「精神感応的な……いわゆる思考転写と呼ばれるもので未来のお前と通信している可能性が二つ目」

「……父さん」

「最後は、撫子《なでしこ》様が【夢】と言っている場所は時の狭間《はざま》のようなところで、そこでは未来のお前と、過去の撫子《なでしこ》様が、何らかの条件を満たすと邂逅《かいこう》することが出来るという可能性だ」

　菊花《きつか》は至極真面目に考えてくれていた。

　しかし竜胆《りんどう》が話に追いつけない。そういうオカルトじみたことは不得手だった。

「撫子《なでしこ》様ほどのお力をお持ちなら、可能かもしれない」

「……確かに他の人間に言ってはいけないな。馬鹿にされる……」

　菊花《きつか》は竜胆《りんどう》にムッとした顔を見せた。

「あのな、父さんは真面目に言ってるんだぞ。この中で真実があった場合、お前はいつか過去の撫子《なでしこ》様と会う日が必ず来る」

「……俺が？」

「そうだ。時系列はどういう風になっているか不明だが、もしそうなった時に撫子《なでしこ》様につれなくしてみろ。過去が変わり、未来にも何かしら変化が出るかもしれないぞ」

「父さん、映画の観《み》すぎじゃ……」

「俺は真剣だって言ってるだろ！　まったく、駄目な息子だな！」

「駄目な息子で悪かったな。俺はお祓《はら》いが出来る人を紹介して欲しかっただけなのに果てしないサイエンスファンタジーを聞かされて驚いてるんだよ」

「……いいか。今のお前がそんな調子だと、未来になって苦労するぞ。とにかく、父親として、そして新たに撫子《なでしこ》様の護衛をさせていただく者として言う」

菊花《きっか》は腰に手を当てて告げる。

「撫子《なでしこ》様と夢で遭遇したら優しくするように！　もちろん未来のお前も撫子《なでしこ》様に優しくしろ！」

「……」

現在の竜胆《りんどう》は菊花《きっか》に恩があり、何かを強く言い返すことが出来なかった。此度《このたび》の橋国《きょうこく》騒動で、撫子《なでしこ》の警備について問題視され、あわや竜胆《りんどう》は護衛官《ごえいかん》引退になりかけた。

それが、阿左美《あざみ》一門の優秀な父親が護衛陣に加わるということで事なきを得たのだ。

いずれは他の家族も来るかもしれない。菊花《きっか》は着々と撫子《なでしこ》の依存を分散させようとしている。

「……わかったよ。というか、俺が撫子《なでしこ》につれなくすることはない」

「わからんだろ。夢なら言ってもいいと酷《ひど》いことを口走る可能性は無きにしもあらずだ。お前は俺と似ず、女性の繊細な機微がわからないから……」

「女性の繊細な機微がわかる男なら母さんの待ち合わせに走っていけよ。さっきから携帯端末の着信音鳴ってないか？」

竜胆《りんどう》が指摘すると、菊花《きっか》のズボンの尻ポケットで振動していた。携帯端末には確かに着信が入っている。菊花《きっか》が焦《あせ》った顔でもう行くと言うので竜胆《りんどう》は外まで見送ってから撫子《なでしこ》達が居る庭に移動した。桜はすっかり散ってしまい、桜薬降《さくらしべ》る様に風情《ふぜい》を感じる。

歩く道は桜の絨毯《じゅうたん》が出来ていて、良い目の保養だ。

——撫子《なでしこ》と俺が未来で話す？

竜胆《りんどう》は歩きながら菊花《きつか》が話していたことを頭の中で反芻《はんすう》した。

それはあまりにも奇想天外、荒唐無稽な話で、とても現実になるとは思えない。

だが、もしそのようなことが本当に起きるとしたら。


「りんどう！」


竜胆《りんどう》は彼の姿を見つけて駆けてくる自身の少女神に視線を向けた。

嗚呼《ああ》、転んでしまう。そう思って竜胆《りんどう》も走り出す。後ろでは真葛《さねかずら》が『危ないですよ』と声をかけている。白萩《しらはぎ》が花桐《はなきり》を抱き上げて、竜胆《りんどう》に飛びつくのを阻止した。

花桐《はなきり》は竜胆《りんどう》を歓迎するように吠《ほ》えている。


「撫子《なでしこ》、俺のお姫様」


もしそのようなことが本当に起きるとしたら。

きっと竜胆《りんどう》はいつか知るだろう。

夢の中で竜胆《りんどう》は撫子《なでしこ》を目の前にしていた。


場所は破壊されたはずの秋離宮。

離宮の中はまるで水族館のように水と魚で満たされている。

二人はその中に居るのだが、呼吸は問題なく出来ていて、視界も明瞭だった。

海の底の世界はとても美しいが、光は乏しい。外も海の底ならば、この屋敷《やしき》から出て上に泳いでいけば孤独ではなくなりそうだが、撫子《なでしこ》も竜胆《りんどう》も離宮に留まっていた。

『どうやったら大人になれるのかしら』

その少し幻想的で、しかしどうも奇妙さが拭えない世界観が、やはり此処《ここ》が夢の中だと教えてくれる。

『……大人って何歳？』

――まただ。

そこで竜胆《りんどう》は気づいた。

――また撫子《なでしこ》と話している。

目の前の撫子《なでしこ》は大きく成長していた。少なくとも八歳ではない。

夢の中で会う彼女の見た目はいつも違う。不安定な年頃であるのは現在も一緒で、現実の彼女の気持ちも揺れているからこうなるのかもしれない。

精神がリンクしているのだ。過去の撫子《なでしこ》と現在の撫子《なでしこ》が。

しかしそんな話はいま目の前に居る彼女には関係ない。

そして夢の中の竜胆《りんどう》も、撫子《なでしこ》の異変を気にしている暇はなかった。

――今日はどんな相談なんだ。

此処《ここ》では撫子《なでしこ》が心の内を話してくれる。それが大切なことだった。

このちぐはぐな状況でも、貴女《あなた》が自分を欲《ほっ》してくれるならそれでいい。

『……何を持ってして大人と定義するかで返答が変わりますね』

竜胆《りんどう》はいつも通り優しく語りかける。

『りんどうみたいにお煙草《たばこ》が吸えるようになったら？』

『そうしたら、大和《やまと》では二十歳で解禁ですね。世界的には十八歳で解禁の国もありますよ』

『二十歳になったらわたくしは大人？』

『撫子《なでしこ》は煙草《たばこ》が吸える大人になりたいのなら、そうですね。俺はやめてほしいですが。撫子《なでしこ》はそうなりたい？』

悩む顔を見せる彼女を、竜胆《りんどう》は素直に愛おしいと思う。

『ううん……。わたくしは、多分……一人でも困らずにご飯が食べられるようになりたいんだと思う。お買い物も、一人で出来るようになれたらもっと大人だわ』

『貴女《あなた》が神である限り、食いっぱぐれることはありませんよ。買い物は……誰かご一緒してしまうでしょうが』

『じゃあ、りんどうが居なくてもいいような大人になりたいわ』

撫子《なでしこ》の言葉に、竜胆《りんどう》は瞬《また》きをして言葉を失った。

『……俺が居ないほうが、いい？』

撫子《なでしこ》は頷《うなず》いた。

『ええ。お互いそのほうが良いみたいなの』

『誰がそんなことを言いましたか』

『竜胆《りんどう》のお父さまが』

『……』

『二人で話しているのを聞いたの。わたくしはとても危険な神様だから、依存されないようにしたほうがいいって』

『………』

『依存って、竜胆《りんどう》にくっついて、優しくしてもらうのを嬉《うれ》しくなることでしょう』

竜胆《りんどう》は心臓が痛くなった。顔が青ざめ、喉がカラカラに渇いていく。

『撫子《なでしこ》、いまは黎明《れいめい》何年ですか？』

撫子《なでしこ》は困った様子を見せたが、何とか答えた。

『えっと……去年が黎明《れいめい》二十年、だったそうだから、いまは黎明《れいめい》二十一年？』

『黎明《れいめい》二十一年……』

竜胆《りんどう》は片手で目元を覆い、呻《うめ》いた。

――そんな前から、知っていて。

この竜胆《りんどう》にとって、撫子《なでしこ》が父との会話を聞いていたことは初耳だった。

『貴女《あなた》はそれで、俺から離れて大人になろうと努力してくださっていたんですね……』

言葉がうまく出ない。

『うん……』

彼女は優しい人だから、竜胆《りんどう》が傷つくだろうとずっと黙っていたのだ。

――今の今まで隠していたのか？

きっと、夢で言わない限り、墓場まで持って行った。

『貴女《あなた》はそんなことしなくてもいいんですよ』

『そんなことないわ』

『そんなことあります』

『いいえ。わたくしがりんどうを手放さないと、りんどうが将来とても寂しくて苦しくて大変なことになるの。だからわたくしはどんなに辛《つら》くてもそれをすべきなのよ』

『……俺の親父《おやじ》がそう言ったから……？』

『お、お父さまはあまり関係ないの。だってわたくしがりんどうのことが大好きだから』

『俺が好きなのに、俺をお捨てになるんですね』

『……』

彼女もこの記憶があるはず。言ってくれたら良かったのだ。

——そうしたら心構えが出来た。

いや、そんなのは暴論だ。彼女は言えなかった。言いたくないのではない。

言えなかったのだ。

『とにかく、良い子にしないとだめなのよ』

『………貴女《あなた》が良い子でいれば世界は正しく回るとでも？』

『え、ええ』

『貴女《あなた》が悪い子でいれば不幸が起こると？』

『そう』

『世界はそのように出来ている？』

撫子《なでしこ》は小首を傾《かし》げた。

大人に見える彼女。しかし中身は時系列で言うと八歳であり、橋国騒動《きょうこくそうどう》を控えている。

両親との問題は山積みで、竜胆《りんどう》は撫子《なでしこ》の孤独をちゃんと理解出来ていない。

この撫子《なでしこ》はいつまで経《た》っても山の中で泣いて歩いていた幼子のままだ。

どれだけ幸せを詰め込んでも、穴があるので抜け落ちる。

その穴を埋める者に竜胆《りんどう》はなるべきなのだが、無能を露呈するばかり。

過去に起きた出来事が、竜胆《りんどう》の中で思い出された。

——撫子《なでしこ》。

竜胆《りんどう》は撫子《なでしこ》を今すぐ救ってやりたかった。

だが下手なことは言えない。

夢の中の撫子《なでしこ》に言えることはありきたりな励ましや、もしくは誘導だけ。

いつかはこの空間での立ち振る舞いも、きちんとしたことが出来るかもしれないが、今は無理だった。

『……撫子《なでしこ》、世界はそんな風に出来ていないんです。貴女《あなた》が良い子であっても不幸は訪れます。俺から離れないで。俺だけは貴女《あなた》がどんなことになっても……』

必死に説得する竜胆《りんどう》に、撫子《なでしこ》は言う。

『気にしないで、りんどう。わたくしもともと独りぼっちなの』

夢はそこで終わった。

もし、そのようなことが本当に起きるのであれば。

彼は白昼夢から突然目覚めるだろう。

ぐっしょりと汗をかいている自分に驚きながら、自室のクローゼットを開き、シャツを着替えて慌てて外に出る。

「あら阿左美《あざみ》様、撫子《なでしこ》様ならお部屋ですよ」

「走ると危ないです。大丈夫ですか。こら、花桐《はなきり》。邪魔をするな」

部下達に声をかけられても、目もくれず走るかもしれない。

広い広い廊下を抜けて、普段は立ち入らない主の私室へ。

コンコンとノックをして、返事を待つ。

「はい、どうぞ」

彼が血相を変えて部屋に入ってくる様子を、彼女は驚いて見るだろう。

「どうしたの？」

もう子どもではない彼女。

「……顔色が悪いわ、竜胆《りんどう》」

しかし、幼気がある顔立ち。その面差しを見て、彼は夢の中の彼女を思い出す。

無邪気に竜胆《りんどう》の罪を暴いた、哀れな秋を。

「……竜胆《りんどう》？」

そして思わず目に涙を浮かべてしまうかもしれない。

彼は知らなかったのだ。

彼女を傷つけていたことなど。

知らなかったのだ。こんなに時が過ぎるまで。

「撫子《なでしこ》、俺は貴女《あなた》の護衛官《ごえいかん》です」

当然のこと言われて彼女は困ることだろう。

「俺は、俺は……」

明らかに動揺し、混乱している彼。

「……俺は、確かに最初は護衛官《ごえいかん》の職を辞したいと思っていましたが、そんな馬鹿な考えはとっくに消え去っていて、貴女《あなた》を守ることを誇りに思っています」

彼女は、語られる内容で彼がいまどんな状態なのか察する。

——嗚呼《ああ》、また子どもの頃のわたくしが竜胆《りんどう》に傷つけるようなことを。

過去の自分が現在の彼を困らせたのだと。

そして今日は何を口走ったのか、彼の発言から汲《く》み取《と》った。

「竜胆《りんどう》」

優しい彼は、いつも子どもの頃の彼女との会話を真剣に受け止め、その度に謝罪と懺悔《ざんげ》を繰り返してきた。

「俺は……俺は……貴女《あなた》をあんなに傷つける言葉を言うつもりは……」

彼は何も悪くないのに。

「竜胆《りんどう》。それは違うの。わたくしはもう傷ついていないし、過去のわたくしもちゃんと乗り越えた。終わったことなのよ……」

「本当にそうですか？」

彼の口調は段々と乱暴になる。

「そんな簡単に気持ちが整理出来るか？」

真実を探るような問いかけに、彼女は答えられない。

「……」

——わたくしの気持ちなんてどうでも。

彼女は長いこと、自分の気持ちを封じ込めてきた。

自分が夢の中で彼と話したことが妄想でもなんでもなく、秋の代行者《だいこうしゃ》の権能のせいだと知って以来、そうするよう努めてきた。

一体どれだけ彼を苦しめれば気が済むのか。彼女は子どもの頃の自分が憎くすらあった。

「俺なら無理だ。撫子《なでしこ》、どうして俺に言わなかったんだ……」

「わたくしは……」

「あんな、あんなこと……俺に罪を自覚させて、なじれば良かった……」

こうなると彼は人の話を聞かない。

そして彼女も、何を言っても彼を傷つけてしまう気がしてうまく言葉を紡《つむ》げない。

「酷《ひど》い男だと自覚させて、俺も同じように苦しませればよかった!!」

「……竜胆《りんどう》」

「撫子《なでしこ》、どうして……」

彼は肩を落とす。

未来の彼女はきっとこう思う。

自分はいつまで経《た》っても彼を傷つける存在だと。彼女にとって、自分の心の傷というものは確かに直視すると痛ましいが、そんな大事《おおごと》にされることではなかった。些事《さじ》だ。

目の前の彼が傷つくほうが辛《つら》い。

――竜胆《りんどう》。ごめんなさい。

彼は彼女の為にたくさんのことを犠牲にして生きてくれている。

その上、心まで守れというのは要求が過剰すぎる。

彼もまた人の子。本来なら彼女が守るべき人だ。
——貴方《あなた》があまりにも大切にしてくれるから。
それでも良いのだろうかと、幼い頃思ってしまった。
一度は離れる決心をしたのに、彼の優しさに頼ってずっと生きてしまった。

「撫子《なでしこ》、どうして！」

これからもそうするのだろうか。
何時になったら彼を手放すのか。
彼女は思う。
——これ以上困らせるくらいなら。
もうここで区切りをつけてあげたほうがいいのかもしれないと。
——いつまで経《た》っても、わたくしは竜胆《りんどう》にとって小さな女の子。
彼との距離感は変わってはいるが、それは表面的なことだけで本質的には変化はない。
——これを言えば彼は離れるだろう。
彼がくれる愛情が、彼女の望んだものではなく悲しんだ時もあった。
歳の差を考えろと自分で自分に言い聞かせたことは何千回にも及ぶ。

だが、諦めきれずに今日まで来た。
捨てきれない思いがあった。
胸に秘めたこの感情を捨てれば、自分にはあと何が残るのだろう。
自分勝手で幼稚な思考、わかっている。彼女は自らに問いかけるはずだ。
――本当に辛《つら》いのは誰？
自分という厄介な神に付き合わされている彼。
――竜胆《りんどう》と自分、どっちが大事なの？
彼が大事だ。
――彼に幸せになって欲しい？
そうあって欲しい。
その未来に自分の姿がなくとも。
ここまで考えて、ようやく彼女は決心する。
彼はいまだにありもしない罪で自分を責めている。
ならばもう解放してあげよう。そう、彼女は考える。

「竜胆《りんどう》、あのね」

遠い遠い先。起こるかもしれない出来事。

「わたくしがどうして言わなかったのか……それは簡単なことなの」

もしかしたら、こうはならないかもしれない。まだわからない。

「そんなの……貴方《あなた》、わたくしのことを見ていたらわかるはずだわ」

彼は彼女の言葉に耳を傾ける。

気がついたら彼女が寒さに凍えるように震えていたのでつい手を伸ばしてしまう。

頰に手が触れる。そうすると、彼女の美しい瞳から涙が溢《あふ》れる。

「撫子《なでしこ》……？」

もう随分と前から、彼女に軽率に触れるような真似はしていない。

お姫様の口づけも、お帰りの抱擁も卒業した。二人の間では、それはもうしてはいけないことだった。当たり前のことだ。ただでさえ、歳の離れた主従ということで周囲が煩《うるさ》いはず。

そろそろ他の者を護衛官《ごえいかん》に据えさせるべきだという話も出ていることだろう。

「撫子《なでしこ》、俺は……」

彼は職を辞する気は毛頭なかった。彼女を守る男は自分であるべきだと信じている。

それを許してもらえる人間でもあると。

「あのね、本当にわからないのなら、言うわ」

その自負があったが、彼女に触れても拒絶されないことに彼は安堵《あんど》した。

まだ嫌われてはいない。

「撫子《なでしこ》」

いつまでも嫌われず、彼女の傍《そば》に居たい。

嗚呼《ああ》、あんなにも躊躇《ためら》いなく好きだと言い合えた頃が懐《なつ》かしい。

「言ったら、きっと貴方《あなた》はわたくしのことが嫌いになって此処《ここ》から去ってしまうと思うけど、ちゃんと知っておいてほしいの」

「そんなこと有り得ない」

「いいえあるわ」

秋の神様は、いまだに自分が恥ずかしい者だと感じている。

「御免だ、やめてくれ、そう思うはずだわ」

今も、恥ずかしかった。何故《なぜ》、もっと普通に彼を愛せなかったのか。

何故《なぜ》、子どもの内にこの気持ちを昇華してしまえなかったのか。

出来なかった自分を恨みたい。

――神様。

この感情も呪いだと言うのなら。

——神様。

くださったことを感謝しつつ返したい。

そう、彼女は思う。

彼女は一度深呼吸をした。彼は彼女の言葉を待っている。

この後の展開などわかりきっていることだ。

紡《つむ》いだ言葉も、時間をかけて育ててきた気持ちも、彼にばっさりと斬られるだろう。

「それでも、言う。あのね……わたくし……」

あと少しで彼女の人生を懸けた物語が終わる。

世の中にはたくさん相思相愛の人達が居るというのに、自分達はそうならない。

「撫子《なでしこ》、待ってください」

けして、ならない。

「何か勘違いをしている。俺は何であれ貴女《あなた》を拒絶しません」

そして同情も要らない。

「ううん、これぱっかりは無理よ」

そんなもので結ばれてはいけない。

「竜胆《りんどう》は、本当に欲しいものはくれないの」

——一世一代の勇気をください。

これで終わっても後悔しないよう、精一杯気持ちを込めよう。

「でもそれで良いのよ……」

その答えがなんであれ、もう構わない。

「わたくしね、竜胆《りんどう》のことが」

終わりにすることで始まる物語もきっとある。

彼女は涙に歪《ゆが》む視界で彼を見た。

実感する。何年経《た》っても変わらず好きだ。

彼ほど好きになる人はもう現れない。


——きっとわたくしは。

「……ずっとずっと……ううん、これからもね……」

だから、遥《はる》か彼方《かなた》の未来に居る貴方《あなた》へこの恋心を捧《ささ》ぐ。

「りんどう、好きよ。大好き」

きっと、貴方《あなた》に恋をする為に神様になったのです。

あとがき

拝啓、貴方《あなた》へ。

秋の舞、恋の調べ。いかがでしたでしょうか。

春は再生を、夏は恋を、暁は新しい日々を、描いて来ました。

秋は何だと問われたら、私はあまりにも切ない瞬間だと答えます。

秋という季節は、本当に一瞬で、忙《せわ》しない日々の中では瞬《まばた》きする間に終わってしまう。

色づく木々の物の哀れを味わえないことに毎年悔しい思いをしながら過ごす。

過ぎ去った後に愛おしい季節だったと終わりを惜しみます。

そして現在。世の中はどんどん変化していき、此度《こたび》の巻である秋や、そして春もいつかは消えてしまうのではという危機さえあります。

もしそうなった時の為にも、やはり自分が感じた季節を何らかの形で残せたことは、私にとっては良いことでした。

また、貴方《あなた》に向けても私なりの秋を精一杯お届け出来たことが嬉《うれ》しいです。

何故《なぜ》筆を執っているかと言えば、貴方《あなた》に読んでもらう為ですから。

さて、本作は幼い子どもが感じる様々な気持ちを描きました。こんなことを感じていたと思う方、まったく違う子ども時代だと割り切って読めた方。様々かと思いますが、正にいまそうだという方がいらっしゃったらお伝えしたいです。

明くる日が怖かったとしても、生きている限り、必ず転機が訪れます。

それは誰かがくれた小さなお菓子がきっかけかもしれませんし、相手からすれば何でもない言葉、もしくは態度。空に浮かぶ夕焼けの美しさ、移ろいを見せる木々の変化かも。

どんなことが貴方《あなた》の転機かわかりませんが、それは来ます。

きっと貴方《あなた》は『もしかしたらこれがそうかも』と感じることでしょう。

そこで起こす行動次第で、貴方《あなた》が感じる寂しさや切なさ、誰かに聞いて欲しい気持ちなどはすべてがひっくり返り、朝が来るのが怖くなくなるかもしれません。

いいえ、百八十度何かが変化しても相変わらず憤《いきどお》り、苦しい日々がまた来るかもしれません。

しかしそれでもまた転機が来ます。生きるが勝ちです。意地汚くて良いではありませんか。

一緒に頑張っていきましょう。小さな勇気を抱いて。

本作を世に送り出す為に携わってくださった全ての皆様。書店様、出版社様、担当様、装幀《そうてい》家様、ありがとうございます。

大変な時も心を砕いてくださったスオウ様、いつも本当にありがとうございます。

そして、こんなところまで腕を組んで歩いてくれた貴方《あなた》。

本を閉じても私は貴方を応援しています。どうかお元気で。

◉暁　佳奈著作リスト

「春夏秋冬代行者　春の舞　上」（電撃文庫）
「春夏秋冬代行者　春の舞　下」（同）
「春夏秋冬代行者　夏の舞　上」（同）
「春夏秋冬代行者　夏の舞　下」（同）
「春夏秋冬代行者　暁の射手」（同）
「春夏秋冬代行者　秋の舞　上」（同）
「春夏秋冬代行者　秋の舞　下」（同）

本書に対するご意見、ご感想をお寄せください。

ファンレターあて先
〒102-8177　東京都千代田区富士見2-13-3
電撃文庫編集部
「暁 佳奈先生」係
「スオウ先生」係

本書は書き下ろしです。

電撃文庫

春夏秋冬代行者《しゅんかしゅうとうだいこうしゃ》
秋《あき》の舞《まい》 下《げ》

暁《あかつき》 佳奈《かな》

2023年11月10日　初版発行

発行者　山下直久
発行　株式会社KADOKAWA
〒102-8177　東京都千代田区富士見2-13-3
0570-002-301（ナビダイヤル）
装丁者　荻窪裕司（META＋MANIERA）
印刷　株式会社暁印刷
製本　株式会社暁印刷

●お問い合わせ
https://www.kadokawa.co.jp/（「お問い合わせ」へお進みください）
※内容によっては、お答えできない場合があります。
※サポートは日本国内のみとさせていただきます。
※ Japanese text only

※定価はカバーに表示してあります。

ISBN978-4-04-915078-0　C0193　Printed in Japan

電撃文庫　https://dengekibunko.jp/

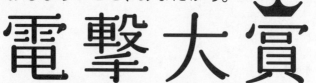